若葉の頃に

長田黎

文芸社

もくじ

一週間目

栗崎亜美《くりさきあみ》は、段ボール箱を抱えている。箱には、丸めた五枚の模造紙《もぞうし》が突っ込んである。新入生の一年一組から五組までの掲示用のクラス名簿だ。

巻いた模造紙が亜美の視界を真っ白にさえぎる。箱を左右に振って、視界を広げるが、腕を動かすたびに、今朝、袖《そで》を通したばかりのまっさらのカッターシャツがキシキシと小さな音を立てる。

着慣れないリクルート用のパンツスーツに、白シャツと革靴。亜美は、段ボール箱を前に突き出し、自分の姿を眺めまわす。着慣れたトレーナーやジーンズと勝手が違って、なんだか体がスムーズに動かない。

ドレスコードについては、校長と母親、さらに数人の同僚からもダメ出しされている。栗崎亜美が立花《たちばな》中学校勤務の辞令をもらって、今日で一週間目になっていた。この一週間は、会議に次ぐ会議だった。その合間に事務仕事があり、しかも、その量がハンパではない。

青息吐息でパソコンの画面をにらんでいたら、「野外活動の下見」に出発することになった。一学年担当教師の十人のうち、立花中学校の新メンバーは亜美一人で、この下見はかねて予定していたものらしかったが、亜美が伝え聞いたのは前日の午後だった。教師たちは二台の車に分乗して摩耶山《まやさん》に出向き、親睦もかねて一泊してきたばかりだ。それなりに楽しくはあったのだが新しい環境の中、目まぐるしい体験を重ねて、今は亜美の心も体もアップアップの状況だ。

亜美は、子供に教える仕事をしたいがために、研究生活に見切りをつけて教師になった。しかし、予想を上回る「雑務」に、右往左往し続ける一週間だった。しかも、先輩教師たちの、からかい気味のチェックが頻繁《ひんぱん》に入る。ひたすら卒業したばかりの大学と研究仲間が恋しかった。

「亜美ちゃん、早く、早く」

とはいえ一週間にして、先輩教師たちの妹分に納まってしまってはいる。

亜美は、机と椅子《いす》と、書類と本と、さらに得体《えたい》のしれない器具類で迷路のようになった職員室の通路を、あたふたと駆け抜けて廊下に出る。向こうで森沢芙美《もりさわふみ》が手招きしている。芙美の声は鈴を振るようで、初めから、彼女の「亜美ちゃん」という呼びかけは素直に心に落ちてきた。

芙美は亜美同様、黒いスーツを着ていたがスカート姿だ。並ぶと、背が亜美の耳あたりまでしかない。亜美より六歳年上の二十八歳なのだが小柄なせいなのか、無造作にカットした髪型のせいなのか、大学生くらいにしか見えない。もっとも、亜美自身が「見かけは男子中学生」と、常々言われているのであるが。

「早くぅ」

校庭への出入り口で、上杉穂奈美《うえすぎほなみ》が両手を腰に当て、仁王立ちしている。完璧《かんぺき》なプロポーションを水色のブランド物のスーツに包んではいるが、ひどく威圧的な態度でこちらをにらんでいる。そうして、二人に向かって腕時計を指す。あと数分で正午になる。

上杉は、亜美より二歳年上の二十四歳だ。黙っていれば、匂い立つような妙齢の美女だ。事実、ふだんは猫をかぶってやさしげにほほえんでいる。しかし、余裕がなくなると素顔が出る。もっとも、亜美は、「素」の上杉の方がずっと好きだ。近づきがたい美女より、せっかち、かんしゃく持ちの「お嬢様」の方に、よほど親しみが持てるのだ。

「ウエちゃん。そんなにいきりたたなくても、大丈夫よ」

芙美が背伸びをしながら、上杉の頭をトントンと撫《な》でている。

「やだ、フミ姉ちゃんたら。髪が乱れるじゃない」

上杉は、笑いながら運動場側に向きを変える。芙美は三姉妹の長女で、勤務先でも姉さん役に徹している。だから、「フミ姉ちゃん」だ。亜美も自然にそう呼んでいた。

フミ姉ちゃんは、ガムテープ三個を左腕に通し、落ちないように腕を高く上げていた。

そして、頭の横でハサミ三本を握りしめながら、のんびりと二人に言い聞かせる。

「プールの外壁に貼《は》るの。三十分後に新入生が来る。それまでに貼ればいいのよ」

立花中学校は、校庭の南半分を取り囲むようにコの字型に校舎が建っている。亜美たちは、南の本館から校庭に出てきている。右手に東館、左手に西館があり、東館の北にプールがある。

上杉は、すぐにプール方向へ歩きだそうとする。

「ウエちゃん、ほら、見て。桜がきれいよ。縁起がいいよね」

校庭の北半分は、高いフェンスに囲まれていて、北側のフェンス沿いに桜が数本並んでいた。桜は薄ピンクの霞《かすみ》をかけたように今を盛りと咲いている。

「どうして縁起がいいの？」

亜美が聞く。ウエちゃんこと上杉穂奈美は鼻で笑うと、吐き捨てるように言う。

「迷信、迷信よ」

「入学式の日に桜が花盛りなら、おリコウちゃんぞろいの新入生だと言われているの。ウエちゃんもヤサグレてないで、素直に喜びなさいよ。わたしたちの前でも猫かぶって、『そうですわね』ってどうして言えないの？」

亜美は、桜に目を奪われながらも言う。

「迷信でしょ。新入生の評判、最悪だもん。ウエちゃんに一票」

フミ姉ちゃんはため息をつくと、鈴を振るような声に似合わぬグチをこぼす。

「あんたたちって、見かけはこんなに違うのに、中身一緒よね。心強いっちゃ心強いけど、お姉ちゃんはとっても心配。大和撫子《やまとなでしこ》の美徳を身に付けてほしい」

「なによ。亜美ちゃんはともかく、わたし、見かけカンペキ大和撫子だから。わたしたちの心配より、時間の心配してほしい。亜美ちゃん、プールに急ごう」

ウエちゃんは、エナメルのヒールでせかせかとプールに向かう。亜美は段ボール箱を一度ゆすり、大股《おおまた》でウエちゃんの後を歩く。フフフと笑いながら、フミ姉ちゃんが亜美の横に付く。本館の影から抜けると、四月の陽光がまぶしい。前を歩くウエちゃんは、スポットライトを浴びたモデルのようだ。長い髪が水色のスーツの上で揺れている。

亜美は、プールの外壁のそばに段ボール箱を下ろす。

「一年一組のが先。楢原《ならはら》先生の字は、すぐわかるでしょ。一組の、こっちに持ってきてね」

亜美はフミ姉ちゃんの指示に従い、模造紙の筒を上からのぞき込む。確かに、楢原先生の字は、際立《きわだ》ってへたくそだ。体育教師らしく勢いはあるが「金《かな》クギ流」そのものなのだ。

「いい？　二人とも、ガムテープとハサミを持ってね。わたしが右端を貼《は》るから、ウエちゃんが真ん中。亜美ちゃんが左端」

亜美は、ガムテープはちぎるものだと思っている。

「ハサミはいらない。ちぎればいいじゃん」

「亜美ちゃんたら、なに言ってんのよ。新入生が初めて自分の名前をここ、立花中学校で見るのよ。なるべく体裁《ていさい》よく、心を込めて貼るの。ウエちゃんを見習って貼ること。いい？」

フミ姉ちゃんとウエちゃんは、模造紙を手早く広げ、プールの外壁のやや高い場所に貼っている。亜美は、あわてて模造紙の端を押さえる。外壁のコンクリート肌がザラリと手に触れる。壁は陽光を浴びて微妙に温かい。

氏名の並んだ模造紙が一組から五組まで、きれいに外壁に収まる。フミ姉ちゃんとウエちゃんの仕事ぶりは完璧で、あんなに無造作《むぞうさ》に紙を広げたのに、五枚の模造紙は等間隔に少しのズレもなく並んでいる。

「なんなの、亜美ちゃん、もう少し丁寧《ていねい》に貼れないの。あなたの貼ったところだけ、ガムテープの向きがおかしい」

ウエちゃんは、三組の氏名が並んだ真ん中の模造紙をチェックしつつ言う。ウエちゃんは、一年三組を担任することになっていた。

「亜美ちゃんは精いっぱいやったわよ。こんなに冷や汗かいて」

フミ姉ちゃんは、亜美にハンカチを手渡してくれる。亜美は、自分の額の汗に気がつき、ちょっときまりが悪い。

「でも、亜美ちゃんの字はみごとねえ。なかなか、こうは書けない。理科の先生なのに」

フミ姉ちゃんにほめてもらうと、心が春の光に照らされている気分になる。

「ふん。お寺の子だから、毎日、写経してるんでしょ。それに、楢原先生の隣ならウマい字に見えるって」

「写経は、してない」

亜美は憤然と答える。フミ姉ちゃんが笑いだす。

「ウエちゃんも上手よ。国語の先生らしく、きっちり楷書で。亜美ちゃんのは、ちょっと草書がかっているものね」

「でも、手書きって古くない。イマドキどこでもパソコンからプリントアウトするでしょ」

亜美は、素朴な疑問を二人にぶつけてみる。

「そうだよね。こんな面倒なこと、どうしてやらせるのか、わたしも不思議」

ウエちゃんが腕組みしながら、うなずいている。

「理由は、二つ」

フミ姉ちゃんの声は高く澄んでいて、耳というより心に届く。

「二つ？」

亜美は、フミ姉ちゃんの顔を見つめながら聞く。フミ姉ちゃんのおだやかな下がり眉《まゆ》を見ると、落ち着いた気分になる。

「一つは、拡大コピーの具合がイマイチなの。でもそれより大きな理由は、和泉《いずみ》校長の方針。無機質なパソコンの字より、温かみのある手書きがいいって言うのよ。担任も、一人一人の氏名を手書きすれば名前も覚えるし、愛情も湧くってね。愛ある教育っていうのが和泉校長のモットーなのよね」

亜美は、和泉多佳子《たかこ》校長の五十代には見えない華やかな笑顔を思い浮かべる。

「なんか、面倒くさいよね」

亜美はシレッと感想を述べる。

「ほんとよね。面倒なのに、チャッチいキャッチコピーよね」

ウエちゃんが大きくうなずいている。

「あんたたち、本当に仲がいいよね」

フミ姉ちゃんがしみじみと言う。

「良くない。こんな変わったコ、初めて」

ウエちゃんは、憎々しそうに断言する。亜美は、にやりと笑ってうなずく。

確かに、この二人とは、一週間にしてすっかり打ち解けている。もともと仲のいいフミ姉ちゃんとウエちゃんの間に、入れてもらったからだろう。「野外活動の下見」で、枕を並べて寝たことも大きかった。そのうえ、フミ姉ちゃんが気を使って、学校業務を終えてから、必ずお茶や食事に誘ってくれていた。

三人は、肩を並べて五枚の用紙を見る。男子八十五名、女子七十八名。計百六十三名の氏名が五クラスに分かれて並んでいる。かわいい名前、強そうな名前、賢そうな名前、美しい名前、ユーモラスな名前。名前しか知らない子供たちは、どんな顔をして、どんな様子で、どんなふうに生きているのだろう。

亜美は、期待と不安でいっぱいになって、春の光の中にたたずむ。満開の桜で飾られたグラウンドは、静まり返っている。もう少し経てば、新入生が姿を現すだろう。

新入生たち

あっという間に、プールの外壁の前は百数十名の子らに占領された。子供たちは、少し大きめの、まっさらな制服に身を包んでいる。上着は紺のブレザーだ。男子はチェックのパンツで、女子はチェックのスカートというよくあるスタイルだ。

子供特有のかん高い声を張り上げて、右往左往している。半分紺色で、半分チェックの得体《えたい》の知れない生物がウジャウジャと湧き出たかのようにも見える。

「一組だ。ほら、見て。おんなじクラス」

「オレ五組。お前は？」

と、切れ切れに歓声や落胆の叫び声が響いてくる。放出されるエネルギーで、グラウンドが狭くなった感じさえする。

少し離れて眺める亜美は、気《け》おされ気味になって、やや体を後ろに引く。アルバイトで塾講師をしていたし、ボランティア活動でタイやカンボジアの子供たちの面倒を見たこともある。決して子供が苦手ではない。しかし、お祭り騒ぎの子供の大群に、軽いショックを覚える。亜美は救いを求めるように、フミ姉ちゃんとウエちゃんの方を見る。

フミ姉ちゃんは、にこやかな笑みを浮かべて、子供たちを楽しそうに見つめている。ウエちゃんは毅然《きぜん》と姿勢を正し、左足を半歩前に出して身構えている。

そうなのか。この狂騒に巻き込まれてはダメなのだ。フミ姉ちゃんのように、余裕を持って対処するか、ウエちゃんのように闘争心で抑《おさ》えにかかるかどちらかだ。

すでに六年の経験があるフミ姉ちゃんのまねは、無理だろう。ウエちゃんのように、チャレンジャーになろう。亜美は、空手の試合に臨む覚悟で、心を整える。

本館の前がザワザワしだして、亜美たちは振り返ってみる。何人かの教師と、三年生の女生徒たちが出てきている。彼女たちはクラス委員で、手にクラス番号を書いた大きなプラカードを持っている。

「さすがタチバナ・シスターズ。良い仕事ぶりですな」

いつの間にか、尾高《おだか》先生がフミ姉ちゃんの隣に立っている。尾高先生はカバ大王のあだ名の通り、大きな体をダークグレーのスーツに包み、ヌボーッとあたりを見渡している。

「会場の準備は、できたのですか」

フミ姉ちゃんがにこやかに聞く。

「ま、例年通りです」

カバ大王は、悠然《ゆうぜん》と答える。

「尾高先生、タチバナ・シスターズはやめてください。わたしたち、お笑い芸人ではありません」

ウエちゃんが憤然と抗議する。

「まあ、まあ。そんなことより、お子様たちを整列させないと。こりゃあ、前評判よりすごい。むだに元気いっぱいで……」

朝礼台に楢原先生が上がっている。一年一組担任の体育教師だ。手にハンドマイクを握り、二、三回、「アー、アー」と声を張り上げている。

「新入生の諸君は、朝礼台の前に、整列してください。三年生の先輩たちが持っているプラカードを見て、並ぶこと。一組の人は、一組のプラカードの前です。クラス発表の名簿順に、並びましょう」

カバ大王は、子供の群れに、泰然《たいぜん》と分け入っている。そして、大きな手をパンパンと打ち鳴らすと、叫び始めた。

「自分のクラスと番号を覚えたら、朝礼台の方に急ぎましょう」

フミ姉ちゃんは、子供たちと朝礼台の中間に立って、おいでおいでをしている。

「ハーイ。こっちですよ。自分のクラスはわかるよね。中学生らしく、キッチリ並ぼうね」

フミ姉ちゃんは、さして声を張り上げているわけではないのだが子供たちの頭上に響き渡っている。ウエちゃんは、身を乗り出すようにしつつも、状況を視察中だった。

亜美は、何をどうしたらいいか皆目《かいもく》わからず、キョロキョロと周囲を見渡す。すると、プールの外壁のはずれにいる大柄な男の子の姿が目に飛び込む。ブレザーからカッターシャツの裾を出し、ズック靴のかかとを踏みつけている。ポケットに両手を突っ込んで、肩を怒らせている。

周囲を数人の男子が取り囲み、朝礼台に向かう子供の群れから完全に外れている。中心の少年からは、闇色《やみいろ》のオーラが放出されているように見える。

あの少年が吉田英敏《よしだひでとし》だと、亜美は確信する。会議で何度も名前が挙がった。小学生にして周辺に悪名が鳴り響き、警察にごやっかいになったのも二度や三度ではないという。

亜美は大股《おおまた》で間合いを詰《つ》めると、目指す少年の正面に位置を取る。取り巻き連とは三歩くらいの間隔を測る。

少年が亜美を見る。背は、亜美よりやや高いだろうか。体重は、はるかに凌駕《りょうが》しているに違いない。がっちりした肩をさらに怒らせて、半白の目でにらんでいる。

亜美は、やや足を広げて、腰を落とす。そうして、左手で朝礼台を指さして言う。

「みんな、向こうに集まりましょう。すぐに入学式が始まります」

少年は唇をゆがめ、バカにした調子で言った。

「うるせえんだよ」

亜美は眉《まゆ》をつり上げると、半歩前に出る。

「そういうことは、大人に言ってはいけないよね」

亜美の全身から発する気迫に取り巻き連が後ずさりし、少年の目に一瞬、躊躇《ちょうちょ》の表情が走る。しかし、少年は己《おのれ》を鼓舞《こぶ》するように眉間《みけん》にしわを寄せ、一歩前に出る。

亜美の顔に長い黒髪がかする。ウエちゃんだ。

「みんな、なにをしているの」

落ち着いた声で言った。

亜美の周辺の雰囲気が一変する。男の子たちは、顔を見合わせてモジモジしている（ふうん、気合よりは美貌の方が上なのか）。亜美はがっかりして二、三歩下がる。そして、ウエちゃんの横顔を見つめる。ウエちゃんは自信たっぷりに、あでやかに笑っている。

「新入生はもう、みんな並び始めていますよ。行きましょうね」

ウエちゃんはくるりと向き直り、亜美の左袖を引っ張ると、すたすたと歩きだす。つられるように、少年たちもあとに従う。

「あなた、空手の有段者でしょう。子供相手にファイトしないでよ」

ウエちゃんが亜美にささやく。亜美の横を歩いていたやせた男の子が飛びすさって亜美から離れる。ウエちゃんのささやきが聞こえたのだろう。亜美が見つめると、顔を伏せて歩みを速めている。

フミ姉ちゃんが飛び切りの笑顔で彼らを迎える。

「あっちが一組で、こっちが五組です。先輩が持っているプラカードを見てね」

プラカードの前は、押し合いへし合いで、「あっちだ」「こっちだ」と叫び声が飛び交っている。自分のクラスはわかるものの、順番がわからないのだ。

「だいたいのところに、とりあえず並びましょう。五十音順ですから、アイウエオの人が前の方。マ行ヤ行の人は後ろです」

楢原先生がゆっくりとした口調で伝えている。

そうそうと亜美は思い出す。幼稚園から高校まで名簿は、すべて五十音順だった。ただ、亜美の頃は男女別だったが今は男女混成の名簿になった。そんなことを思いながら亜美は、ポケットから細長い紙を取り出す。一年三組の氏名を書いた名票である。これで人員点呼《じんいんてんこ》をする。

亜美は、二組の担任だ。しかし、入学式後の校長発表まで内緒にするらしい。それで、ウエちゃんが担任する三組の人員点呼を頼まれている。中学校には妙な慣行がたくさんあるが、これもその一つだろう。

亜美は、三組の子の名を一人一人呼びながら順に並べていく。子供たちは、威圧的な亜美に押されておとなしい。

ちらりと二組をうかがってみる。二組は、家庭科担当の高橋《たかはし》先生が名票片手に点呼を進めている。通称「お母さん」の高橋郁子《いくこ》先生は、亜美の母親と同年配だ。亜美の「指導教官」で、二組の副担任をすることになっていた。

小柄な高橋先生は、子供たちに埋もれている。しかし、亜美の倍のスピードで、二組の列をきれいに整列させている。

亜美は少々焦りだして、列から外れた男の子の腕を強引に引っ張る。男の子はサッと亜美の手を払う。

亜美は陰険な目つきで名票から顔を上げ、男の子の顔を見てギョッとなる。色白の男の子の顔立ちがあまりに端正だったからだ。二重《ふたえ》まぶたの大きな瞳、通った鼻筋、形のいい赤い唇。なるほど美は力なのだ。

男の子は亜美の驚愕《きょうがく》に満足したらしく、険悪な表情を緩めて唇をゆがめ、皮肉な笑みを漏《も》らす。十二歳の子供の表情とは思えない。遊び慣れた男の余裕の笑みに見える。

そういえば、この子供は、亜美が勝負しようとした少年の取り巻き連にいた。不覚を取った亜美は、腹立ちまぎれに名を確認する。「中田亮《なかたりょう》」だ。亜美が最初に顔と名を覚えた立花中生ということになる。

亜美が三組を並べ終えると、朝礼台から楢原先生の声がおごそかに降ってくる。楢原先生は小柄だが、声は低音でよく響く。

「はい。このあと、しばらくお話を聞いて、入学式の会場に入ります。中学校の入学式は一生に一度だけです。心の準備をして、会場に入りましょうね。お母さんやお父さん、先輩たちも見ています」

亜美は、入学式次第《しだい》を頭の中で反芻《はんすう》する。新入生たちの整列までが新一年職員の仕事だった。あとは二年の先生方に任せて、会場の講堂に入ることになっていた。講堂は本館の二階、職員室の上にある。

亜美の背中を誰かがポンとたたく。振り向くと、高橋先生だ。目じりの下がったやさしい丸顔いっぱいに、笑みを浮かべている。

「栗崎先生。初仕事、ご苦労様。これからがいよいよ本番ですね」

亜美が残念そうに答える。

「なんだか、最初から足を引っ張っているみたいで」

高橋先生が笑いを含んだ声で答える。

「いいのよ。元気いっぱいで。わたしたち年配教師には、励みになるもの」

入学式

亜美は、ウエちゃんと並んで職員席に着く。一年所属職員は、最前列に座る。舞台の正面前方が新入生席で、その後ろに保護者が並んでいる。舞台に向かって左側に職員席が新入生の方向を向いて並び、右側に来賓席《らいひんせき》が設けてある。

亜美は、まだ誰も座っていない新入生席を見渡す。手前が一組だから、二組の席は、その隣だ。がらんとした生徒席の向こうには来賓席が見える。すでに、亜美の両親と同年代のおじさんやおばさんたちが着飾って並んでいる。

亜美自身の入学式は、ただ退屈なだけだった。しかし、新任教師として迎える入学式は、すべてが違う。やっと、人生のスタートラインに立った気がする。ワクワクとドキドキが胸の中でミキシングする。

講堂の中は、式直前の緊張を揺さぶるように、保護者の話し声と椅子《いす》をきしませる音がひっきりなしにする。両親のみならず、祖父母らしき顔も見えて、新入生をはるかに凌駕《りょうが》する保護者の数だ。

「エー」

マイクの前で、司会役の徳永《とくなが》主任が声を発する。徳永先生は五十代半ばの英語教師で、一年生の学年主任だ。マイクの音量が大きいせいか、講堂内のざわめきが止まる。

徳永主任は痩身《そうしん》をダークスーツに包み、マイクの前に直立している。もったいぶった話し方が葬儀の司会役を思わせた。

「入学式の前に、保護者の皆様に、お願いを申し上げます。お手元の携帯電話は、電源をお切りいただくか、マナーモードにお願いします。また、新入生の入場に際しましては、盛大な拍手をお願いします」

ひとしきり、会場は、携帯電話を確認する保護者でざわつく。徳永主任は十分な間合いをとって、おごそかに宣言する。

「新入生、入場」

拍手の中を新入生が入場してくる。さすがに子羊の群れのようにおとなしい。子供の大群は、置かれる「場」によって変幻自在に姿を変えるのだろう。彼らをコントロールするには、「場」の設定が大切なのだ。「式」という装置は、かなり有効だなと亜美は思う。

亜美は、実家の寿洸寺《じゅこうじ》で葬式や法事を体験しすぎたせいか、格式ばった式が苦手だ。学校で実施する入学式や卒業式には、常に疑問を持っていた。しかし、あのオオカミの混じる子ザルの群れを、一瞬に子羊の大群に変える「入学式」の威力に、しばし感じ入ってしまう。

「入学式の始まりの合図をピアノでしますので、ピアノに合わせて全員が立って、ごあいさつください。新入生の皆さんも、ピアノをよく聞いてください」

徳永主任の説明のあと、会場にピアノが鳴り響く。亜美もあわてて立ち上がり、礼をする。亜美が首を上げたあとも、新入生は、神妙に頭を下げている。

しかし、一組の列の後方に、頭を上げて周囲を険悪な目で見渡している子供がいる。先ほどのワイルドボーイだ。亜美と目が合う。ワイルドボーイは、気合の入った視線を送ってくる。もちろん、亜美も気合でお返しする。ピアノの軽い音とともに、席に着く。亜美は正気に返って、頭を左右に振る。入学式に生徒とガンを飛ばし合うってどうなんだろう。新任教師としては、問題があるかもしれない。


亜美の中学校入学は、ちょうど十年前だ。あいにくの雨で、クラス発表が廊下で行われたことぐらいしか、覚えていない。校長や担任の顔や名前も、すぐには思い出せない。

舞台の上では、日の丸をバックに、校長やＰＴＡ会長が訓辞を垂れている。この子たちも、話の内容はおろか、話し手の顔や名前もたちまち忘れるのだろう。

校歌が歌われる頃には、弛緩《しかん》した空気が流れ出す。在校生は、学級委員しか参加しない。ピアノの音のみが響き、校歌の歌詞は聞き取れない。ただサビの「世界に響け　その名も立花中学校」の部分だけは、やけに明瞭だ。

再びピアノの音が響き、一同は立ち上がり、うやうやしく礼をする。これで無事、入学式は終了したことになる。

「ここで、校長から一学年職員の発表を行います。一年の職員は、舞台に並んでくださ い」

まず、和泉多佳子校長が舞台に上がる。立花中は、本市では数少ない女性校長なのだ。紺のスーツをきりっと着て、マイクを手にさっそうと壇上を闊歩《かっぽ》する。

亜美は、楢原先生の後ろについて舞台に上がる。後ろをウエちゃんのヒールの音がコツコツと追いかけてくる。

楢原先生が止まると、亜美も正面を向く。南の窓から差し込む光に、無数のホコリが浮かんでいる。視線を下ろすと、子供たちが十列に並んで腰掛けている。ピンクの肌に赤い頬《ほお》の新入生たちは、さまざまな表情を浮かべて、亜美たちを見つめている。彼らは一様に幼く見え、亜美はこの時初めて、生徒たちをかわいいと感じた。

「では、一学年の職員をご紹介させていただきます」

和泉校長の落ち着いたアルトが講堂中に響き始める。

「学年主任は、わたしの隣におられる徳永芳雄《よしお》先生です。先ほどから、司会役をされていた先生です。徳永先生は、英語を教えます」

徳永主任が前に一歩出て、頭を下げる。続いて、副主任の高橋郁子先生、一組担任の楢原洋平《ようへい》先生が紹介される。次が亜美の番だ。

「一年二組の担任は、栗崎亜美先生です。この春、大学を出たばかりの理科の先生です」

亜美は、一歩前に出て頭を下げる。急に会場がざわつきだして、亜美は居心地が悪い。

徳永、高橋、楢原先生は立花中に何年か在籍していて、顔なじみの保護者も多い。一方子供たちは、はるか年上の大人に対しては無関心だ。その点、新顔にして若い亜美には、保護者も、生徒たちも大いに興味を持ったらしい。

亜美は一歩下がって列に戻りながら、会場のざわめきを聞いている。

「若いわねえ」「男、女?」「亜美って名前だから、女でしょう」「中学生の男の子みたい」「イケメンよね」と、切れ切れに聞こえる。亜美は、目も耳も極めていいのだ。

子供たちの列から、声がかかる。

「チョー、カッコいい」

ガラガラ声の女の子だ。そこここから笑い声が上がる。亜美はいまいましく思い、唇をかむ。

亜美は、中学生の頃からバレンタイン・チョコをもらい続けている。それも、「友チョコ」ならぬ「本命チョコ」だと言われながらだ。女の子の妙な騒ぎには、心底うんざりしている。ウエちゃんが下を向いて笑いをこらえているのも、腹立たしい。

校長がわざとらしい咳払《せきばら》いをして、会場はやや落ち着く。

「一年三組の担任は、上杉穂奈美先生です。上杉先生は、国語と習字を教えます」

ウエちゃんが一歩前に出る。亜美の時以上のざわめきが巻き起こる。

「まあ、美人」「あんなきれいな先生、前からいた?」「去年からよ。三年生が大騒ぎだったわよ」「先生には、もったいないみたい」「女子アナよりキレイよね」

期せずして、拍手が起こる。一年三組の生徒たちだ。亜美は、横目でウエちゃんをうかがう。ウエちゃんは上品でやさしい笑みを浮かべて、三十度に体を折っている。完璧なお辞儀だ。

亜美は、三組の生徒が哀れだ。確かにウエちゃんの見かけは、めったにないほどステキだ。しかし、気の強さも相当なものだ。亜美はウエちゃんとケンカをしても、勝つ自信がない。ちなみに、フミ姉ちゃんにも勝てない。自分史上、初めて勝てない女に出会ったのだ。しかも、二人いっぺんに。

和泉校長は、前に倍する咳払いをしてから、フミ姉ちゃんの紹介にかかる。

「一年四組の担任は、森沢芙美先生です。森沢先生は、数学を教えます」

フミ姉ちゃんが一歩前に出て、頭を下げる。シラッとした空気があたりに流れる。

確かに、フミ姉ちゃんの第一印象は、ぱっとしない。小柄で、鼻は低いし、一重の目は小さい。ブスというほどではないが中の下といったところだろう。黒いスーツも、おかっぱ頭も地味すぎる。

四組の生徒たちは、落胆の表情で、新しい担任を見上げている。ただ、保護者席には、実にうれしそうな顔がちらほら見える。フミ姉ちゃんは、この春の卒業生を担任していて、保護者の中には、フミ姉ちゃんの教師としての力量をよく知る者もいるのだろう。

「一年五組の担任は、尾高賢一《けんいち》先生です。尾高先生は、社会科を教えます」

ヌボーッとカバ大王は前に出る。でかい体のおじさん先生に、五組の生徒たちは、一様に憂鬱《ゆううつ》そうな表情を浮かべている。

亜美は、考え込んでしまう。まだ一週間の付き合いしかないが、亜美自身が自分の担任を選ぶとしたら、断然、「森沢先生」だ。フミ姉ちゃんは、常に精神が安定している。しかも愛情深く、面倒見がいい。

二番目に選ぶなら、「尾高先生」だ。何が起ころうと、ドンと受け止めてくれる。その上、言動がユーモラスで、周囲に笑いが絶えない。

「教師を、第一印象で判断したらダメよ」と、高橋先生がアドバイスしてくれていた。世の中「見かけが九割」だというのになぜだろう。亜美は、ぼんやり考える。おそらく教師と生徒は、全人格をさらけ出して付き合うのだろう。深い人間関係に「見かけ」は意味をなさないということだ。

亜美は、空手の試合を思い出す。いくら強そうでも、すぐ負ける者もいれば、一見華奢《きゃしゃ》な相手が抜群に強い場合もある。「ステキな教師」に見えても、内実が伴わなければ通用はしない。

この子たちも、すぐに気がつく。フミ姉ちゃんやカバ大王の値打ちに。自分は、どうなのだろうか。亜美は、自分の内面をのぞき見る。果たして、教師に向いているのだろうか。いまさら自問する自分の愚かさを笑いたい気分だ。いずれにしても、向いているか否かは、生徒が判断する。自分自身は、評価など気にせず、日々、全力を尽《つ》くすしかない。

「最後に、生徒指導を担当する、君塚浩《きみづかひろし》先生を、ご紹介します」

亜美は、和泉校長のひときわ高く張り上げた声に、ハッと我に返る。

ダークスーツを着た君塚先生が一歩前に出る。額が広くなりかけてはいるが、なかなかダンディなおじさん先生だ。ザワザワッと妙な波動が保護者席に渦巻く。どうも、君塚先生は、保護者のおば様たちに人気があるらしい。

君塚先生は長身を形よく折って頭を下げると、後ろに下がる。学生の頃にはバレーボールに打ち込んでいたとかで、いかにもスポーツマンらしい、きびきびとした動きだ。

「以上、一年所属職員の紹介をさせていただきました。新入生の学校生活は、この職員にかかっております。激励の拍手をいただければ、幸いです」

パラパラとした拍手の音は次第に大きくなる。あどけない表情で拍手をしている生徒たちを見て、亜美は思う。

ともかくも、「カッコいい」は歓迎の言葉だ。その思いに応《こた》えて、二十二歳、栗崎亜美、頑張ります。

わたしのクラス

「新入生が退場します」

徳永先生の合図で、亜美は二組の席の前に立つ。そうして、楢原先生が一組の列を誘導していく様子を、しっかり目に焼き付ける。なにしろ、すべてが初めてなので、ヘマをしないか心配だ。

「一年二組、起立《きりつ》」

亜美は普通に言ったつもりだが、やはり声に気合がこもる。子供たちはバネ仕掛けのオモチャのように、一斉にピョンと立ち上がった。

亜美の後ろに従って、三十二名がゾロゾロと行進する。保護者席の間を抜ける際には、ケータイのフラッシュがパシャパシャと光る。にわかにスターになったようで面映《おもは》ゆい。

一年二組の教室は、本館の三階だ。しかし、講堂が半ば独立した造りなので、一階まで下りて、校舎西端の階段を、また、三階まで上がることになる。

亜美は内心焦って、かなりなスピードで階段を下りてしまったが、一階の廊下で一組の最後尾を見つけてホッとする。最後尾は、あのワイルドボーイ、吉田英敏なのだが気にするゆとりが今はない。亜美も、子供たちも、無言で歩き続ける。何か重い空気が亜美ほか三十二名の頭を押しているような感じだ。

亜美は二組の教室の前にたどり着くと、隣の一組をうかがう。楢原先生が一組の子供たちを教室の中に入れている。戸口で指示を出して、決まった座席に座らせているのだ。この指示の出し方も、昨日、楢原先生とフミ姉ちゃんから教えられていた。

「ハーイ。いいですか。出席番号五番までの人、教室に入ります。窓際《まどぎわ》の席です。前から一番、二番と座ってね」

亜美は五人と一緒に窓際まで行き、「一番」「二番」と号令をかけて座らせる。五人が座ったことを確認すると、また戸口に引き返す。

「六番から十一番の人」

亜美は、六人を窓から二列目の席に座らせにかかる。

「六番」

と、亜美が叫ぶ。

「はい」

右手を上げて、がっちりした体躯《たいく》の女子が元気よく返事をする。亜美と目が合う。彼女は、実にうれしそうににっこりする。職員紹介の時に「チョー、カッコいい」と叫んだ子だ。亜美は、手元の名票で氏名を確認する。「勝野悠希《かつのゆうき》」だ。

子供たちは、見知らぬ場所で思考力も感情も空《から》っぽになっているらしく、亜美の指図通りサクサクと席に収まる。校区の小学校がひどく荒れているといううわさを聞いていただけに、拍子抜けする。

「二十五番」

中背ながらひどく痩せた少年があわてて席に着く。この子も見覚えがある。ワイルドボーイのお仲間で、亜美が「空手の有段者」と知って、おびえていた男子だ。出席番号二十五番、「平井厚志《ひらいあつし》」だ。そういえば、湊町小学校六年二組を学級崩壊に追い込んだのはこの「平井厚志」だった。厚志は両ひじをついて顔を隠し、うつむいたまま、ちらちらと亜美をうかがっている。

三十二番を席に着かせると、亜美は戸を閉めて、教卓の前に立つ。担任として、これからすべきことを思い浮かべてみる。手順はすべて、フミ姉ちゃんが教えてくれている。まずは「あいさつ」だ。あいさつが人間関係の基本なのだと、フミ姉ちゃんは何度も繰り返していた。

亜美は首をめぐらせて窓際を、それから廊下側を見渡す。緊張すると、空手の試合に臨む時の心境になる。おそらく、強烈な気迫が全身から放射されているのだろう。「子供相手に」と言われそうだが自分自身をコントロールしている余裕がなかった。

三十二人が亜美を見つめている。入学式を終えたばかりの子供たちは、教室の空気の重さに息を詰《つ》めて、新担任の亜美を探るように見ている。好意や反発、好奇心や無関心、期待や諦念《ていねん》といったさまざまな感情をまとった視線には、いくぶんか恐怖の色が混ざっている。亜美は思わず腕組みをしそうになって、思いとどまる。フミ姉ちゃんに、腕組みは拒否のサインなので、決して生徒の前ではしないようにクギを刺されていた。

教卓に両手をつく。亜美の覚悟が定まる。亜美がこの三十二名に出会い、また、三十二名の子供たちが亜美に出会ったのは運命なのだ。寿洸寺住職の祖父なら、「仏様のお導き」と言うのだろう。祖父は、「仏様のお導き」が口癖だ。

「皆さん。立花中学校にご入学、おめでとうございます。わたしが一年二組担任の栗崎亜美です。まずは、あいさつをしましょう」

亜美は大学時代に、一人親家庭の子供をサポートするボランティア活動をしていた。そこで、子供との関係づくりのノウハウを教えられていた。子供は、「体で考える」から、なるべく体を動かすのがいいらしい。

「はい。みんな立ち上がって」

子供たちは、パラパラと席から立つ。何が始まるのかワクワクしている子、不安そうな子、面倒くさそうな子、イヤイヤ腰を上げている子、無表情な子。同じ言葉にこれほど反応が違うのは、どうしてなのだろう。十二歳にして、生まれ持った性格や成育歴で、人はかくも違ってくるものなのだ。

「まず、わたしがよろしくお願いしますって言うから、みんなも、よろしくお願いしますって言ってくださいね。頭も下げてね」

亜美は、教卓の前で直立すると、精いっぱいの大声で叫ぶ。

「よろしくお願いします」

間髪《かんはつ》を入れず、あいさつを返したのは、ほんの数名だ。勝野悠希のハスキーボイスが突き抜けて聞こえる。あとの者は何拍か遅れていたり、声が出ずじまいだったりで、なんとも締まらないあいさつだ。中にはタイミングが取れず、口を開いたまま凍りついている生徒もいる。

亜美は吹き出してしまう。つられて何人かが笑い、やや緊張が解ける。

「勝野さんの声しか、聞こえませんでした」

亜美が言うと、勝野悠希は右手を突き上げて、足をバタバタさせながら叫ぶ。

「イェーイ。感動。あたしの名前を覚えてくれたんだ」

亜美の目の前にいる少女が後ろの少女を振り返りながら、不満そうに頬《ほお》を膨《ふく》らませて言う。出席番号十七番、「谷帆乃香《たにほのか》」だ。

「あたしたちも、言ったよねえ。エリー」

エリーと呼ばれた少女は、やや太めながら、まるで日本人形のような古風な顔立ちだ。

黒目勝ちの丸い眼をパチパチしながらうなずいている。出席番号十八番、「坪井英里《つぼいえり》」が「エリー」らしい。

「じゃあ、あなたたちの声も聞こえるように、もう一度、あいさつをし直しましょう。わたしがあいさつしたら、パンって手をたたくから、声をそろえてお願いしますって言ってね」

亜美の声はすっかり平常に戻っていて、子供たちも、大概が笑顔でうなずいている。

「よろしくお願いします」

亜美がパンと手を打つ。

「よろしくお願いします」

キレイにそろった声が返ってくる。亜美は思わず拍手をする。一斉に拍手が返ってくる。

「それでは、皆さん、席に着きましょう」

席に着いた子供たちは、さっきよりも多少リラックスして見える。亜美も一息つく。

次は、なんだったっけ。そうそう。担任の自己紹介だ。亜美は、自分の名前を黒板に書こうとしたがチョークが見当たらない。少しあわてる。亜美のささいな心の動きが教室の空気を支配しているらしい。亜美があわてると、子供たちも動揺する。不思議だと、亜美は思う。くすぐったいような、それでいて重荷を背負ったような大変な感じもする。

黒板の右端にある引き出しを開けてみる。短いチョークが数本、粉に埋もれている。白いチョークを手にして、亜美は、黒板の真ん中に自分の名前を大書《たいしょ》する。

「めっちゃ、字、うまい」

目の前の少女、「谷帆乃香」がほめてくれる。彼女は、亜美の気迫を跳ね返す気合で腕を組み、亜美をにらみつけていたが、亜美が書いた黒板の字を見た途端、腕をほどいて微笑んだのだ。子供らしい、かわいい笑顔だ。亜美は、フミ姉ちゃんの指示通り、ゆっくりと話す。

「栗崎亜美って言います。この三月に大学を卒業した二十二歳です。皆さんより、十歳年上です。理科を教えます。大学は仙台ですが生まれてから高校を卒業するまで、この町で育ちました」

たいていの子供がきちんと姿勢を正して聞いている。

「みんなの自己紹介も、また、やってもらうね。今日は時間がないから、先生の自己紹介だけです。これから配《くば》る紙は、みんなの保護者に書いてもらいます」

亜美は、「個人カード」と書かれたA４判の用紙を配る。家庭との連絡や個別指導に役立てるために、保護者に書いてもらう資料だ。亜美も、中学生の折に学校に提出した記憶がある。この「個人カード」をめぐっては、個人情報保護と抵触《ていしょく》する部分があり、保護者とトラブルになったケースもあったらしい。それで、こまごまと記した説明書きも一緒に配布する。

「次は名札を配ります。入学式に出席していた先輩たちが付けていましたね。自分の名前を受け取ってください。友達のと間違えないように」

名札とその付属物、生徒手帳。子供たちは、黙々と前の席から後ろの席に、品物をリレーしている。

お行儀のいい子供の群れの中に、一人だけ、あちらを向いたり、こちらを向いたり、立ち上がったり、挙動不審《きょどうふしん》の男の子がいる。亜美は次第にイラついてきて、怒鳴り上げようかと口を開きかける。しかし、フミ姉ちゃんから、「教室はホームなので、出会いの日には決して叱《しか》るな」と言われていた。

窓際から三列目、前から三人目の男子だ。出席番号十四番「杉本慎也《すぎもとしんや》」だ。亜美は「あれ?」と思う。小学校からの申し送りによれば、杉本慎也は、湊町《みなとまち》小学校の「素晴らしいリーダー」ということだった。学級崩壊児童「平井厚志」の方がよほど「良い子」に見える。

ともあれ、亜美も子供たちも、スタートラインに立ったのだ。フミ姉ちゃんの鈴を振るような声が頭の中に響く。「教育は、子供を知って、理解して、共感することから始まるのよ」

平井厚志に杉本慎也、勝野悠希に谷帆乃香、そして、坪井英里。そのほかの子たちは、名前さえおぼろだ。ともかく、三十二名の子供たちを、まず、知ること。

亜美は、にこやかに一同を見渡す。亜美の気迫にさらされ続けた子供たちは、晴れやかな笑顔にとまどいながら、椅子の上で固まっている。しかし、亜美は、おとなしい「おリコウさん」たちにひどく満足していた。

異世界

入学式の後は、新入生へのガイダンスやら身体測定やらで、あわただしく日々が過ぎた。入学式から十日たった頃、「家庭訪問週間」が始まった。授業は昼までで、生徒の家を順に訪問する。

見かけ中学生男子の亜美が、保護者と玄関先で向かい合うことになるのだ。フミ姉ちゃんとウエちゃんはもちろんのこと、高橋先生までがひどく心配してくれた。そのため、週末にわざわざ時間を割《さ》いて、亜美のために保護者への対応の仕方を懇切丁寧《こんせつていねい》に教えてくれた。あげくは、三人交代で保護者役となり、家庭訪問の模擬練習まで行ったのである。特訓の甲斐あって、何とか家庭訪問の初日と二日目が無事終わっていた。

今日で家庭訪問は三日目だ。まずは、立花中から歩いて五分の立花グランドハイツから始める。七〇三号室が鈴木美香《すずきみか》宅だ。看護師の母親は、美香に似た小柄な美人だ。

次は、三一二号室の勝野悠希宅だ。ド派手に化粧した悠希の母は、亜美を引っ張り上げるようにして、リビングに招じ入れた。コーヒーとケーキが供され、悠希の母は娘に劣らず、にぎやかにしゃべりまくった。

美香の母も、悠希の母も、亜美に好意的だった。亜美が学校生活の様子を伝え、母親が家庭生活の状況を話す。フミ姉ちゃんのマニュアル通りに訪問を終えられた。亜美は心底ホッとする。昨日の訪問先の一軒では、さんざん嫌みを言われていた。

亜美は去り際、悠希の母に丁寧にお辞儀をする。悠希の母親も、別れのあいさつを二度三度と繰り返し、何度も頭を下げる。亜美がドアに向かうと、悠希が言った。

「次は、ニッシーのところでしょ」

ニッシーとは西脇《にしわき》沙織《さおり》のことだと最近知った。亜美がうなずくと、悠希が重ねて言う。

「ニッシーのところはわかりにくいから、道案内してあげる。美香ちゃんも一緒に行くから、ママ、いいでしょう」

言いながら、悠希はスニーカーをつっかけ、ドアを開ける。目の前に鈴木美香が立っていた。

「先生、こっちだよ」

勝野悠希がガラガラ声で叫ぶ。亜美は、狭い裏路地に、おっかなびっくり踏み込む。路地を抜けると、光景が一変する。右手の「ノーブルクラブ」という派手な看板が目を引く。左手には、「ブラックエンペラー」がある。

「ママから、幸原《ゆきはら》には行ったらダメと、言われているんだけど……」

亜美の後ろに従っている鈴木美香がおずおずと言う。ピンクのトレーナーにチェックのミニスカートをはいた鈴木美香は、小学生にしか見えない。まるでアニメ少女の実写版で、しかも、声もアニメ風だ。

「平気だよ。三人だし、先生が一緒だし、昼間だし」

勝野悠希が自信ありげに断定する。悠希も、レース襟《えり》の白いトレーナーにジーンズをはいて、結構かわいく見える。

「ここって、ホテルなの？　そうではないような気もするし……」

亜美がノーブルクラブを指さして聞く。ノーブルクラブの前では、派手な化粧をしたおばあさんがジロリと亜美たちを見ている。やがて、おばあさんの表情が一変して、悠希に手を振っている。

「悠希ちゃん、久しぶりだね。そちらさんは……」

「あたしたちの先生。今、家庭訪問中なの。あたしたち、道案内してあげているんだよ」

「おやまあ。感心だね。幸原の道はわかりにくいからねえ。先生、お疲れさまです」

おばあさんは丁寧に頭を下げる。亜美もあわてて頭を下げる。

「ここって、何をやっているんですか」

亜美が聞くと、おばあさんは、あきれたように亜美を見る。

「ソープだよ。ソープランド」

亜美は、ますます不思議そうに、おばあさんを見つめる。

「ソープを知らないって、よほどいいところのお嬢さんなんだねえ。ま、先生はココのお務めは無理そうだし。あっちのお鍋《なべ》バーならいけそうだねえ。ほんと、イケメンだよ」

おばあさんは、口元にしわだらけの手を当てて、「オホホホ」と笑う。亜美が重ねて何か言いそうにすると、勝野悠希と鈴木美香が亜美の手を両方から引っ張っていく。

ノーブルクラブからかなり距離を置いたところで、二人はフウフウ言いながら、亜美の手を放す。

「ソープって、お鍋バーって、何のことかわからないから聞こうと思ったのに」

と、亜美が言う。勝野悠希が憐れむように亜美を見る。鈴木美香も眼をパチパチしながら、驚きの表情で亜美を見つめている。

「先生ってば。どっちもフーゾクの店だよ。ソープはお風呂なんだけど、おねえさんが男の人にエッチなサービスをするんだよ。お鍋は女のオカマ」

勝野悠希が得意げに亜美に教える。そういえば、和泉校長が新着任の教師を集めて、校区の状況を説明していた。その際、「幸原が校区にあり、生徒の健全な成育に十分な配慮が必要です」と言っていた。亜美は、その時も、なんだか意味がわからなかったのだ。亜美は真っ赤になってうつむく。やがて顔を上げると、悠希に聞く。

「オカマって男でしょ。女のオカマって、ヘンじゃないの？」

「ふうん。オカマは知っているんだ。お鍋ってレズの人だよ」

鈴木美香がカワイイ声で言う。亜美はコクコクうなずく。幸いなことにレズは知ってい
る。天文《てんもん》少女だった亜美は、ギリシア神話には詳しい。星座の名は、すべてギリシア神話
に由来しているからだ。女ばかりが住むレスボス島の話は、文庫本で読んだ記憶がある。

そこで、亜美は無性《むしょう》に腹が立ち始める。

「あのおばあさん、失礼だよね」

亜美が取って返そうとすると、悠希と美香が今度は腕を引っ張る。仕方なく亜美は、ま
た前方に向き直り、歩を進める。

「やっぱり、スカートをはいた方がいいのかな」

亜美は、綿シャツに綿パンという定番スタイルに、家庭訪問ということで綿ブレザーも
羽織っている。

「それこそ、オカマに見えるよ」

勝野悠希が心配そうに言う。鈴木美香がキャラキャラとカワイイ声で笑いながら言う。

「先生ってば、純情だよね」

亜美は、また赤くなり、話題を変えようとして早口で言う。

「本当に、西脇沙織さんのお家へは、この道でいいの？」

二人が同時にうなずく。亜美は、「女子大寮」と大書したピンクの看板に引き寄せられる。亜美は、右手を伸ばして指さす。

「悠希、あのお店って……」

「みんな、フーゾクの店だよ」

と、悠希が答えながら、亜美の右腕に自分の左腕をからませる。黒い背広を着た背の高い男がニヤニヤと三人を眺めている。

「亜美先生には、わからないお店です」

美香がアニメ声で断定すると、亜美の左腕を取る。右と左から圧迫されて、亜美は警官に連行されていく気分だ。しかし、二人のぬくもりを感じ、蛇行しながら歩いていくと、なんだか愉快な気分になってくる。悠希と美香も同じ気持ちらしく、初めはクスクスと、やがてキャラキャラ笑っている。

ビルの間の青空から、晩春の光が降り注ぎ、昼下がりの歓楽街は閑散としている。亜美にはわからない妙な店舗《てんぽ》の合間に、赤い鳥居の神社がある。異世界を浮遊しながらも、勝野悠希と鈴木美香の体温が伝わってきて、亜美は久しぶりに幸福感に包まれる。

歓楽街を一塊《ひとかたまり》になって進みながら、亜美は、西脇沙織の家に行きつけるのか心配になる。三人は神社の鳥居を西に進み、通りを南にとる。

「ここがねえ、エリーの家がやっている店だよ」

エリーこと坪井英里が幸原の料理旅館の娘であることは、亜美もフミ姉ちゃんから聞いていた。予想以上に立派な旅館だ。

古風な門柱に御家流《おいえりゅう》の文字で、「料亭つぼい」と表札が出ている。瀟洒《しょうしゃ》な植え込みと、格調のある玄関構えがあたりの景色から浮いている。

「ここは、あんまりもうからないって、ママが言っていた。三宮に支店があって、そこはすごくもうかっているって」

美香が声に似合わぬ俗っぽい解説を入れる。

「あたしたちのマンションも、もともとはエリーのところの土地なんだ。だから、エリーのとこが最上階のフロア、全部なんだよ。エリーは、服もゲームもコミックも、あたしたちが欲しいって思うのは、みんな持っているんだ」

勝野悠希の説明には、羨望《せんぼう》がにじむ。

「でも、ヘンよね。おんなじマンションでしょ。エリーのところの家庭訪問に今日行けば、先生も楽なのにね」

美香のアニメ声は、亜美の怒りを増幅させる。

亜美は、家庭訪問がこんなに大変なものとは思いもしなかった。居住地ごとにグループ分けをして、順番に訪問すれば済《す》むと思っていたのだ。

近頃の保護者は、学校教育を一種のサービス業と心得ていて、何日の何時に来いと平然と要求する。税金で雇われた公務員なのだから、市民のために奉仕するのが当然という論理らしい。

坪井英里の家庭訪問も、保護者の希望で明日の三時を指定されている。明日は校区の北西、五郎池町《ごろういけちょう》方面を回る予定にしているのだが途中で、かなり離れた立花町に戻らなければならないのである。

亜美は、不機嫌に御家流の表札をにらみ据《す》える。不穏《ふおん》な空気に、勝野悠希がすぐさま反応する。

「亜美先生。エリーのママは、ちょっと勝手だってママたちも言っている。でも、エリーは気前がいいし、やさしいし、いい子なんだよ」

「ちょっと、男好きだけど……」

美香が付け加える。

亜美のために一生懸命な二人に、気を使わせてしまっている。亜美は申し訳なく思う。

顔を上げ、胸を張り、二人の手を取る。悠希の手は、ごつごつして汗ばんでいる。美香の手は小さな子供の手のようだ。

「気を取り直して出発しよう。二時までに西脇さんのお家に行かなくっちゃ。先生はねえ、若いから、校区の端から端までチャリでかけ回るよ。どうってことない」

自転車をチャリというのも、昨日、平井厚志に教わったばかりだった。

女の子たち

「ここを上がると、新天地《しんてんち》の大通りに出るんだよ。祐《ゆう》くんのママの喫茶店があって、隣がお父さんの組事務所」

美香が小鳥のさえずりのように話しつつ、細くうねった坂道を指さす。

「ほんと、そうだよね。ここからすぐが祐くんち。ニッシーの家に行く前に、祐くんの家庭訪問をしたらいいのに」

勝野悠希がうなずきながら言う。

「祐くんって、誰のこと？」

「えっ？　ああ、並木《なみき》祐哉《ゆうや》くんです」

勝野悠希が答える。

「並木くんの家庭訪問は、四時半に行くことになっている」

亜美は淡々と答える。そうして、美香の顔を見下ろしながら聞く。

「組事務所って、なに」

鈴木美香は、一瞬きょとんとしたあと、首をひねっている。

「祐くんのお父さんは、ヤの字の人なんだ」

鈴木美香に代わって、勝野悠希が説明する。亜美も、美香と同じように首をひねってから、悠希に尋ねる。

「ヤの字って、ヤクザのこと？」

美香と悠希がシンクロしながら首を上下にコクコクしている。

「祐くんのとこは、尽忠会《じんちゅうかい》系なんだって」

勝野悠希は、情報通だ。

亜美は並木祐哉の顔を思い浮かべて、不思議な気分になる。並木祐哉は、きちんとした印象の普通の生徒だ。

「あそこだよ」

不意に悠希が立ち止まる。悠希の指さす先には、「酔風《すいふう》」という名の居酒屋がある。

「西脇さんのところは、居酒屋さんなの？」

亜美が驚いて聞くと、二人はシンクロしながら首を横に振っている。

「違う。違う。居酒屋の裏にある、第一《だいいち》小川荘《おがわそう》。入って二軒目」

言いながら悠希は、トコトコと居酒屋の方向に進んでいく。亜美と美香が後ろに続く。居酒屋とコンビニの間に狭い路地がある。抜けると、「文化住宅」と呼ばれる二階建ての木造建築が何棟か並んでいる。はげかけたピンクのモルタルの壁に、「第一小川荘」と書かれている。

「ニッシー」

勝野悠希がガラガラ声で叫ぶ。西脇沙織は、自宅前に待機していたのだろう。手を振りながら、三人に近づいてくる。

ジーンズに空色のトレーナーを着た西脇沙織は、制服姿より格段にふくらんで見える。鈴木美香の三倍はありそうだ。勝野悠希が西脇沙織と並ぶと可憐《かれん》に見える。

亜美は、先週の身体測定を思い出す。西脇沙織の乗った体重計が六十六キロを示した時には、仰天した。背は、亜美よりだいぶ低い。百五十五センチくらいだった。

「西脇さん。こんにちは。お父さんは、いらっしゃる?」

亜美は、西脇沙織の「個人カード」を思い浮かべながら言った。「個人カード」は、家庭状況を記載した資料だ。それによれば、西脇沙織は父親と二人暮らしだ。亜美の問いに、西脇沙織は憂鬱《ゆううつ》そうにうつむき、勝野悠希と鈴木美香をチラチラと見ている。

「悠希と美香は、お家に帰りなさい。近道はやめて、大通りを通って帰るのよ。道案内、ありがとうね」

亜美は抜けてきた路地をサッと指さすと、西脇沙織の肩をポンとたたく。

亜美は、沙織の後に従いながら振り返ってみる。案《あん》の定《じょう》、悠希と美香は、亜美たちを見つめながら突っ立っている。

「戻りなさいって。先生、怒るから」

亜美が右こぶしを振り上げてたたくまねをすると、二人はしぶしぶ戻り始める。

小川荘に近づくと、下水と腐ったような臭いが鼻につき始める。亜美はバンコクの裏町を思い出す。

西脇沙織は、ガタガタのドアを乱暴に引っ張って開けると、叫び始める。

「父さん、父さん。先生、先生が来たよ」

たいていの子供は「パパ、ママ」と親を呼ぶが、沙織は「父さん」らしい。

沙織宅に頭を突っ込んだ亜美は、一瞬クラッとする。明るい戸外《こがい》に慣れた目に、室内の暗さが目の神経を刺激したのだろう。加えて、何か得体《えたい》のしれない悪臭が脳に突き刺さってくる。猫の鳴き声が奥からしている。猫の排泄《はいせつ》物の臭いかもしれない。

亜美は、二度三度と深呼吸をする。悪臭に対処するには、吸い込んで、鼻を慣らしていくのが最良なのだ。ボランティア活動で行ったタイやカンボジアで学んだ。

目も、次第に暗さに慣れだした。亜美は、玄関に踏み込もうとして躊躇《ちゅうちょ》する。狭いたたきには、脱いだ履物《はきもの》が散乱して、足の踏み場もないのである。

亜美はデイパックを戸口に置くと、履物を整理しだす。子供の頃から、寺の玄関先で履物を整理していたので、慣れている。沙織の父親がおずおずと顔を出す。亜美は玄関の真ん中に立って、丁寧に頭を下げる。

「こんにちは。西脇沙織さんの担任になりました栗崎亜美です」

「あっ。自分が沙織の父です」

玄関に突っ立った沙織の父親を見て、亜美は少し驚く。なんとなく、沙織の父親は、小山のような大男で、頭のはげたおじさんを想像していた。ところが身をかがめながら話す男は、スラリとした好男子だった。

「個人カード」の「勤務先」に工務店の名があったので、建設関係の仕事のようだ。浅黒い顔は、戸外の作業のせいなのだろう。仕事の途中で抜け出したのか、はいているニッカポッカがペンキで汚れている。

沙織の父は、亜美の指定日時に合わせてくれていた。亜美は感謝の気持ちを込めて、にっこり笑いながら言う。

「沙織さんは、学校ではお友達と仲良く過ごしています。入学したばかりなので、なんとも言えないんですけど、今のところは問題もありません。お家ではいかがですか?」

沙織の父は、ハチマキにしたタオルを右手でさすりながら、困ったように、つっかえ、つっかえしゃべった。

「いやあ。食べるんですよ。菓子を。ポテチとか、チョコとか……。また、片付けないから菓子の袋とかで部屋が汚れ放題で。それに、また太るのかなあと……。太っていることで小学校に呼ばれましてねえ。栄養指導とかで……。こっちも仕事で、なかなか気を配ってやれなくて」

父親の後ろに控える西脇沙織の体が狭い部屋の入り口をふさいでしまって、中が見えない。しかし、この臭いとホコリでは、相当な「汚宅」状況なのだろう。

亜美は、悪臭の方向に目をやって途方に暮れる。西脇沙織を普通の体格にするためには、栄養を考えた三度の食事や、片付いた部屋での生活が不可欠と思えるがおそらく、なんとかしてくれそうな大人がいないのだ。亜美自身は、実家に戻って以来、家事すべてを母親にゆだねて、教師業に専念している。なんだか、西脇沙織に申し訳ない気分になる。

「なにしろ、自分が忙しくしているので、なんにもかまってやれなくて……。土日は、自分の実家に行かせています。板宿《いたやど》ですがまあ、近いですし……。実家も喫茶店をやっていて、なかなかなんですが……」

亜美は、いくぶんホッとする。

「お父さんのご実家には、おじいちゃんやおばあちゃんがいらっしゃるんですか」

と、亜美が聞く。

「ええ。自分の両親と妹がいます。これの叔母になる、先生よりちょっと上の歳かな。妹が結構これをかわいがってくれていて……」

と、沙織の父親がぼそぼそと答える。亜美としては、ボランティア体験を踏まえて、もう少し沙織の生活が改善されるような「提言」がしたい。しかし、フミ姉ちゃんからクギを刺されていた。家庭訪問は、生徒の実態を把握《はあく》するために行うのであって、保護者に説教をするためではないというのだ。「数分で、家庭の問題はわかりっこないし、あなたのような若造からとやかく言われたら、親の立場がないでしょ」と言われてしまえば、もっともだった。

このゴミためのような家で、コンビニ弁当とスナック菓子を食べながら、西脇沙織がこれからも暮らしていくことを想像すると、亜美は胸のつぶれる思いになる。同じ中学生というのに、愛情あふれる両親に世話されている勝野悠希や鈴木美香とは、何たる違いだろう。

別れ際に亜美は西脇沙織を連れ出す。沙織は岩のような顔をゆがめて、亜美に言い放つ。

「なに？　もう、家庭訪問、終わったでしょ」

「西脇さん。杉本慎也くんのお家、知っている？」

「慎くんち？　もちろん、知っている。杉本医院だもん。慎くんの父さん、杉本先生に病気になると、診《み》てもらっているもん」

「ここまで勝野さんと鈴木さんに案内してもらって来たから、西脇さんも、先生を杉本くんのところまで、案内してよ」

亜美は、沙織の生活の状況をもっと知りたい。杉本医院まではいくぶん距離がありそうなので、道すがら、いろいろ聞いてみたいと思った。

「朝ご飯は、どうしているの」

西脇沙織は口をへの字にして、目をすがめながらうつむく。

「朝は、食べない」

「朝、食べないと、頭が働かないでしょ」

「お腹、すかないし、朝、抜いた方が、体重が増えなくていい」

ボランティア活動で知り合った保健師さんが嘆きそうな沙織の返答だ。保健師さんは、三食、きちんと食べることが適正な体格を作ると力説していたのだ。

亜美は、並んで角を曲がる沙織を見ながら、朝ご飯の必要性をどう話すべきか、思案する。亜美が口を開きかけたら、急に沙織が右手を上げてうれしそうに叫んだ。

「悠希ちゃん、美香ちゃん」

結局、勝野悠希と鈴木美香は、コンビニの前で待っていたらしい。三人は、駆け寄ってスクラムを組み、飛び跳《は》ねている。

亜美は、西脇沙織の笑顔を初めて見たような気がする。なんだかホッとして、悠希と美香に文句を言いそびれる。

跳ね終わると、三人は頭を集めて何かを熱心に見ている。どうも、勝野悠希はスマホをポケットに入れてきたようだ。

「なに、なに」

西脇沙織は、悠希のスマホに興味津々《しんしん》だ。

「イイよね。うちのママは塾に行く時だけ、ママのケータイを貸してくれるの。ママのケータイは簡単スマホなんだ」

美香が嘆く。

「これって、ゲームも思いっきり、できるよね」

沙織は、座り込みそうだ。

「杉本慎也くんちの道案内をしてくれないなら、帰りなさい」

亜美がおごそかに宣言する。勝野悠希はあわてて、沙織の手からスマホをひったくってポケットに突っ込み、亜美の右腕を取る。

「慎くんちは、こっちです」

駆け寄って左腕を取りながら、美香が言う。

「先生は、ちゃんとしたスマホだよねえ」

「ケータイは、持ってない」

亜美の返答は、三人には衝撃《しょうげき》だったらしい。

「沙織だって、ガラ携は持っている」

得意げに、西脇沙織が叫ぶ。

「すごく不便だよ」

と、勝野悠希。

「ケータイ、持ってない大人って、わたし、初めて会った」

と、鈴木美香。

「別に、不便とは思わないし、ケータイを持たない大人もたまにはいるでしょ」

亜美が、先月までいた研究室には、ケータイを持っていない学生が何人かいた。外国論文をチェックしたり、星の軌道を計算したりするため、パソコンは必需品だ。パソコンの前にいる時間が長いので、メールはパソコンで済《す》ませばよい。

しかし、教師になって以来、亜美はケータイ番号を聞かれ続けている。教頭から聞かれ、徳永主任から聞かれ、君塚先生から聞かれ、もううんざりしている。ここで生徒にまで、ケータイについてとやかく言われるとは。亜美は不機嫌に押し黙《だま》ると、早足で歩き始める。

「でも、ケータイがないって、なんだか、亜美先生らしいよ」

息を切らせつつ、美香が言う。

「うん。亜美先生は、空からか、海からか、地面の下からか、どっか違うところから来たみたいで、面白くっていい」

悠希が笑いながら言う。悠希はファンタジー系のゲームが好きで、妙な言い回しをゲームから引用するのが得意なのだ。しかし、亜美は悠希の評価をどうとればいいのか、よくわからない。でも教師稼業の出だしとしては、これでいいのかもしれない。亜美の個性が認められたわけだから。悠希と腕を組んで歩く沙織が総括《そうかつ》する。

「沙織、亜美ちゃん先生のこと、好きだよ。今までの、どの先生とも違う。ヘンなところが好き」

いろいろな家庭

「慎くんちだよ」

西脇沙織が太くて短い指を伸ばしながら言う。

「本当に、ここなの?」

亜美は、あっけにとられて言う。大名屋敷のような門構えが四人の視界をふさいでいる。

「ほら」

鈴木美香が表札を指さす。「杉本信行《のぶゆき》」とある。杉本慎也の父親の名前だ。

「あっちが杉本医院だよ」

勝野悠希の解説に、亜美は左側を眺める。確かに、駐車スペースの向こうに医院の玄関が見え、診療時間を大書した白い看板が出ている。診療所の隣が住居になっているようだ。

「谷帆乃香さんたちが住む湊町一番館は、すぐそばみたいだし、並木祐哉くんの家もわかったから、ここで解散します。三人とも、早く家に帰りましょう」

西脇沙織は、四人連れでグダグダと歩くのが楽しかったらしく、文句を言い始める。

「亜美ちゃん先生が行こうって誘ったんだから、沙織はココで待っている」

美香が言う。

「わたし、家に帰って塾の準備をしないといけない。悠希も、おんなじ塾だし……。ニッシーが一人で先生の道案内、してもいいとは思うけど、する？」

西脇沙織は、垂れ気味の頬《ほお》の肉をプルプル揺らしながら、首を横に振っている。

「じゃあ、一緒に帰ろう」

勝野悠希が西脇沙織の手を引き、三人は団子になって戻り始める。

亜美が表札の下にあるチャイムを押す。

「どちら様でいらっしゃいますか」

メゾソプラノの声が響いてくる。亜美が名乗ると、カチャンと掛け金の外れる音がする。

古風な見かけに反して、セキュリティーは万全のようだ。門柱の上には監視カメラが装備されているし、門塀《もんぺい》には警備会社のステッカーが貼られている。

中に踏み込んで、亜美は驚きを新たにする。完璧《かんぺき》な日本庭園が広がっていたからだ。大谷石《おおやいし》の敷石を、剪定《せんてい》された植木が縁取り、趣のある石を配した池の中に築山《つきやま》が盛り上がり、そこここに灯籠《とうろう》が配されていた。

屋敷町ならいざ知らず、中小企業の事務所や倉庫、作業所などの入るビルが立ち並ぶ界隈《かいわい》なのだ。新天地の駅も、繁華街も近い。亜美は、キョロキョロとあたりを見回しながら、玄関にたどり着いて、ややホッとする。住居の外観は和風ではあるが、いまどきのツーバイフォー建築だ。

亜美が玄関の引き戸を見回していると、戸が開く。上品な中年女性が立っている。杉本慎也の母なのだろう。

玄関先で失礼するという亜美に母親が言う。

「主人も、慎也の担任にごあいさつしたいと申しますので、ぜひ、おあがりください」

杉本家のリビングは、母親同様、上品で優雅な雰囲気だった。そこここに飾られているパッチワークや刺繍《ししゅう》は、母親の作品なのだろう。

三人掛けのソファーに杉本慎也がちょこんと収まり、その隣の一人掛けに、父親の杉本医師が座っている。母親に促されるままに亜美が歩み寄ると、杉本医師はサッと立ち上がり、頭を下げて言う。

「慎也の父です。午後の診療時間まで、ちょっと時間がありますので、お話をうかがえたらと……」

杉本医師は、白くなりかけた髪と深く刻まれたしわのため、歳よりやや老けて見えた。おだやかで、温かい笑顔を亜美に向け、落ち着いた声で静かに語りかけてくる。

亜美は、慎也の横に腰掛ける。慎也が歯を見せて笑う。日焼けした丸顔に、歯がやけに白い。

母親がケーキと紅茶を運んでくる。手を付けていいものかどうか、ひどくためらわれる。先ほど勝野悠希の母が出してくれたコーヒーはインスタントだったし、ケーキはコンビニで買ったものだった。悠希の母からは、娘の大好きな先生を温かくもてなしたいという気持ちがあふれていた。

しかし、杉本家の紅茶は香りからダージリンらしいし、ケーキも、元町のデパートにしか売っていない限定品だ。慎也の母は、「慎也のために」用意したのだろう。なんだか「ワイロ」みたいで、亜美には、なんとなく抵抗感がある。

「慎也の姉二人は、愛光女学院《あいこうじょがくいん》に行っていまして、立花中には、末っ子の慎也が初めて行くことになりまして……。わたしは立花中の校医をしていますので、先生がたの熱意を存じており、心配はしていません。でも、家内がねえ。末っ子の長男なので、慎也をとても気にかけておりまして……」

杉本医師の話の合間に、母親が割って入る。

「先生。慎也は、学校ではいかがですか？」

亜美は、クラスでの慎也を思い浮かべる。最初の印象と違って、確かに慎也は湊町小学校ご推薦の「良い子」だった。

「元気で、楽しそうに、学校生活を送っています。勉強も、クラスのことも一生懸命です。先日の委員選挙でも、委員長に選ばれていますから、クラスのみんなの人望もあるみたいですよ」

母親の顔に笑顔が広がり、慎也も父親も、ホッとしている。母親の大仰《おおぎょう》な心配ぶりに、つい亜美は皮肉を込めて聞いてしまう。

「お姉さんたちと同じように私学に行かれたら、お母様も、それほどご心配なさらなかったのでは……」

母親は、きまり悪そうな表情で言う。

「わたくしは私学にと思っておりましたが、慎也がどうしても立花中でサッカーをやりたいと申しまして……。小学校でもサッカーをしていて、先輩たちが立花中でうまくなっているのは、沢本《さわもと》先生のご指導がいいからと……。主人も、それほど行きたがっているのなら、慎也の意思を尊重すればと申すものですから……」

そういえば、サッカー部と野球部の表彰状が校長室に並べてあった。

「杉本くんは、サッカーが好きなの？」

亜美は、隣の慎也に尋《たず》ねる。

「はい。すごく好きです」

慎也が明るく答える。

「じゃあ、将来は、Jリーガーになりたいの？」

慎也は、即座に答える。

「はい。できたら、なりたいです」

母親が血相を変えて言う。

「とんでもない。慎ちゃんにはお医者さんになってもらわないと、ママ、困るわ」

一瞬、リビングが静まり返る。杉本医師は、父親の診療所を継いだと聞いている。母親は慎也を医師にして、後を継がせたいのだろう。セレブのニオイのする母親自身も、おそらく医者の娘なのだ。

「ご親戚は、皆さん、お医者様なんですか？」

亜美の質問に、母親は控えめにうなずいている。

「ええ。そうなんですの」

慎也は、困り顔で貧乏ゆすりをし始めている。

「うちの実家は、お寺なんです。親戚一同、男はお坊さんなんですけど、兄は長男なのに、お坊さんにならないで、お医者さんになりました。杉本くん、お坊さんになるのはどう？」

亜美の目の端で、母親が顔色を変えている。一方、慎也は貧乏ゆすりをやめると、首をかしげながら答える。

「ウーン。それは、ちょっと……」

「お医者さんと、お坊さんのどっちがいいの？」

「それなら、医者かなあ」

杉本医師が豪快に笑いだす。

「慎くん、墨染《すみぞ》めの衣《ころも》が似合いそうだよ。声もいいから、お経もうまくなりそうだし」

母親も、仕方なく笑っている。

「今から決めなくても、大人になっていけば、だんだん自分の進路が見えてくるのでは……って、わたしも、自分の進路、すごく迷いました」

亜美は、父親と母親をかわるがわる見ながら言葉を継ぐ。杉本医師がウンウンとうなずきながら言う。

「いやア。息子も、いい先生に持ってもらって良かったですよ。至らないやつですが素直なので、よろしくお願いします」

言い置いて、杉本医師は診療所の方にあわただしく引き上げていく。

「慎ちゃん、お部屋に戻ってね。ママ、もう少し先生とお話があるから」

慎也が出ていくと、母親は座り直して、亜美を見つめる。そうして、控えめに聞く。

「慎也のことで、何か気になることがございましたら……」

「落ち着きがないのがちょっと」

母親が大きくうなずいて言う。

「そうなんですの。いくら言ってもなかなか直らなくて。それではと、夕食後、読書の時間を設けまして、わたしどもと一緒に、静かに本を読むようにしています」

杉本慎也が神妙に本を広げている様子を思い描いて、亜美は危うく吹き出しそうになる。

「先生は、大学をこの春に出たところだそうですね。長女も、この春、大学を出まして……。わたくしどもの娘と違って、先生は本当にしっかりしていらっしゃって。あっ。どうぞ、召し上がってください」

亜美は、紅茶を入れ直すという母親を押しとどめて、断りを入れる。高橋先生とフミ姉ちゃんから生徒宅では飲食をしないように念を押されている。悠希の母の好意も慎也の母の配慮も「お気持ちだけで……」と、遠慮する。

あたりに漂うダージリンの香りに、亜美は西脇沙織と杉本慎也の落差を考える。だが小さな体に母親の重い期待を背負って、落ち着きなく体を動かす慎也が、何の束縛《そくばく》もなく勝手気ままに生活する沙織より幸せなのかどうか、亜美にはわからなかった。

授業計画

「亜美ちゃん、ソープを知らなかったんだって？」

緒方《おがた》先生が亜美の授業計画をチェックしながら聞く。柔道着姿の緒方先生は、亜美の隣に座っている。そこは、高橋郁子先生の席なのだが気にする風もない。右手に指導案、左手にアンパンを持って、パンくずを盛大に机にこぼしている。朝きれいに剃《そ》っていたヒゲがもう伸び始めていて、その無精《ぶしょう》ひげにもパンくずがくっついている。いつ洗ったのかもわからない柔道着にもパンくずが散っているのだが、緒方先生は身なりには一切構わない。大柄な緒方先生は、態度も声も大きい。

下校指導後の職員室は、蛍光灯の光の中で、教師たちがせわしなく動き回る。帰り支度《じたく》を急ぐ教師、ノートやプリントを持ってウロウロする教師、パソコンを起動するのに忙しい教師、今日の出来事を同僚に話す教師などで、ごった返していた。亜美の周囲の教師たちは、緒方先生の言葉に一斉に動きを止めている。帰りかけていた徳永主任が足を止めて聞く。

「本当に？　亜美先生はソープを知らなかったの？　世間知らずというべきか、純情というべきなのか……。いやア、特別天然記念物ですなあ」

亜美は椅子ごと振り返り、通路を隔てて座るフミ姉ちゃんのブラウスの襟《えり》をツンツン引っ張る。フミ姉ちゃんも、椅子ごと振り返って言う。

「わたしがオガチャンに言ったわけじゃあない。亜美ちゃんのクラスの勝野さんがみんなに話したのよ。立花中みたいな下町では、あっという間に情報は拡散するの。ネットは必要ないくらい」

オガチャンは緒方先生の愛称で、立花中に長くいる先生方は、みんなそう呼んでいる。フミ姉ちゃんと緒方先生は、同じ歳だ。二十八歳になる。

フミ姉ちゃんの隣に座るウエちゃんも椅子ごと亜美の方を向いて話しだす。

「わたしも聞いた。中田亮から」

亜美は、ふてくされて言う。

「別に、いいじゃないの。理科の教師がアルキメデスの原理を知らないなら大変だけど」

緒方先生がウンウンとうなずきながら言う。

「アルキメデスの原理は、地球温暖化にも関係しますからね」

話題が変わって、亜美もホッとする。

「しかし、どうして、そんなことになったんですかねえ。テレビとか、新聞とか、雑誌とか、ネットとか、友人たちからの情報とか、一般常識を知るツールは、いっぱいあるはずですがねえ」

帰るはずの徳永主任は椅子に座り直して、興味津々といった顔を亜美に向けている。

フミ姉ちゃんが笑いながら言う。

「亜美ちゃんは天文《てんもん》少女で、夜は星空ばっかり見上げていたのよ。テレビは宇宙に関するものしか見ていないよね」

ウエちゃんがまぜっかえす。

「雑誌は、『天文ガイド』よね。あっ、それと『空手世界』と『仏教ジャーナル』」

亜美は時々、ウエちゃんを蹴《け》り上げたくなる。

「確かに、『天文ガイド』は読んでいます。でも、『空手世界』とか『仏教ジャーナル』なんて雑誌、ありません」

ウエちゃんがシレッと答える。

「へえ、そうなんだ。『空手世界』も、『仏教ジャーナル』も、ないんだ」

緒方先生がアンパンをモゴモゴ飲み込みながら言う。

「でも、修学旅行とかでエッチな話、しますよねえ。女子だって。うちの妹が合宿で、きわどい話をしたって……」

フミ姉ちゃんも、ウエちゃんも、ウンウンうなずいている。フミ姉ちゃんは両親が小学校教師で、徳島の山奥の少女だったし、ウエちゃんは六甲《ろっこう》のお嬢様なのだ。しかし、二人とも「ソープ」を知っている。女の子同士の内緒話には、侮れないものがある。もっとも、フミ姉ちゃんもウエちゃんも、バラエティー番組やワイドショーを結構見ている。

「亜美ちゃんは、女子ばっかりで盛り上がったりしないの？」

亜美はまじめくさって答える。

「うん。天体観測で寝不足気味になるから、寝られる時に寝ていた。合宿とか、修学旅行とか、すぐ寝ていましたね」

実のところ、亜美は女子たちに男子扱いされていた節《ふし》があって、亜美の前では、男子に聞かれたくない話は避ける傾向にあった。そんな話をすれば、ウエちゃんたちに何を言われるかわからないので、あえて言わないことにした。

「もう、わたしも天文少女を卒業しているし、仕事頑張りますから早く指導案、見てください」

亜美は、緒方先生にずけずけと言う。緒方先生は二年生の理科を担当していて、亜美の教科に関する指導教官だ。この春、保育士になった妹と同年だと言って、亜美の面倒をこまめに見てくれている。時々、おせっかいに兄貴風を吹かせるので、亜美は多少ありがた迷惑に思うこともある。

「亜美ちゃん、指導案は指導書の丸写しでいいんだよ。必要な項目を、きちんと過不足なく教えることができるようになってから、自分の個性を出せばいい」

「でも、自然観察の項目は大事だし、指導案も、おおむね指導書通りだと思うんですけど……」

亜美の意見に、緒方先生は、うなずきながらも顔をしかめ、しきりにモジャモジャ頭をかきむしっている。高橋先生の机上にフケが飛び散る。

「いやあ。でもねえ、立花中生を外に連れ出すのは大変なんです」

亜美は、緒方先生の困惑がわからない。

「ねえ、トクさん」

トクさんこと徳永主任の姿は見えない。すでに帰宅している。

「フミ姉ちゃんは、一昨年の亀《かめ》さん事件を知っているよね。ぼくが転勤して来る前なんだけど」

緒方先生の問いに、フミ姉ちゃんが即座に返事をする。

「動物園から亀を持ち出した事件ですよね」

ウエちゃんが面白そうに聞く。

「なに、それ?」

フミ姉ちゃんが答える。

「わたしがここに転勤して来た年、二年生を担当していたのよ。秋の文化発表会前に、動物園に写生に行ったわけ。ゾウに石は投げる。トイレでタバコは吸う。もう、大変だったの。あげくの果てに、隣のクラスの子が亀をジャージの下に入れて持ち帰り、フロ場で飼っていたの。それが保護者の通報でばれたの。かわいそうに、亀さんは何の罪もないのに危うくかまゆでにされるところだったのよ。君塚先生が亀さんを動物園に送り届けて、平謝りしたの。だけど、それから、動物園には写生に行けなくなりました。以上が亀さん事件です」

ウエちゃんがクスクス笑いだす。緒方先生は、まじめくさって亜美に言う。

「立花中生を野外に放すと、とんでもないことが起こるんです」

「でも、理科って科学の基礎を教える教科ですよね。世の中のさまざまの事象《じしょう》を観察して、疑問を持つことから始まる。車はなぜ走るのかとか、空はなぜ青いのかとか、桜はなぜ春に咲くのかとか。そうした問題に仮説を立て、展開し、実験で証明する。それが科学です。観察や実験はとても大事じゃないですか」

亜美の熱弁に、緒方先生も、フミ姉ちゃんも、ウエちゃんも、一瞬、ぽかんとしている。やがて、フミ姉ちゃんがかみしめるように言う。

「やっぱり、亜美ちゃんは純粋ね。みんな、問題だらけの子供たちとどう対応するかに追われて、子供たちに何を伝えようかとか、考えないもの。科学することを教えるのが理科教育って、ま、その通りよね。オガチャン、なんとかして亜美ちゃんに自然観察させてあげなさいよ」

緒方先生は、アンパンの包装紙を握りしめながら思案している。

「いやア。明日の四時間目、ぼくは空いてないんだよね。外に出るなら複数の教師が付いていないと……」

亜美は、あっさりという。

「ああ、それなら大丈夫。わたしのクラス経営の方の指導教官、高橋先生が付いてくれる約束になっています」

「お母さんが付いてくれるなら、大丈夫だよ」

緒方先生がうなずきながら言う。高橋郁子先生は立花中の職員に「お母さん」と呼ばれている。実際、二十代の子供二人の良き母親だ。なによりやさしくて、面倒見がいい性格は、「お母さん」そのものだ。

ウエちゃんがしみじみと言う。

「すごいよ、亜美ちゃん。やっぱり阿弥陀様《あみだ》が付いているのねえ。高橋先生は阿弥陀仏より霊力があると思うよ」

緒方先生が不思議そうに聞く。

「阿弥陀様って」

フミ姉ちゃんが答える。

「亜美ちゃんの実家はお寺なの。住職のおじいさんが阿弥陀様の『阿弥』から、亜美と名付けたそうよ」

緒方先生が口の端についたパン粉を、口の中に押し込みながらうなずく。

「立花公園《たちばなこうえん》は、学校から一分だし、阿弥陀様がお守りしているなら大丈夫。立花中生に科学の神髄《しんずい》を教えてやらないと」

自然観察

「今日は、前の時間に伝えたように、外に出て、自然観察をします」

一年一組の生徒たちは、大喜びで手をたたいている。教室での授業より、外を歩き回る方がたいていの子供は楽しいのだ。

「じゃあ、今配った『自然観察記録』と教科書、筆記具を持って、出ましょう」

子供たちは嬉々《きき》として、バタバタと椅子から立ち上がり、廊下に出ている。ところが吉田英敏と、その子分の進藤義之《しんどうよしゆき》は、なかなか椅子から立ち上がろうとしない。

栗崎亜美はにらみ据《す》えながら、「早く」と裂帛《れっぱく》の気合でせかす。英敏は亜美を上目づかいににらみながら、ゆらりと立ち上がると、手ぶらで出ようとする。義之がそれに続く。

亜美は頬をふくらませて、二人との距離を詰《つ》める。

「栗崎先生、廊下に出た子たちを並べないと。吉田くんたちは、わたしが言って聞かせますから」

教室の後ろで見ていた高橋郁子先生が静かに言う。亜美はハッとする。二人にかまけて、あとの九割の生徒を置き去りにしては、教師失格だ。

廊下では、委員長と副委員長がクラスメートを並べにかかっている。亜美は二人にうなずくと、先頭に立って言う。

「並んだら、出発するよ」

子供たちはどういうわけか、「出発」という言葉を好む。「行く」でも、「出かける」でも同じなのに、「出発」という言葉の方がずっと感触がいい。

どんな魔法を使ったのか、英敏と義之も、ちゃんと列に入っている。高橋先生は亜美に軽く右手を振って、にっこりする。水玉模様のベージュのブラウススーツを着て、小柄な体をピシッと伸ばしている。最近、亜美は、トレーナーと綿パンスタイルを、スーツが定番の教師ルックに変えるべきか、迷っている。

立花公園は、学校の南にある。水道局の建物と道路に囲まれた、こぢんまりした公園だ。あまり手入れが行き届いていないために、雑草がそこここに伸びていて、自然観察にはぴったりだ。

亜美は、公園の入り口に子供たちを並べて、腰を下ろさせる。

「二十分間、公園の中を観察しましょう。草花や昆虫を観察して、どんな場所に、どんな生物がいるかを、『観察記録』の地図に書き込みましょう。特に、どんな生物が日当たりの良い場所を好むか、また、日陰の場所を好むかに注目してね。二十分経ったら笛を吹きますから、また、この場所に戻ってきてね。学校に戻って、次は学校の中を観察するからね」

亜美は、楢原先生から借りてきた笛を見せながら言う。初夏の日差しに照らされて、子供たちはまぶしそうに眼をパチパチさせて、うなずいている。

「では、観察を始めましょう」

亜美が叫ぶと、子供たちはワラワラと公園内に散っていく。小学校を卒業したての生徒たちは、大方が亜美よりはるかに背も低く、体型も、いかにも子供っぽい。三々五々、公園を移動しながら、キンキンした声でさえずるように話している。英敏にしても、体格は大柄だがバラ色の頬やあどけない口元に、子供の面影をとどめている。義之など、イキがってみても、丸い顔に丸い眼をくりくりさせて、高い澄んだ声で話す様子は、まるっきり子供だ。

気温が上がってきたので、今週から合い服を着ても構わない。男子は、長袖のカッターの袖をまくり上げて、うろうろしている。女子は、チェックのベストにスカート、長袖のブラウス姿だ。大きすぎる制服は、子供っぽい生徒たちには、なんだか借り着めいて見える。

砂場の横で、亜美は、身を寄せ合って地面を眺める少女の群れに呼び止められる。

「先生。この花は、タンポポですよね」

「タンポポの花って、カワイイ」

「妖精がタンポポの綿毛に乗って、飛んでいく塗り絵を持っているよ」

亜美は、担任している生徒たちの名は、さすがに覚えた。しかし、週に三時間だけ授業をするほかの四クラスの子供たちは、顔と名前が結びつかない。今日の一組の生徒も、目立った数人しか、わからない。

「先生、観察記録の書き方がよくわかりません」

三つ編みの少女が言う。

「この地図で見ると、入ってきた入り口がここでしょ。だから、タンポポは、このあたりに咲いているの。地図のこのあたりに、タンポポの印を入れるといいよ」

亜美が説明すると、目を輝かせて、うなずいている。

「黄色いマーカーで印をつけてもいい？」

ショートカットの少女が聞く。

「イラストにしてもいい？」

おかっぱ風の少女が聞く。亜美は、名札で名前を確認しながらうなずく。この五人グループの少女たちは、亜美の指導した通りに、教科書を見ながら、「自然観察記録」に花の名を書き入れている。しかし、この子たちの名を、亜美は覚えてはいない。なんだか申し訳ない気分になる。

どういうわけか、平凡な普通の生徒は、名前がなかなか定着しない。一組で、真っ先に名前を覚えたのは吉田英敏、次が進藤義之だ。つまり、手のかかる生徒の名を、まず覚える。大声でしゃべったり、指示を無視したりして、注意せざるを得ないからだ。次は、委員長や副委員長といったリーダーだ。列の先頭に並ぶし、あいさつの号令をかけるので目立つ。さらに、勝野悠希のような良くも悪くも騒がしい、ムードメーカーの生徒だ。

この五人は、「普通の子」グループだ。亜美のクラスにいる鈴木美香のような生徒だ。この五人の中に美香がいても、おかしくはない。美香も、亜美のクラスにいなかったら、いまだに名前を覚えてはいないだろう。

アニメ美少女、美香とは、家庭訪問以来、すっかり打ち解けていて、美香は亜美が顧問をするバレーボール部に入部した。美香は一見「良い子」だが、ちゃっかりした面もあるし、ものの見方も辛辣《しんらつ》で、毒のある言葉を平然と口にする。

名前を覚えなければ、一人一人の個性もわからず、人間関係も結べない。人間関係が結べなければ、教え教えられる関係も築けない。フミ姉ちゃんにも、高橋先生にも、「早く、生徒の名前を覚えるように」と言われている。

「あなたたちの観察記録、いいんだけど、植物ばかりだよね。昆虫とか、ミミズとかも観察しないと……」

五人の少女たちは、一斉に派手な悲鳴を上げ、周りの女子が集まってくる。

「虫は無理」

と、三つ編みが叫ぶ。

「ミミズなんて、ダメ」

おかっぱが宣言する。

「あっちの男子たち、クモで遊んでいます」

駆け寄った背の高い少女が憤懣《ふんまん》やるかたないといった調子で、亜美に訴える。

亜美は、少女が指さす桜の木の方向に歩きだす。桜はすでに葉桜になっていて、あたりに緑陰を作っている。初夏の風がかすかに葉をゆすり、そのたびに、少年たちのカッターシャツに映《うつ》る葉陰も微妙に揺れている。

「君たち、セアカゴケグモだったらどうするの。毒があるよ」

男の子たちは一斉に立ち上がり、腕に這《は》わせていたクモを振り払う。桜の根元にうずくまる少年が悠然という。

「これ、セアカゴケグモじゃあないです。背中に赤い模様がない」

亜美は、星座に夢中になる前は昆虫やクモが好きだった。亜美もクモを手に載せて、興味深く眺める。少年たちは不屈の努力で、クモをかき集めたようだ。クモは、一か所に集まることはない。これでは観察ではなく、採集になってしまう。

「このクモは、クサグモか、コクサグモのどちらかね」

男の子たちは、目を皿のようにして、先ほど振り払ったクモたちを見つけて、指でつまんでいる。亜美は、クモをそっと下ろすと、すぐかたわらの少年が脇に抱えている自然観察記録を指でパンパンとはじく。

「クモは面白いけど、遊んでいる時間はありません。記録用紙に記入すること」

少年たちは立ち上がって、コクコクうなずいている。亜美のクラス一番の「ワル」、平井厚志の触れ込みで、亜美が空手の有段者であることが知れ渡ってしまった。それで、普通の男の子たちはおっかなびっくり接し、「ワル」連中は、どこか挑戦的に対してくる。もう少し一緒にクモとたわむれていたい亜美にとっては、ちょっと寂しい応対だ。

「ところで、クモは昆虫ですか？」

亜美は少年たちに問う。

「うん。昆虫だよな」

少し髪の赤い少年が言う。

「ちげえよ。昆虫は、足が六本だろ。クモは八本」

小柄な少年が得々と述べる。先ほど、セアカゴケグモの特徴を指摘した子だ。亜美は、右手の人差し指を顔の横でくるくる回しながら言う。

「ピンポン、ピンポン。クモは、節足動物《せっそく》です」

少年は得意げに大きな前歯を見せて笑い、ほかの子が拍手をする。みどりの風の中で、亜美は、なんだか幸せな気分になる。

「栗崎先生、時間です」

高橋先生の低い落ち着いた声が後ろからする。亜美はあわてて笛を取り上げて、鋭い音をあたりに響かせる。

子供たちは、あたふたと公園の入り口に駆けつけ、きちんと並んで腰を下ろしている。英敏と義之がいない。二人はブレザーを着ていて、白いカッターシャツの群れの中で浮いていた。亜美のクラスの平井厚志もこの暑さの中、ブレザーを着続けている。「ワル」連中は、目立つことが好きなのだ。

木立の向こう、公園をめぐる道路から、二人が悠然と歩いてくる。両手をズボンのポケットに突っ込み、前かがみになり、極端に足を外向きにして、肩を揺らしている。公園の外に出ないようにという、亜美の指示をまったく無視している。亜美の目が吊り上がる。無意識に両手を握って構える。行儀よく並んで座っている子供たちは、一斉に身を縮める。しかし、亜美は、子供たちの様子にまったく気がつかない。獲物《えもの》を見据える鋭い眼で、英敏と義之をにらみ据えている。

　亜美は、近づいてくる二人に大股でツカツカ歩み寄る。英敏から、タバコの臭いが漂ってくる。亜美は、二人をにらみ据えたまま、押し殺した声で言う。

「遅い」

　亜美の気迫に、二人は一瞬押される。英敏が三白眼《さんぱくがん》で亜美を見ると、ズイッと一歩踏み出す。

「英ちゃん」

　高橋先生の声だ。高橋先生が亜美と英敏の間に割って入る。

「栗崎先生、ほかの子を学校へお願いします」

　どういうわけか、英敏は一歩後ろに下がってうつむいている。義之は、高橋先生ならどうにかなると踏んだらしい。横から前に出ながら、こぶしを振り上げ叫んでいる。

「ババアは、引っ込んでろ」

　亜美はあわてて高橋先生の手を引っ張ろうとしたが、亜美より早く、英敏が義之を突き飛ばしている。亜美は、何がなんだかわからない。地面に倒れ込んだ義之はあっけにとられ、うらみがましく、英敏を見上げている。英敏は腕を伸ばして義之を助け起こすと、ささやくように言う。

「お前、高橋先生に手を出したって知られたら、和兄ちゃんに殺されるぞ」

義之は、血相を変えながら聞く。

「和兄ちゃんって、宇治《うじ》にいる英ちゃんのイトコのこと?」

吉田英敏は、重々しくうなずいている。

「高橋先生は三年間、和兄ちゃんの担任だったんだよ。高橋先生に逆らったら、容赦《ようしゃ》しないって言われている。お前の周りのヤツらにも言っとけって……」

義之の顔は、恐怖でひきつっている。

「栗崎先生、二人のことは任せて学校へお戻りください。わたしがちょっと、目を離してしまったせいです」

高橋先生は毅然とした表情で、亜美に言う。亜美はなんとなく、高橋先生に非難されているような気がして、走って子供たちの居並ぶ場へ取って返す。

亜美は、生徒たちを校庭に連れて戻る。校庭では、三年生が体育の授業を受けていた。邪魔にならないように、学校内の自然観察を指示すると、子供たちは機嫌よく、学校にわずかに残る自然を求めて散っていく。大方は、桜の木のあたりに引き寄せられていく。そのあたりが虫も草も一番多いのだ。

しばらくすると、高橋先生が二人を連れて戻って来る。亜美は駆け寄って、高橋先生に感謝を込めて一礼する。高橋先生は、やさしい笑顔で亜美にうなずく。

「吉田くん。自然って言葉、知っている?」

高橋先生が後ろにしょんぼりと従っている英敏に聞いている。英敏は、ムッとした顔で答える。

「それくらい、オレでも知っている。ええっと、海とか山」

「進藤くんは？」

「ウーン。空とか地面」

「そうだよね。人間が作ってないものが自然だよね。わたしたちはね、自然がないと生きていけない。空気とか、太陽とか。その自然を、学校の周りから探すのが今日の授業なんだよ。大事な授業なんだから、しっかり受けないとね」

英敏はウンウンうなずきながら、義之と連れ立って、神妙に歩いていく。

亜美は、なんだか泣きたい気分になる。もっと、今日の授業の目的を、誰にでもわかるように説明すれば良かった。理科の授業のやり方を、家庭科教諭の高橋先生に教わることになってしまったのだ。高橋先生にも、生徒たちにも、申し訳ない気分だ。高橋先生が亜美の肩をポンとたたく。

「公立の中学校には、本当に、いろいろな生徒がいる。同じことをさせるのも大事です。だけど、英ちゃんなんかは、おとなしく座っているのも大変なの。そうなったのも、家庭環境とか、成育歴とか、語りつくせない深いわけがあってね。まだ、先生になって一か月も経ってないから、わからなくて当たり前だけど、彼らの気持ちを理解してあげてね」

亜美は、黙ってうなずく。

「それと、空手で生徒をおどかすのは、ほどほどにね。もっとも、本音を言えば、すごくうらやましいんだけど」

亜美も、気合で抑えにかかる自分に嫌気がさしていて、素直に同感する。

「ところで、高橋先生。和兄ちゃんって宇治に住んでいるんですか？」

「ああ。あの子たちが宇治と言えば、少年院のこと。吉田和幸《かずゆき》くんは、宇治少年院に入所しています」

亜美は、宇治に少年院があることも、初めて知った。あの二人があれほど恐れるのだから、「和兄ちゃん」は、極めて凶暴なのだろう。おそらく、傷害事件で入所するはめになったのだ。その「和兄ちゃん」が高橋先生を大切に想っている。

確かに高橋先生には、ウエちゃんの言う通り、「霊力」がある。亜美は改めて、高橋先生を見つめる。やさしく微笑む高橋先生は、どこにでもいるオバサンにしか見えない。高橋先生は亜美の心を見透かすように、いたずらっぽく笑いながら言った。

「子供たちを、大切にしてあげてね。そうすれば、彼らも亜美先生を大切に想ってくれますよ」

初めての道徳授業

初夏の日差しとともに、ゴールデンウイークが始まった。たいていの会社は、長い休みに入っている。しかし、学校は土日と祝日以外、いつもの通りだ。晴れ渡った月曜日、亜美は、いつもの時間に、いつもの電車で出勤する。電車は、がら空きだ。

毎週、月曜日は朝集《ちょうしゅう》（朝の集会）がある。本館前に置かれた朝礼台を中心に、全校生徒が本館に向かって整列する。真ん中が一年生で、二年が右、三年が左に並ぶ。一年三組、つまり、ウエちゃんのクラスが朝礼台のすぐ前に並び、亜美のクラスの二組は、その左に並ぶ。

ゆうべ、亜美は遅くまで、久しぶりに趣味の天体観測をした。寝不足がたたり、初夏の日差しがことのほか、目にしみる。まぶしそうに眼をすがめながら、二組の先頭に歩み寄る。

ちらりと左を見る。一年一組担任の楢原先生が難しい顔で右手を上げ、列の並びを調整している。体育の先生らしく、列はサシで測ったようにキレイに整っている。もっとも、列を乱す英敏は、今日もいない。このところ、英ちゃんは、二時間目が終わる頃に登校するのだ。

二組の先頭には、大柄な服部優紀子《はっとりゆきこ》と、小柄な杉本慎也が立っている。亜美が近づくと、副委員長の優紀子は、伏し目がちにやさしく微笑む。優紀子の陰から、クラス一背の低い鈴木美香がピョコリと顔を出し、アニメ顔の横で手を振っている。委員長の慎也は、満面の笑みだ。

歓迎されて、亜美はうれしい。だが二組の列を見ると、うれしさはたちまち半減する。列は、奇妙に蛇行している。亜美はどう調整すればいいのか、まったくわからない。三組も、四組も、五組も、きれいに並んでいる。

どうしてなのか、亜美は、慎也と優紀子の顔を交互に見つめる。慎也も優紀子も、「前にならえ」「なおれ」などと叫びながら、一生懸命に並べていた。二人は、どんなことにも気の毒なほど全力であたる。

亜美は気を取り直して、人数を数え始める。男子は全員そろっているが、女子は二人足りない。一人は、「岡部七海《おかべななみ》」だ。今朝がた、母親から体調が悪いため欠席するという電話があった。ところがもう一人が誰なのか、まったくわからないのだ。

二組の生徒とは、三週間べったり付き合った。朝のショートタイムに、昼の昼食指導。終わりのショートタイムに、理科の授業。道徳の学習にホームルーム指導。総合的な学習に放課後の清掃指導。顔を見れば、名前がちゃんと出てくる。背の順に並ぶ男子の顔も、女子の顔も、みんなわかる。しかし、誰がいないのか、わからない。

ウエちゃんが三組の列の間を歩いていく。水色のさわやかなスーツを着ている。二、三日したら、勝野悠希がブランド名を教えてくれるはずだ。悠希は、亜美にユニクロ以外の服を着てくるように、しつこく迫ってくる。亜美は、「金がない」と一蹴《いっしゅう》した。すると、「亜美先生のお寺には賽銭箱《さいせんばこ》があるんでしょ。賽銭箱から出して、『青山』か『はるやま』に行けばいいのに」と言い出した。亜美は間髪《かんはつ》を入れず、仏罰が下ると少し本気で叱ったので、悠希もややおとなしくなっている。

水色の背中が歩みを止める。ウエちゃんは、中田亮を後ろに引きずり出している。亮は、言われるままおとなしく、スニーカーにかかとを入れて、はき直している。

亮は、亜美が入学式に初めて名前を覚えた生徒だ。英敏の取り巻き連の一人で、服の着方も身のこなしも、ヤクザのヒナ型だ。事実、父親はその筋の人らしい。幸原や新天地と言った歓楽街を抱える立花中校区には、「組事務所」がかなりの数あるのだと、フミ姉ちゃんが教えてくれていた。

亮は、小学校の頃は不登校だった。中学校も登校しないとみられていたが、毎朝登校し、担任のウエちゃんには、極めて従順だ。担任が美人だからと言われていたが、亜美はそうは思えない。中田亮自身が驚くほどキレイだったからだ。キレイな少年は、美人の先生に促されるままに、列に収まっている。

亜美は、なんだか憂鬱《ゆううつ》な気分だ。五人の一年生担任の中で、自分が一番ダメ教師だ。尾高先生や楢原先生のようなベテランとは、比べるのもおこがましい。フミ姉ちゃんは別次元の人だ。しかし、ウエちゃんは、たった一年先輩なだけなのに、きちんとクラスをまとめている。亜美は、クラスの列さえきちんと並べられない。

和泉校長が朝礼台に上がる。全校生、四百四十名余が一斉にあいさつする。和泉校長のアルトが校庭に拡散していく。校庭の外れの桜若葉が緑風に揺れる。立花中の上には、澄んだ五月の青空が広がっている。

和泉校長は紺のスーツで姿勢を正し、左から右、右から左と子供たちを等分に見ながら話し続ける。訓話《くんわ》の内容は、部活動だ。

「土曜日から市民体育大会が始まりました。運動部の皆さんは、あちこちの会場で試合をしたり、応援したりと忙しくしていますね。入部したての一年生も、二年や三年の先輩たちと一緒に頑張っていると思います。二年生や三年生は、自分が一年生だった時、どんな上級生が好きで、どんな上級生が嫌いでしたか。今、自分はいい上級生になれていますか」

和泉校長は、具体例を挙げて、上級生と新入生の関係について熱弁を振るう。バレー部の指導に悩んでいる亜美は、思わず聞き耳を立てる。亜美の頭から、欠席者が誰なのかという重大な問題が飛び去っていく。

朝集のあと、一校時は道徳の時間だ。朝の打ち合わせを終えて、亜美は急いで職員室を出る。フミ姉ちゃんとウエちゃんが一緒だ。踊り場で足を止め、ウエちゃんが気づかわしげに尋ねる。

「亜美ちゃん、元気ないね。どうしたの？」

フミ姉ちゃんは、持っている出席簿で軽く亜美の頭をはたく。

「高橋先生から、道徳の指導案をもらって、授業のやり方も聞いていたでしょ。道徳の副読本、『私たちの仲間』は、よくできているわよ。今日の『正夫の決心』だけど、子供に読ませて、当たり前の結論でまとめればＯＫよ。わたしや、ウエちゃんみたいに教育系の学部を出ていても、いちいち道徳の模擬授業の演習をしてきたわけじゃあないの。亜美ちゃんみたいに、理学部を出ていても一緒、一緒」

フミ姉ちゃんは、亜美の「悩み」をよく把握している。このところ、亜美はさまざまな局面で、指導力のなさを痛感している。その理由の一端が「宇宙地球物理学」という浮き世離れした専攻にあるような気がしている。フミ姉ちゃんも、ウエちゃんも、地元の国立大学の発達科学部出身だった。惑星の軌道計算ではなく、もっと教育に役立つ講義を受けているに違いないのだ。

「道徳って、お寺のお坊さんの説教と同じ。亜美ちゃんの方が得意だってば」

ウエちゃんが言う。フミ姉ちゃんがウンウンとうなずき、右手でこぶしを作って亜美の後頭部をつく。

「亜美ちゃんらしくもない。ほら、カラテ・ガール、ファイト」

亜美は半ば本気で、フミ姉ちゃんをにらむと、階段を駆け上がって教室に向かった。


子供たちとあいさつを交わしながら、亜美は、朝のマニュアルを思い浮かべる。

まずは、出席の確認だ。窓側、後ろから二つ目の席は「岡部七海」の席だ。母親から欠席の連絡は受けている。窓から二列目、一番後ろの席が空席になっている。無断欠席者は、「桑山《くわやま》早紀《さき》」だ。

早紀はまじめで、おとなしい少女だ。確か、多聞町《たもんちょう》のケーキ屋の娘だった。今すぐ、家庭に連絡すべきだろうか。しかし、何の問題もなさそうな早紀なのだ。この時間が終わったあとでもいいだろう。

亜美はチョークを取り上げて、黒板に向かう。大きく、「希望と目標」と書く。今日の道徳授業のテーマだ。

「ホント、先生は字が上手だよね」

目の前に座る谷帆乃香は、亜美が黒板に字を書くたびにほめてくれる。ショートヘアに鼻筋の通った印象的な少女だが常に眉を怒らせて、眉を寄せている。小学校の担任を、階段から突き落としたことがあると聞く。

「谷さんは、お習字を習っているの?」

帆乃香は、恥ずかしそうに頬を染めて、うなずく。この分なら、さしあたり、帆乃香に階段から突き落とされることはなさそうだ。

「今日は、『正夫の決心』のところを読みます。誰か、読んでくれる人、いますか?」

亜美が問うと、パラパラ手が上がる。さすが一年生だ。

「坪井さん」

亜美は、帆乃香の後ろに座る坪井英里を指名する。英里は、幸原にある高級料亭の娘だ。欲しいものは、何でも買ってもらっていると、勝野悠希がうらやんでいた女生徒だ。

英里が立ち上がる。太めの日本人形は、キレイな声を高く張って読み始める。悠希によれば、英里は女子アナ志望だという。しかし、絵里の読み方は芝居がかっていて、アナウンサーには不向きだ。時々、漢字の読みで詰まる。詰まると、斜め前に座る服部優紀子の肩をついている。優紀子は、すかさず小声で教えている。優紀子は、入学当初の基礎学力テストで学年トップだった生徒だ。

次に指名した鈴木美香のアニメ声が教室に流れ始める。開け放った窓から五月の風が入ってきて、美香の声に溶け込んでいく。教室の雰囲気がなごやかになる。亜美の鬱っぽい気分も、徐々に晴れてくる。

突然、教室の前方のドアが激しくノックされる。ガラス戸がガチャガチャと嫌な音を立てている。

亜美は、あわててドアを開ける。桑山早紀とその母親が並んで立っている。その太った親子は、入り口を完全にふさいでしまっている。

亜美は驚いて、一歩下がろうとして踏みとどまる。何にしろ、後退するのが亜美は大嫌いなのだ。「何はともあれ、あいさつです」というフミ姉ちゃんの声が頭に響いてくる。

「おはようございます」

亜美は桑山親子に明るく声をかけ、丁寧に頭を下げる。桑山早紀の母はギョッとした表情で、後ろに下がる。亜美は教室に向かって声をかける。

「鈴木さんは座ってね。皆さん、ちょっと待っていてください」

亜美は、早紀の母親めがけて、ずいと踏み出す。母親は押されて後退する。亜美は後ろ手で戸を閉めると、二人と向き合う。

桑山早紀の母親とは、家庭訪問で会っている。ケーキ屋のショーケース越しに話した。キレイに化粧をして、気取っていた母親と同じ人物とは到底思えない。スッピンの顔は肌荒れが目立ち、どこか妖怪めいていていた。

「娘が学校に行きたくないと言い出しました。先生がこわくて、行けないそうです」

早紀の母親は、隣の娘を亜美の前に突き出す。早紀はくせ毛を振り乱し、泣きはらした顔にメガネが斜めに張り付いている。顔には恐怖の表情を浮かべていたが、亜美と至近距離になっても表情はさして動かない。亜美より、母親が今は恐怖の対象になっているのだ。そういえば、金曜日の理科の授業で、宿題のプリントを忘れてきた生徒数人をこっぴどく叱った。その中に、桑山早紀が入っていた。早紀は、宿題を忘れるタイプではない。何か、双方に思い違いがあったのかもしれない。ともかく、事情を聞くべきだったのだ。

亜美は、子供をあやすのが得意だ。寿洸寺の子供会を世話していたし、葬儀や法事で泣き叫ぶ子供を預かる係だった。桑山早紀は、「泣き叫ぶ子供」だ。亜美は、ゆっくりと早紀の丸い体に斜め掛けしている通学カバンを外し、メガネを掛け直してやる。早紀は、されるままになっている。

亜美は、小さな子供に対するように身をかがめて早紀と目線をそろえ、おだやかな声で聞く。

「先生のこと、こわい?」

早紀は、うつむいて激しく首を振る。

「じゃあ、先生と教室に入る?」

早紀は、何度もコクコクとうなずく。亜美は立ち上がると、早紀の母親に断固として宣言する。

「桑山さんは、わたしが面倒を見ますので、お母様はお引き取りください」

早紀の母親は、なにか言いたそうに口をモゴモゴしていたが、早紀の気の変わらないうちにと思い返したらしい。黙ってきびすを返すと、どたどたと足音をさせながら引き上げていく。

亜美は、早紀をまず、トイレに連れて行き、顔を洗わせる。背中をさすって、何度も大丈夫かと確認を取る。早紀は、ふだんの顔に戻ってうなずいている。

廊下に連れ立つ亜美と早紀の耳に、教室の喧騒《けんそう》が聞こえてくる。平井厚志が何事か叫ぶと、けたたましい笑いが巻き起こり、杉本慎也が「静かにしてください」と叫んでいる。一組の戸が開き、楢原先生が心配そうに飛び出してくる。亜美は、楢原先生に右手を振って、うなずいてみせる。

亜美が教室に入ると、厚志が椅子の上に立って、早紀の母親の物まねをしている。基礎学力テストでは、全教科一桁《ひとけた》だった厚志が早紀の母親のセリフをすべて覚えているのに、亜美は感じ入ってしまう。

亜美がじっと見つめていることに、厚志はまったく気がつかない。しかし、ほかの者は、黙っている亜美を不気味に感じたらしく、潮が引くように静かになっていく。

「アッちゃん」

厚志の右後方に座る並木祐哉が声をかける。厚志はあわてて席に座って、口を閉じる。

教室内が水を打ったように静まり返る。

亜美は、早紀を席につかせる。

「平井厚志くんの『先生がこわい』がえらく受けていましたね」

亜美が話しだすと、教室中が凍りつく。亜美は、悠希や沙織までがきゃあきゃあ、はやし立てながら、馬鹿笑いをしていたのが正直ショックだった。

「先生は、こわいですか？」

少し沈鬱《ちんうつ》な調子で亜美が聞く。クラスは、ますます極地と化す。誰もが動きを止めて、息を詰めている。

「はい」

慎也が手を挙げている。亜美は右手を挙げて、慎也を指さす。

「杉本くん」

慎也が立ち上がる。

「こわい時もあるけど、よく冗談も言うし、一緒にバレーボールとかで遊んでくれて、いい先生だとぼくは思います」

それは亜美が二十二年間に聞いた中で、一番うれしい言葉のような気がする。

「ありがとう」

亜美が言うと、服部優紀子が静かに拍手を始める。谷帆乃香が間髪入れずに手をたたきだし、クラス全員が手をたたいている。

ホッとした空気の中で、帆乃香が一番後ろの席に座る桑山早紀を指さして、キンキン声を張り上げる。

「早紀ちゃんが悪いんだよ。早紀ちゃんがお母さんを連れてくるから……」

亜美は、帆乃香の机を軽くこぶしでトンとたたく。帆乃香は、はじかれたように前を向き、不安げな顔で亜美の瞳をのぞき込む。亜美は帆乃香の目を見ながら、ゆっくりと首を振る。

「早紀ちゃんのせいじゃないの。先生が悪いんだよ」

言い置いて、亜美は早紀の席に歩み寄る。早紀は丸い体をますます丸めて、座席の上に固まっている。

「桑山さん、金曜日の理科の宿題プリントだけど、本当にしていなかったの?」

涙声で早紀は答える。

「ううん。家で、ちゃんとしていたんだけど、机のところに置き忘れたの。言おうと思ったけど、言えなかったんです」

亜美は、静かに言う。

「ちゃんと確認しなかった先生が悪いんだよ。桑山さんは悪くない」

早紀はハンカチで涙をふきながら、恐る恐る顔を上げて、小さな目を精いっぱい大きくして亜美を見る。亜美は、きちんと姿勢を正すと、桑山早紀に丁重《ていちょう》に頭を下げる。

「桑山さん。ごめんなさい。先生が悪かったです」

教室の空気がざわめく。厚志が叫ぶ。

「すげえ。桑山が先生を謝らせた」

沙織が叫んでいる。

「先生も、謝るの？」

みんなが口々に感想を述べ始める。亜美は教卓に戻ると、両手を広げて空気を押さえるようなしぐさをする。

「ハーイ。静かに。先生は、新米なんだよ。杉本くんのお姉さんと同じ歳なの。間違ったら謝るし、正しいと思ったら怒ります」

沙織がため息交じりに言う。

「なんだ。亜美ちゃんにらみは続くのか」

亜美は、目つきの悪さを自覚しているが「亜美ちゃんにらみ」は心外だ。

「はい」

悠希が手を挙げる。

「勝野さん」

亜美が指名すると、悠希はパッと立ち上がる。

「亜美先生が空手五段というのは、本当ですか？」

亜美は、目を丸くして言う。

「五段だなんて誰が言ったの。先生は初段です。叔父さんが空手を教えてて、小学生の頃から中学二年まで習ってた。そんなに強くないです」

亜美は、もう少し空手を続けたかった。しかし、叔父がオーストラリアに行ってしまい、けいこは中断されたのだ。亜美は、久しぶりに叔父を思い出す。叔父はオーストラリアの大学で中国史を講じている。今頃、どうしているだろう。亜美は、かわいがってくれた叔父を思い浮かべて、ニッコリする。教室の空気が和む。

亜美は、改めて思う。亜美の気持ち一つで、一年二組の雰囲気が変わる。この小宇宙は、亜美を中心に回っている。亜美の言動一つで、子供を地獄のふちに放り込むこともあるし、誤った方向に連れて行くことにもなる。もう、天体観測はあきらめ、この子たちのために頑張るしかないのだ。

「平井くん。そんなに喜ばないでね。初段だって、瓦は何枚も割れるんだよ」

厚志は、むきになって叫ぶ。

「オレ、喜んでなんていません」

教室にゆっくりチャイムの音が響き始める。こうして、初めての亜美の道徳授業は終わったのだ。

未知との遭遇

ゴールデンウイークが終わった。和泉校長が言っていたように、この時期は市民体育大会がある。亜美は、君塚先生と一緒にバレーボール部員を引率し、休日返上で、あちこちの中学校に出かけた。君塚先生は、バレーボールの指導では結構有名らしい。

亜美は、中学生の時、一応バレー部員ではあったがさしてうまくもなかったし、熱心でもなかった。ルールも、なんとか思い出す程度で、君塚先生の後を金魚のフンのように、ついて回っただけである。

右往左往しながらも、部の顧問としてなにをすべきかわからない。なんだか、疲労感だけが残る黄金週間だった。

だから、試合も休みも終わって、フミ姉ちゃんやウエちゃんと、朝の職員室で顔を合わせた時は、ホッとした。

それに、この日は、亜美の授業時間が少ないラッキーな日だ。一校時は、亜美もウエちゃんも時間が空いている。朝のショートタイムを終えて、職員室に戻った亜美に、ウエちゃんが声をかけてくる。

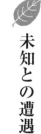

「亜美ちゃん、一校時は空いていたよね」

亜美は、「うん」と言いつつうなずく。

「中田亮が無断欠席しているの。一緒に家庭訪問、行ってほしいんだけど」

亜美は、再びうなずきながら言う。

「うん、いいよ」

ウエちゃんは、教頭の席に歩み寄り、小声で声をかけている。家庭訪問の許可を得ているのだろう。


連れ立って校門を出る。校門の戸締まりは、かなりうるさく言われているのだが亜美は適当に閉める。ウエちゃんは、ちゃんと閉まっているかどうか、入念に点検している。亜美は、内心（ご苦労さん）と苦笑する。

夏の気配が漂う晴れ渡った日で、校舎を出ると、亜美は思わずウキウキする。歩道に沿って植えられたサツキが小さな鉄サビ色の花をつけている。スキップしそうな亜美をウエちゃんがたしなめる。

「亜美ちゃん、校舎の窓から見えるわよ」

丹波《たんば》街道《かいどう》に出るまで、ウエちゃんは黙って前を歩いている。今日は、クリーム色のサマースーツだ。ミニと言えるか言えないかという丈のスカートから伸びた足がきれいだ。

丹波街道は、忙しく車が行きかっている。立ち並ぶ商店や事務所は、まだ営業前で、いずれもシャッターが閉まっていた。ウエちゃんはあたりを見回すと、ついと亜美と並んで話し始める。

「桑山さんの件、大変だったみたいね」

ウエちゃんは興味津々だ。そういえば、詳しく話す時間がなかった。

「うん。わたしは、桑山早紀さんもご機嫌が直ったんだし、もう大丈夫って感じだったんだけど、早紀ママの気持ちが収まっていなかったんだよね」

「お母さんが校長室に乗り込んだみたいね。すごいモンスターペアレントだって、フミ姉ちゃんも言っていた。廊下をへだてた職員室まで、響き渡る怒鳴り声だったって」

「わたしに言っても、らちが明かないって思ったんだよね。校長室に三時間、お昼までいたみたい。早紀ママ自身も、中学生の頃いじめにあって、その時の学校の対応まで延々と訴えたらしいんだよ」

ウエちゃんは顔を上げて、五月の澄み渡る空を眺め、まぶしそうに顔をしかめてから、亜美を見つめて言う。

「それで、まだ、もめているの？」

「ううん。その夜に、校長と一緒に、家庭訪問に行ったんだよ。さすが和泉校長。早紀ママは、とろけそうな笑顔で、校長を出迎えて言ったの。こんなにちゃんと話を聞いてもらったのは、初めてだって。要するに早紀ママは、和泉校長のファンになっちゃったの。校長と早紀ちゃんの取り成しで一件落着」

ウエちゃんは、フフフと笑いながら言う。

「良かったわね」

「良かないわよ。連絡がないと思えば、朝礼の時、電話を掛ければ、こんなにこじれなかったって高橋先生には注意されたの。親にまでけんか腰だと、かわいそうなのは間にはさまれる生徒だと、校長には叱られるし。親も子供を思うからこそ、学校にいろいろと要求してくるんだから、ゆっくり話を聞きなさいって」

ウエちゃんは、憤然と答える。

「理想論よね。いろんな保護者がいるのに。今から行く亮パパは、すごいわよ」

「どんなふうに」

「子供のことに、意識が行かないのね。亮が学校に行こうが休もうが、関係ないみたいな」

悠希や美香が住むマンションから西に入る。角を曲がるたびに、道はどんどん狭くなる。

「もしかして、中田亮くんの家は、幸原にあるの?」

「だから、亜美ちゃんを誘ったんじゃない。ほかなら一人で行きます」

「でも、やっぱり、若い女が二人って、まずくない」

「ネオンまたたく夜なら、いざ知らず、こんな朝から、ソープもフーゾクもまだ営業してないでしょ。それに、亜美ちゃんは空手五段だよね」

「初段だってば」

亜美は、ウエちゃんにボディーガード扱いされて、気分を害する。ウエちゃんは、目的のためには手段を選ばない。もっとも、亜美とウエちゃんの目的は同じだ。和泉校長のかかげる「立花中生の、よりよい、生活と未来のために」頑張っている。ウエちゃんの「突《とっ》破力《ぱりょく》」に文句を言っている場合ではない。励みとすべきなのだ。


女子大寮という看板のかかった、わけのわからない店の角を曲がる。怪しいインターネットカフェの隣にある、怪しい喫茶店が中田亮の自宅だ。シャッターの降りた喫茶店の横に、目立たないドアがあり、ここが出入り口になっている。カギは、かかっていない。

足の踏み場もないたたきに、なんとか靴を脱ぐ。目の前には、急な階段が暗い空間に伸びている。ウエちゃんは、亜美を引っ張りながら階段を上がり始める。亜美は、ウエちゃんの耳にささやく。

「不法侵入にならないの？」

「夜遅い商売で、朝は、みんな寝ているので勝手に入っていいって、おばあちゃんから言われている。お父さんの許可証も持っている。ハンコと署名入り」

さすがウエちゃんだ。やることに、そつがない。

三階に上がると、戸が大きく開いている。巨大なダブルベッドに男と女が裸で寝ている。男の背中と上腕には、鮮やかな龍が躍っている。二人は足音を忍ばせてその横を通る。亜美は、ウエちゃんにささやく。

「あれ、誰なの？」

「昇り龍は、亮パパだと思う。女性については不明。ちなみに、亮にママは、いません」

四階が亮の部屋になっている。

「亮、開けるよ」

と言いつつ、もうウエちゃんは部屋に入っている。予想に反して、結構きれいに片付いている。カラーボックスに、ゲーム機やマンガ本が整然と並んでいる。

亮はベッドに座り込んで、最新型の壁掛けテレビを見ている。亮は、ウエちゃんのお迎えを待っていたらしい。悪びれることもなくうれしそうにうなずくと立ち上がって、登校の準備を始める。ウエちゃんがカバンを渡し、今日の時間割を教えている。なんだか、親子か姉弟のように見える。亮は、教師の指示には従わない。だが身内の言うことは聞くのだ。ウエちゃんは、完全に亮の身内になっている。

亮が口を開く。絵に描いたようなきれいな顔立ちに似合わぬ低い声だ。

「今日は、亜美ちゃん先生と一緒なの？」

「栗崎先生と呼びなさい。君塚先生や楢原先生より、女の先生と一緒に来てって言っていたじゃない」

「ウーン、栗崎先生は微妙。だいたい、ほかの先生は、外で待っている」

三人で階段を下りる。父親の寝室の前でも、亮は平然としている。登校しなくてもとがめる家族がいない、こんな環境で育った亮には、何が当たり前なのか、わからないのだ。亜美にとっては、アンドロメダ星雲より未知の世界だ。

三人は、強くなりだした五月の光を浴びて黙々と歩く。右前方に、「ブルーシャトー」という、ひときわ派手な店が見える。戸口が開く。背の高い、青いドレスを着た女性が戸にもたれながら、タバコを吸い始める。近づいてみると、少しくたびれてはいるがきれいで優雅な人だ。亮が手を上げる。

「亮くん、今から学校？　いってらっしゃいね」

低いしゃがれた声だ。

亜美は、丹波街道に出てから気がついて、中田亮に尋ねる。

「ねえ。亮くん。さっきの人、男の人なの？」

ウエちゃんが肩をすくめる。いまさらというように、中田亮はうなずいて言う。

「アオイさんも、今頃、先生のこと、女の人だったかなあって気がついているかもね」

職員室で

教頭がゆっくり立ち上がり、背伸びをする。亜美のすぐ右手が教頭席だ。教頭の背後の壁面には、時計、学校目標、白板《はくばん》などが並べてかけられている。職員室、わけても教頭席の周辺は、得体《えたい》のしれない校具、教具、機器の集積場だ。

教頭は、座席の周辺をうろつきながら、機器のスイッチを切っている。時計は、すでに九時を回っている。教頭がおもむろに言う。

「タチバナ・シスターズは、住民票を立花中に移すべきですね」

亜美の後ろに座るフミ姉ちゃんが回転椅子ごと振り向いて言う。

「わたしたちより、オトマリ・ブラザーズの住民票が問題です」

亜美の隣で、会話を聞いた緒方先生が口を差しはさむ。緒方先生は、オトマリ・ブラザーズの一員なのだ。

「ぼくらは住民票を移してもいいんですけど、この間、校長先生に、学校は宿泊所ではないと、お叱りを受けたばかりです」

亜美の指導教官の緒方先生は、亜美が作成した中間テストの問題を見てくれている。今日は、ポテトチップスの粉を、高橋先生の机上にまき散らしながら、用紙に視線を落としている。先週完成したテスト問題は、難しすぎると却下《きゃっか》されていた。亜美は、不満そうに言いだす。

「前の問題、平均六十点ぐらいだって言っていましたよね。六十点なら、いいんじゃないですか？　どの教科も、だいたい六十点ぐらいの平均点になるようにテストって作るんでしょ」

「理科の最初のテストは、顕微鏡《けんびきょう》の構造とか、オシベだ、メシベだって、基本中の基本を問うんだよね。生徒は、中学校最初の定期テストだから、張り切って勉強するしね。良い点を取らせれば、理科という教科が好きになる。良い点は学習のモチベーションを高める。クラスの半数以上が八十点を取れるような易しい問題がベストでしょう」

亜美は、首をひねる。立花中の学業成績は、本市八十校の中でも下から三番目だと聞いていた。

「だけど、立花中の生徒は、お勉強が不得意なんでしょう？」

緒方先生は、ポテトチップスを盛大に口に放り込み、モゴモゴと口を動かしながら話す。

「それでも尾高先生は、社会だけは全市の平均点を取らせている。理科と社会は興味がかぶるから、亜美ちゃん、よほど頑張らないと、差をつけられて悔しい思いをするよ」

亜美のクラスも、尾高先生の社会科授業を楽しみにしている。アニメ美少女、美香が

「尾高先生は、めちゃくちゃ面白い話をしてくれる」と言っていたし、オバサン中学生、悠希も「お笑い芸人みたいに、クイズをしてくれる」とウキウキ話していた。巨体女子中生、沙織までが「楽しみ」と言うのである。亜美も一度、授業に参加してみたいと思うくらいだ。

亜美は、漢字の読めない厚志を思い浮かべながら、緒方先生に聞く。

「どうすれば、点数、取ってくれるの？」

「亜美ちゃん、宿題、ものすごく厳しくやらせているんだろ。学校に来られない生徒がいるほど。宿題プリントをやらせていたら、結構、点数取るよ。ほら、プリントとまったくおんなじ問題も出すようにって言ったよね。ここ、同じ問題だ。これでＯＫだよ」

緒方先生は、おっとりと話を進めながら、ポテトチップスの袋をさかさまにして、ノドに流し込んでいる。あたりは、チップスのかけらと粉の洪水だ。

「じゃあ、戸締まり頼んだよ」

教頭がチップスの粉の上にカギを置きながら言う。緒方先生は、教頭に向かってうなずきあいさつをしている。言葉と一緒にチップスのカスが口から吹きこぼれている。

「オガチャン、ちょっと……。こっちに来てくれないかな。コンビニの件で、聞きたいんだけど……」

二年の学年主任から声がかかる。オガチャンこと緒方先生は、二年三組の担任なのだ。

「はあい」

緒方先生は、手を上げて主任に応《こた》えたあと、ブツブツとグチりだした。

「コンビニは、校区に八か所もあるんだよな。それも、とびとびに。コンビニの係は、勘《かん》弁《べん》してほしかったなあ」

ぼやき終わると、問題用紙からポテトチップスのカスをはたき落としながら、亜美に向かってうなずく。

「はい。よく確認して、印刷すること」

緒方先生は、伸びをしながら、二年の主任に歩み寄っている。


今、二年生は「お仕事・トライ・ウイーク」と称する社会体験学習に向けて、大忙しだ。校区の店舗や会社、公共施設に一週間「お手伝い」に出かけるのだ。

亜美の中学生の頃も「お仕事・トライ・ウイーク」は、実施されていた。亜美は、保育園に出向いた。しかし、教師の準備がこれほど大変だとは、想像もしなかった。立花中では、一学年担当教師が二年生、三年生と持ち上がっていく。だから、来年は亜美も、校区のコンビニにあいさつ回りに出かけることになるのかもしれない。

「タチバナ・シスターズにお願い。鶴《つる》を折ってくれないか」

沢本先生が折り紙をフミ姉ちゃんに手渡している。沢本先生は、三年の体育教師で、杉本慎也が憧れているサッカー部顧問だ。実際、中学男子が憧れそうなスポーツマンタイプのイケメンだ。

「摩文仁《まぶに》の丘で、折り鶴をささげることになっているんだけど、数が少ないと、見栄《みば》えがしないので……」

三年生は、二週間後に迫った修学旅行の準備で大変そうだった。立花中初の、沖縄《おきなわ》修学旅行だという。

「フミ姉ちゃんは野外活動の準備で忙しいから、わたしたちで折ります」

横からウエちゃんが折り紙の束を引き寄せている。

「オッと、フミ姉ちゃん。野活の費用の徴収まで、やらされているわけ?」

沢本先生が驚いたように聞く。

「そうなんです。徴収金をわたしが扱うって、ヘンですよね」

沢本先生がうなずきながら言う。

「もちろんヘンだよ。徳永主任がやるべきだ」

書類を眺めながら、通路をウロウロしている緒方先生が言う。

「でも、トクさん、去年とは人が違ったように頑張っています」

トクさんは、徳永主任の通称だ。沢本先生は、「トクさん」の呼称に反応し、眉を寄せながら、苦々しげに言葉を吐き出す。

「去年がひどすぎたよ。校舎のガラスが割られた時も、お母さんの介護と言って、早々と帰っちゃうし……」

　ほんわかとして寛容な緒方先生は、誰とでも仲良く付き合う。同じオトマリ・ブラザーズとして、沢本先生とも仲がいいし、「トクさん」こと徳永主任とも馬が合う。

「まあ、批判はいろいろあるけど、学年主任を引き受けて、頑張っていますよ。会計の件も、主任を引き受ける時に校長と約束している。負担を減らすために、トクさんが仕事を割り振るのもＯＫだって……」

　緒方先生は、徳永主任の弁護に終始する。あきれたように、沢本先生は、ウエちゃんが持つ折り紙の束を指でパンとはじく。

「じゃあ、お願いします」

　と言い置いて、職員室後方の三年席に取って返す。すれ違いざま、長い脚でポンと緒方先生のお尻を蹴り上げる。緒方先生は、平然とやり過ごしている。

「今の時代、個人情報と会計は、ちょっとしたことで懲戒《ちょうかい》対象よね。会計は本来、主任の仕事じゃないですか。二年も、三年も、主任がちゃんとやっているもの」

　珍しく、フミ姉ちゃんがグチる。

「まあ、まあ。トクさんは、ああ見えて頭が切れる。フミ姉ちゃんがやれると見込んだから、任せているんです。見込まれたって思って……」

「オガチャンは、徳山主任の自宅でごちそうになったりしているから……。この頃は、主任の顔を見ただけで、むかつく」

フミ姉ちゃんがきれいな声であげつらう。

「わたし、トクさん、結構、好きだよ。この間なんか、トクさんに教えられて、二組の子たちが〝ウイ・ラブ・ミス・クリサキ〟って、声をそろえて言ってくれたんだ」

「なによ、それ。わたしのところは〝ウイ・ライク・ミス・ウエスギ〟だったわよ」

「うちも〝ウイ・ライク・ミス・モリサワ〟よ。亜美ちゃんのところだけがラブって、ひいきよね」

緒方先生がにやにやと笑いながら言う。

「フミ姉ちゃんにラブなんて言ったら最後、セクハラで、つるし上げられると思ったんですよ」

亜美も、ウエちゃんも、思わずうなずいてしまう。

「ちょっと、ウイ・ラブ・亜美ちゃん。三年生に、いつまでに何個、鶴がいるのか聞いてきて。糸でつながないとだめなのか、バラでもいいのかも……」

ウエちゃんの指示で、亜美はあわてて三年の席に急ぐ。三年の主任が沢本先生に聞いている。

「本当に、坂田《さかた》は何もしない？」

坂田翔《しょう》は、三年で一番の悪ガキだ。沢本先生のクラスにいる。

「大丈夫ですよ。坂田とも母親とも、おとなしくしているという約束ですから」

「平和通りの班行動が心配だなあ」

亜美は、沖縄に行ったことが一度もない。「摩文仁の丘」も「平和通り」も「首里城《しゅりじょう》」も、一度は見てみたい。クラスの子供たちの顔を思い浮かべる。一緒に沖縄の光を浴びながら歩けば、どんなに楽しいかと想像する。

亜美は、ルンルンと席に戻る。

「できるだけ、たくさん作って、糸でつないでもらえるとありがたいって」

「また、面倒なことを。亜美ちゃん、何がそんなにうれしいの」

ウエちゃんは、不機嫌に亜美をにらむ。

「沖縄に修学旅行って、うらやましい。わたしたちも二年後、沖縄に行けるかなあ。とりあえず、摩耶山の野外活動も楽しみ」

ウエちゃんが亜美にささやく。

「亜美ちゃん、本当に阿弥陀様だよね」

亜美は、むかつきながら聞く。

「どういう意味？」

フミ姉ちゃんが代わりに答える。

「頭が極楽浄土《ごくらくじょうど》ってこと。生徒で行くのと教師で行くのでは、極楽と地獄ぐらいの差があるのよ」

それでも、亜美は野外活動も、修学旅行も、楽しみだった。

腕相撲《うでずもう》

「マツ」

亜美が叫ぶ。

「ハーイ」

谷帆乃香が右手に松の小枝を持って、サッと立ち上がる。

「ピンポン。ホーちゃんが一番」

亜美が叫ぶと、ホーちゃんこと谷帆乃香は実にうれしそうに笑う。勝野悠希が「はい、はい」と手を上げながら異議を唱える。

「あたしの方がホーちゃんより早いってば」

「ブップー」

亜美と同時に何人かが唇を鳴らしている。

「悠希は遅かったし、手に持っているのはマツじゃない。あれは何?」

皆が一斉に答える。

「スギ」

「フン」と帆乃香が勝ち誇る。

「ホーちゃんの二班に、点数を入れます。悠希の五班は、お手付き減点」

亜美は言いながら、黒板に向かう。黒板には、班ごとの得点表がチョークで大書《たいしょ》してある。亜美は、二班のところに赤いマグネットを置き、五班から赤いマグネットを取り外す。

二班が一斉に拍手し、五班は悠希を見てため息をついている。悠希は涙目だ。亜美は、「お手付き減点ルール」が過酷《かこく》すぎると気づく。次から「お手付き減点」は、なしにしよう。

「カタバミ」

一斉に立ったので、優劣がつけがたい。

「ちゃんと、みんなカタバミを持っている?」

立っている者も、座っている者も、みんな「ハーイ」と叫んで、うなずいている。

「では、どの班にも、点数を入れましょう」

亜美は、にっこりして、各班に赤いマグネットをパタパタとつける。

「もう、二校時、終わりそうだから、今日はこれまで」

亜美が叫ぶと、みんなが「ブッブー」と唇を鳴らし、親指を下に突き出して抗議する。

「先生、もっとやろうよ」

帆乃香が叫ぶ。

「ダメ。みんなが木とか花とか、実物をちゃんと見てないっていうから始めたゲームだもの。自然観察も、やったのに。これで、マツやスギ、カタバミやタンポポは覚えたよね？」

亜美が言うと、厚志が面白そうに叫ぶ。

「マツとスギがわからないヤツがいます」

「これで悠希は、完璧にマツとスギの区別が付くようになりました。人は、失敗しながら成長するんです。誰でも、失敗はするんだから、笑ったり、冷やかしたりはいけません。アッちゃんが失敗したら、先生が冷やかしてもいいの？」

亜美が言うと冗談には聞こえないらしく、「アッちゃん」こと平井厚志は、あわてて両手を振っている。

「もう、絶対言いません」

悠希がニヤッと笑っている。

「理科係」

亜美が叫ぶと、

「はい」

短く答えて、早川康平《はやかわこうへい》が両手を腰に当てながら、立ち上がる。康平は、小柄な野球少年だ。一昔前の少年漫画の主人公タイプで、暑苦しいが素直でカワイイ。

「はい、ハーイ」

矢口洋輔《やぐちようすけ》がかすれた低音で叫ぶ。

「洋輔。返事は、一度」

いつものように、亜美が注意する。洋輔は、亜美が昔飼っていた犬にそっくりだ。亜美に付きまとって、シッポを振り続ける。うっとうしいがカワイイ。なにより、二人は理科係として完璧だ。

理科係の二人は、バットに収めたビーカーに、マツやスギ、カタバミを回収して回っている。亜美は、これら植物の採集もさることながら、新鮮さを保つのに一番苦労している。それで、水を張ったビーカーにつけているのである。

「起立《きりつ》」

委員長の杉本慎也が号令をかける。

「礼」

慎也の号令は、いつも軽快だ。みんなも楽しそうに「ありがとうございました」と叫んでいる。授業終了のあいさつは、全クラス同じなのに、クラスごとに雰囲気が違う。亜美は、自分が担任する二組のあいさつが一等好きだ。

亜美が教室を出ようとすると、バットを捧《ささ》げ持つ二人に呼び止められる。

「先生、腕相撲しようよ」

洋輔が満面の笑顔で言う。

「空手のトレーニングになるよ」

康平がきまじめに言う。亜美のクラスの男子連中は、現在、「腕相撲」に熱中している。

ゴールデンウイーク明けに始まった腕相撲ブームは、日を追うごとに加熱している。フミ姉ちゃんによると、ブームの火付け役は並木祐哉らしい。

祐哉は、「立花亜美組腕相撲」というブログをアップして、毎日のように更新している。

このブログのことは、ウエちゃんから聞いた。

クラスの男子は、このブログの存在を知っているのか、定かではない。しかし、祐哉が毎日、印刷してくる番付表を、全員ひどく楽しみにしている。相撲の番付と同じく、勘亭《かんてい》流《りゅう》の活字を駆使した凝った番付だ。

康平が亜美の手を引っ張りながら言う。

「亜美先生も参加するって、勧進元《かんじんもと》に言わないと」

亜美は「勧進元」という、聞きなれない語彙《ごい》に引っかかる。

「勧進元って？」

洋輔が答える。

「慎くんが勧進元なんだ」

亜美は、「慎くん」こと杉本慎也に聞きただす。

「勧進元って、何なのよ?」

杉本慎也は、小首をかしげて言う。

「うーんと、主催者のことかな。祐くんが相撲とか、お芝居とかの責任者のことを勧進元っていうって、教えてくれたんだ。責任者っていうより、カッコいいでしょ」

なるほど、みんなは腕相撲で遊び、並木祐哉はみんなを自由に動かしながら、遊んでいるわけだ。

「先生。まず、オレとやろう」

洋輔が右腕をさすりながら名乗り出る。康平が早口でまくし立てる。

「グッチは結構強いよ。関脇なんだ。まあ、先生は空手五段だから、大丈夫か。グッチは、グッチガワって四股名《しこな》なんだけど、先生の四股名は、祐くん、何にするの?」

あきれたことに、祐哉は全員の四股名までつけている。グッチは、「矢口」の「口」からとった洋輔のあだ名で、皮革製品のブランド名とはなんの関係もない。しかし、「グッチ」に「皮」をつけて四股名にしているのだ。このようなシャレを、他の子供たちが理解できているとは思えない。亜美は、祐哉をまじまじと見つめる。祐哉は、いつものように、優等生面に上品な笑みを浮かべ、シレッと答える。

「亜美先生の四股名？　もちろん、亜美ニシキだろ」

まあ、安美錦なら、おじいちゃんも結構好きな関取だからいいかと、亜美は思う。ただ、祐哉が亜美の内心を見透かすように笑っているのが気にさわる。

「オレが審判」

康平が教卓の脇で洋輔と亜美を向き合わせる。亜美は、右ひじを教卓に置き、グッチこと矢口洋輔の右手をつかむ。洋輔は、亜美よりやや背は低い。しかし、驚いたことに手は大きくて分厚い。ただ、ふわふわと温かくて柔らかい感触がやはり子供の手だ。

格闘技は、最初の気合で勝負はつく。亜美は、瞬時に洋輔の腕をパンと倒したが洋輔は、目をつり上げて持ちこたえた。洋輔の全身が別の次元に行ってしまっている。洋輔は、勝負に勝つことに全身全霊で没頭しているのだ。思考も、感情も、すべてが抜け落ちてしまっている。亜美は、少し力を抜く。盛り返した洋介は、一瞬「しめた」と思ったのだろう。意識が勝負から瞬間遠のく。亜美は、全力を右腕にかけて洋輔の手を教卓につける。

「亜美ニシキの勝ち」

康平が亜美の右手を高々と掲げる。

「すげえ。さすが空手五段」

亜美は何度も初段だと言うのだが、子供たちは「空手五段」が気に入っている。

「亜美先生が大関だよな」

教卓を取り囲んだ男子たちが拍手しながら口々に感想を述べている。

亜美は、じんじんする右腕をさすると、康平に聞く。

「むっちゃ、疲れた。賞金とか、ファイティング・マネーはないの？」

「エ、エ、エ」

勧進元の慎也がどぎまぎしている。やがて、ポケットから紙を取り出して、亜美に差し出そうとする。

「慎くん、ダメだよ」

と叫びながら、祐哉が紙をひったくろうとする。一瞬早く、亜美が紙をつかむ。一万円札の縮小コピーらしいが福沢諭吉《ふくざわゆきち》の顔が亜美になっている。祐哉の作品に違いない。

「祐くん。なによ、これ」

亜美は、「紙幣《しへい》」を並木祐哉の顔に突きつける。

「地域紙幣です。一年二組だけに通用する」

祐哉は、やや困り顔で亜美に説明する。

「これって……」

犯罪だよと、言いかけてやめる。祐哉の父親の職業を考えると、犯罪という語彙は、禁句のような気がする。祐哉の父親は「ヤクザ」だ。祐哉は、明らかに亜美の思考を読み取っている。

「実際の紙幣とはサイズが違うから、大丈夫です。でも、絵柄もオモチャの紙幣みたく変えます。先生が気になるなら」

教卓では、洋輔が厚志と勝負の最中だ。

「先生、次はオレとやろう」

洋輔の腕を高々と上げながら、康平が叫んでいる。

「ダメだよ。もうすぐ、国語が始まるよ。教科書を出しとかないと、上杉先生にヤキ入れられるから」

あたふたと席につき始めた子供たちに手を振りつつ、亜美は職員室に戻る。


三時間目、開始のチャイムが鳴り、職員室は閑散としている。

「亜美ちゃん、男子と腕相撲をしたんだって?」

席に座った亜美に、フミ姉ちゃんが声をかける。鈴を振るようなフミ姉ちゃんの声は、耳に心地よく、意味を把握するのに時間がかかる。

「フミ姉ちゃんって、地獄耳」

亜美がいまいましそうに言うと、フミ姉ちゃんが耳元でささやく。

「お金かけてないか、よく見てね」

ああ、あの「地域紙幣」は、そのためのものなのか。「地域紙幣禁止令」を今日の終わりに申し渡そうと亜美は思う。そういえば、生徒手帳には「学習に不必要なものは学校に持ってこないこと」という条文があった。しかし、あの見事な番付は亜美も楽しみにしていて、見られなくなるのも残念な気がする。悩みのつきない亜美に、「ねえ」と、フミ姉ちゃんが呼びかけている。

フミ姉ちゃんは、手元の用紙に目を通しながら続ける。

「亜美ちゃん、ちょっと、いいかな？　聞きたいことがあるんだけど」

三時間目は、亜美もフミ姉ちゃんも授業がない。

「なあに？」

「あなたのクラスの牧田由加《まきたゆか》さんだけど、野外活動の参加申し込み用紙も、活動費も、出てないんだけど……」

今日は、野外活動申し込みの最終日だ。フミ姉ちゃんは、朝からパソコンに徴収金額を打ち込んでいた。

「昨日も今日も、牧田さんはお休みだよ」

亜美は、小柄で血色の悪い由加を思い浮かべながら答える。

「欠席の連絡は、あったの？」

亜美は、早紀の件でこりていたから、欠席の連絡には敏感だ。

「ええ。おばさんが風邪で休むって……」

「おばさん？　お母さんでも、お父さんでもなく……」

「牧田さんは両親がいないので、親戚のおばさんが引き取っているの」

「おばさんって、どんな人なの？」

亜美は、なんだか落ち着かない気分になってくる。

「それが、家庭訪問に行った時に会えなかったの。あとから行った時も、会えずじまいで……」

「おばさんは、お父さんの姉妹なの？　それとも、お母さんの姉妹？」

「どちらか、聞いてない。親戚のおばさんとしか……」

フミ姉ちゃんは、ちょっと首をかしげてから言う。

「亜美ちゃん、すぐに牧田さんのところに行こう。場所は、どこなの？」

「新天地の南の方」

「ちょっと遠いから、君塚先生に車を出してもらおう。亜美ちゃん、個人カードを忘れないように」

個人カードは、生徒個人の情報を記載したA４サイズの資料だ。亜美は、机の引き出しから個人カードファイルを引っ張り出しながら、フミ姉ちゃんの後ろ姿を追って廊下に飛び出した。

謎《なぞ》の関係

　朝は晴れていた空が、一面の雲におおわれ始めている。君塚先生の軽自動車は、町工場やアパートが迷路のように入り組んだ路地を、ゆっくりと縫っていく。細い路地は垂れこめた雲で、夕方のように暗い。

「なにが気になるの？」

　亜美は、恐る恐るフミ姉ちゃんに聞いてみる。

「牧田さんのところは、生活保護でも、就学援助でもないから、きっちり、野外活動費を払ってもらわないと困るのよ」

「生活保護とか、就学援助なら、お金が出るの？」

「ええ。ちゃんと出るのよ」

「わたしたち、お金の取り立てに行くわけ？」

　亜美が不満そうに言う。

「なにを言うの。お金の問題は、とても大切よ。でも、それ以前の問題がありそうよね。ともかく気になる。単に親戚のおばさんって、なんか怪しいでしょ。君塚先生は、どうなんですか?」

君塚先生は、前方をにらみながら話しだす。

「確かに、引っかかるものがありますね。この校区では、一人親家庭は普通です。祖父母が保護者の家庭も多い。けれど、おじさんやおばさんというのは、ちょっとね。しかも、血縁関係がはっきりしないんでしょう? ヘンですよね」

亜美は、牧田由加の境遇に、何の疑問も抱いていなかった。いつも、座席でうつむいている由加を、おとなしくて、まじめな普通の生徒だと思っていた。自分の教師としての未熟さを、改めて知る思いだ。後部座席から、バックミラーに映るフミ姉ちゃんを見つめる。六年間、教師を続ければ、フミ姉ちゃんのようになれるのだろうか。

フミ姉ちゃんは小首をかしげて、考えにふけっている。やがて、思わしげに君塚先生に聞いている。

「君塚先生は生徒指導担当ですから、小学校との連絡会に出席されたでしょう。何か、お聞きになっていませんか?」

「小学校も、個人情報については、あまり知らせたがりません。本人に何か問題があれば、指導上の必要ということで、家庭のことも知らせてくれるんですが……。牧田さんは目立たない、普通のお子さんですよね」

君塚先生は、電柱の前に寄せて、軽自動車を止めると前方を指さしながら言う。

「この住所なら、右に曲がって、少し行った突き当たりですよ。わたしは、ここで待っています。この辺では、よく駐禁を取られますから」

亜美は車を降り、あたりをキョロキョロと見回す。牧田由加の家には、二回、訪問しているはずだが、方向がまったくわからない。フミ姉ちゃんは、スタスタと歩きだしている。亜美は、あわててフミ姉ちゃんの後に従う。右に曲がると、見覚えのある風景が広がる。

運送会社の塀《へい》とアパートに挟《はさ》まれた狭い路地だ。路地の突き当たりの長屋が牧田由加の自宅だ。建ってから、どれくらいの年月が経過しているのだろう。モルタルのヒビに、コンクリートがぞんざいに塗りつけられている。得体のしれない悪臭がどこからか漂ってくる。

亜美は、右から二軒目の家を指さす。

「牧田さんの家は、ここだったたと思うけど」

「表札は出てないよね。おばさんの苗字は？」

「中原《なかはら》さん」

「亜美ちゃん。チャイム、押して。あなたが牧田さんの担任よね」

亜美は、フミ姉ちゃんの指示を、「突撃《とつげき》命令」と受け取る。チャイムを押すと、玄関ドアのノブを引く。ドアがガタガタと開き、亜美はサッと頭を突っ込む。屋内は暗くて、様子が判然としない。思い切って、足を踏み入れる。

亜美は二、三度、パチパチとまばたきすると、目を凝らして、あたりを眺める。上がりかまちの向こうで、牧田由加が凍りついている。由加は、洗濯機《せんたくき》から洗濯物を取り出している最中だ。

亜美は愕然《がくぜん》として、由加を見つめる。フミ姉ちゃんがなぜ家庭訪問をしようとしたか、やっとわかった。風邪で寝込んでいるはずの牧田由加は、家事をやらされている。

由加は背伸びをしながら、洗濯機に小さな両手を突っ込み、懸命に洗濯物をバケツに移していたのだ。血色の悪い丸顔に、悪事を見とがめられたような表情を浮かべている。亜美は、由加を安心させるために、にこやかな笑みを浮かべて言う。

「こんにちは。風邪の具合は、どう？　ちょっと心配で、お見舞いに来たのよ」

由加は、おずおずと亜美に近寄ってくる。着古して色落ちしたピンクのTシャツに、すり切れたジャージをはいている。ふぞろいなおかっぱ頭は、家で切りそろえたからだろう。青黄色い顔を、緊張でひきつらせている。

亜美は、タイのバンコクで見た子供たちを思い出す。疾走《しっそう》する車を縫って、花を売る子供たちだ。見るたびに花を買いながら、この子たちをなんとかしてあげたいと痛切に思っていた。なのに、由加の境遇に気づきもしなかった。制服姿の由加は、普通の子供に見えたのだ。

物音も立てずに、由加の後ろに誰かが立つ。亜美は、後方に目を凝らす。あたりが不意に明るくなる。原色の黄色のシャツが目に飛び込んでくる。ブランド物のゴルフシャツだ。白い卵型の顔を、明るいブラウンの髪がふんわりと取り囲んでいる。南国の花の香りがあたりに漂う。女は、いくぶんかすれ気味の中音でささやくように話す。

「どなた？　なにかご用？」

「急にお訪ねしまして、申し訳ございません。初めまして。牧田由加さんの担任の栗崎です。由加さんは、もう、起きていてもよろしいんですか？」

語調は丁寧だがあざけるように、女は答える。

「初めまして。由加の伯母の中原元子《もとこ》です。おかげさまで、由加ちゃんの風邪は治ったんですが、あたしの方がうつってしまって、体調が悪いんです。ですから、洗濯を手伝ってもらっています」

中原さんは物憂げに亜美を上から見下ろすと、口角を上げ、毒々しく笑う。中原さんの全身からは、妙な磁力が発散しているようで、亜美は言葉に詰まって、つばを飲み込む。

亜美の後ろに控《ひか》えていたフミ姉ちゃんが右手で亜美を押しのけ、玄関にズイッと入ってくる。目の前で、おびえた表情を浮かべていた由加の顔がパッと明るくなり、フミ姉ちゃんを見つめながら、恥ずかしそうに笑いかけている。由加の笑顔を見るのは、初めてだ。

亜美は、なんだか胸が詰まるような感じがする。中原さんの瞳がフミ姉ちゃんの方に移動する。

「初めまして。数学科の森沢です。わたし、野外活動の係をしています。牧田さんの参加申し込みがまだなんです。今日が締《し》め切り日ですので、担任の栗崎に同道させてもらいました」

鈴を振るような声が玄関の薄暗く淀んだ空気を攪拌《かくはん》する。

「中学校の先生方も、お暇《ひま》なのねえ。由加ちゃんの調子が良くなれば、参加させます。その時は、学校に申し込み用紙を持っていかせます。あたし、熱があるので失礼します」

中原さんは、くるりと背を向け、奥の闇に姿を消してしまう。フミ姉ちゃんは、ことさら声を張り上げて、由加に話しかける。

「明日は、由加ちゃんの得意なお習字があるから、ぜひ、登校しようね。お休みなら、お習字の上杉先生も一緒に明日も来るからね。先生たちは暇じゃないけど、カワイイ生徒のためには時間を取らないとね」

由加は中原さんを気にして、絶えず後ろを振り向いていたが、フミ姉ちゃんにうれしそうに笑いかけている。

「じゃあ、今日のところはこれで」

言い終えると、フミ姉ちゃんは右手こぶしで亜美の腕をたたく。亜美は、あわてて玄関から飛び出す。十歩ほど歩いたところで、フミ姉ちゃんは立ち止まって、亜美の顔をまじまじと見る。

「亜美ちゃん、女の色香《いろか》に迷うって、どういうこと?」

亜美は心外だ。

「あの家に、あんなに派手な女性が住んでいたら、普通、びっくりするでしょ。驚いただけだよ。だって、個人カード、見たら、中原元子さんは、うちの母より年上で、五十代半ばなんだよ。あの人、多少化粧はしていたけど、すごい厚化粧ってほどじゃあなかった。でも、シミもしわもない。三十代くらいに見えたもの。驚くって」

フミ姉ちゃんは首を振ると、歩きながら独り言のように言う。

「あのおばさんは、ちょっと手ごわそうだよね」

フミ姉ちゃんと亜美が軽自動車に乗り込むと、君塚先生がおもむろに聞く。

「いかがでした?」

フミ姉ちゃんが答える。

「牧田由加さんは、洗濯をさせられていました。ブランド物を着たおばさんがボロボロの服を着た由加さんを、女中のようにこき使っていました」

要領のいい答えに、亜美は内心感心する。

「虐待《ぎゃくたい》が疑われるということですね」

君塚先生が深刻そうに言う。

「そう考えた方がいいと思いますね。それに、あの二人は親族っていう感じでは全然ないし……」

フミ姉ちゃんが断定する。

「養育の権利と義務は、親が担《にな》います。牧田由加さんの親は、どこでどうしているんでしょうね。まず、それを知ることにつきます」

君塚先生がかみしめるように言う。

「亡くなっているのでは？」

亜美が聞く。

「十二歳の子供の親なら三十代か四十代でしょう。どこかで元気に生きていると考える方が自然です。何らかの理由で、子供を手元で育てられないのでしょう」

ベテラン教師の君塚先生の言葉には、説得力がある。

「親のことを知る方法って、あるんですか？」

亜美の質問に、君塚先生が答える。

「こども家庭センターに問い合わせれば、ある程度のことはわかるでしょう」

言ってから、君塚先生は車を動かし始める。

「ああ、フミ姉ちゃん。牧田由加がお習字得意って、よく知っていたね」

亜美が称賛を込めて言う。

「牧田さんのことが気になっていたじゃない。それで、ゆうべ、ウエちゃんが習字の採点をしていた時に覗《のぞ》き見たのよ。牧田由加さん、数学の点数は一桁だけど、習字はなかなか上手だった」

亜美は、ため息をつく。

「わたしって、先生に向いてないのかなあ。本当に、牧田由加のことが何一つ、わかっていなかった」

君塚先生が笑いだす。

「いやア。先生になって、やっと、ひと月半でしょ。亜美先生は、よくやっていますよ。男の子と腕相撲を取るなんて、わたしたちには、とても無理です」

こども家庭センター

職員室の窓は、開け放たれている。それでも、午後の日差しに、室温はかなり上がってきている。

「亜美ちゃん、早くしないと。君塚先生が先ほどから待っていますよ」

高橋郁子先生が亜美をせかす。

「すみません。クラス、お願いします」

今日は、牧田由加の件で「こども家庭センター」に行くことになっている。

「大丈夫よ。亜美ちゃんのクラスは、かわいくて楽しいから、行くのが苦にならないの。ちゃんと明日の連絡もするし、掃除も見ます。野外活動の件も大丈夫。任せなさい」

高橋先生の明るくはずむ声を聞きながら、亜美はカバンを開けて、バタバタする。高橋先生は、にこにこしながら見守ってくれている。高橋先生が隣で保護者をしてくれているので、亜美はずいぶん助けられている。

「亜美先生、いいですかね」

君塚先生が座席から立ち上がる。

「すいません。用意、できました。出られます」

中学校の教師たちは何をするのも、ともかく早い。スピードアップしなければ、中学生に対抗できないせいなのだろう。

六校時開始のチャイムとともに、亜美は君塚先生と並んで、校門を出る。こども家庭センターは、立花中の校区内、ポートランドにある。

背の高い君塚先生は足も長く、大股でスタスタと歩く。亜美は、遅れ気味に後に従う。丹波街道は、ひっきりなしに車が通り、歩道に騒音とホコリをまき散らせている。

雲が徐々に空を覆い始めて、亜美はホッとする。照りつける日差しの下を歩くのは、結構つらいものがある。風が強くなりだして、朝の天気予報通り、夕方には雨が降るのだろう。

丹波街道を南に下りきると、東西に延びる国道、JR、高速道路とぶつかる。そこには、国道をまたぐ、広くて長い歩道橋が架かっている。JRと高速道路は、歩道橋のさらに上を通過している。その歩道橋を上がったところで、君塚先生が亜美を待ってくれていた。

「約束の時間まで、まだ二十分あります。ここからは、ゆっくり行きましょう。人通りも少ないし、道路とビルばかりですし、話し声を聞かれる心配はありませんからね」

亜美は暑さがこたえていたので、一息ついて、にっこりする。君塚先生が話しだす。声が大きいのも、中学教師の習性だ。

「中間テストが済《す》むと、あわただしくなりますよね。三年は修学旅行だし、二年は『お仕事トライ』だし、一年は野外活動だし……。わたしも、初任の一学期は本当につらくて、やめようと思ったことも再々でした」

「へえ。君塚先生でも、ですか?」

「誰でも、最初から、ちゃんと仕事ができるわけではありません。でも、生徒は若い先生が好きですよ。わたしも、生徒と一緒に、泣き笑いしたあの頃がなつかしい。ともかく、若い頃は、生徒への愛情と熱意があれば、なんとかなります。タチバナ・シスターズは、その点、感心ですね。わたしも初めは、和泉校長は何を考えているんだろう、こんなに若い女の子たちに担任させてと、思いましたよ。学級崩壊とか、とんでもないことになるんじゃないかと心配しました。でも杞憂《きゆう》でしたね」

国道と高速道路の騒音が絶えず耳に響いてくるが、君塚先生のよく通るバスは、きっちり亜美の耳に届いてくる。

「君塚先生に、聞いておきたいことがあるんですけど……」

遠慮がちに、亜美が話しだす。

「どんなことですか?」

「こども家庭センターって、一体、なんですか?」

亜美は一応、ネットで検索はしてみた。しかし、読んでみても、なんだかぴんとこないのだ。

「こども家庭センターの正式名称は、児童相談所です。実際、十数年前までは、そう呼ばれていましたしね。厚労省の管轄ですから、文科省管轄の学校とは立場が違います。でも、昔は、学校の意見をずいぶん聞いてくれていました。でも、今はねえ」

「児童虐待の取り組みで、ものすごく忙しくしているって、高橋先生が言っていました」

「こども家庭センターは、恵まれない子供を援助するための役所ですからね。面倒を見る大人がいないとか、障害があるとか、素行が改められないとか。そうした子供さんに対して、手助けする方法を考え、実行するのが仕事なんです。虐待については、毎日のように、マスコミで取り上げられていますから、通報の件数がハンパじゃないようです」

「牧田由加の件も、虐待が疑われて、こども家庭センターに相談するんですか？」

亜美の質問に、君塚先生は眉根《まゆね》を寄せて考え込む。長い歩道橋を降り始めると、潮《しお》の香りが強くなる。このあたりは、かつて倉庫街で、海はすぐそこにある。

おもむろに君塚先生が口を開く。

「牧田さんの健康診断票《けんこうしんだんひょう》を、よく見ましたか？」

亜美は、「健康診断票」が何だったか、しばし考える。そうだ。身体測定の結果を記入した用紙だった。確か、小学校一年生からの体重や身長を記録してあった。電子化が遅れているとかで、A４紙に厚紙の表紙をつけて、黒い綴《と》じ紐《ひも》で綴じてある。

「診断票は、転校すれば生徒に付いていくんです。だから、いつどこの学校に在籍していたかも、親の離婚や結婚で姓が変わっても記録があります。環境の変化で子供は精神的なストレスにさらされますから、診断票は見ておくことですね」

「君塚先生は、由加さんの診断票を見ましたか？」

「ええ。昨日、保健室の長浜《ながはま》先生に見せてもらいました」

「なにか、わかりましたか？」

「牧田さんは、小学校を三回転校しています。入学したのは、北区《きたく》の全徳《ぜんとく》小学校です。四年生の時には、一度転出した全徳小学校に、また帰っているんです。全徳小学校の校区には、愛育園《あいいくえん》という養護施設があります。牧田さんはおそらく、愛育園にいたのでしょう。養護施設には、こども家庭センターを通じて入所します。ですから、こども家庭センターは、牧田由加さんと中原元子さんのかかわりを、きっとご存じだと思います」

湊町小学校の角を曲がると、大きな観覧車《かんらんしゃ》が見えてくる。空と海の青をバックに、観覧車はカラフルにそびえている。ただ、平日の午後とあって客がいないのだろう。観覧車は、所在なげに動きを止めている。

「ほら、あの角を曲がると、こども家庭センターです」

こども家庭センターは、商業ビルのようなしゃれた造りだ。玄関前で君塚先生は、手に持った上着を身に着け、ネクタイの位置を確かめている。

玄関ホールは、女子大の玄関を思わせた。君塚先生は受付で、「立花中学校の君塚です」と名乗っている。応対に出た中年女性とは旧知の間柄らしく、丁寧なあいさつを交わしている。その女性が差し出す名簿に、所属と氏名を記入したあと、来客と書かれたネックストラップを提《さ》げる。

君塚先生は、慣れた様子で亜美を促すと、二階に上がり、第三相談室のドアを開けた。部屋はブラインドが下りていて薄暗かったが、すぐに君塚先生が明かりのスイッチを押す。

部屋は小さな会議室といったおもむきで、テーブルと椅子がしつらえてある。

君塚先生がドアの方を向いた位置に、腰を下ろす。亜美も隣に座る。パイプ椅子がカチャンと小さな音を立てる。ほどなく二人が部屋に入ってくる。一人は大柄な男性で、一人は小柄な女性だ。

「君塚先生、お久しぶりです」

男性がにこやかに口を開く。「ご面倒をかけます」と君塚先生が答えている。センターの二人は、亜美たちと向かい合わせに座を占める。

「工藤《くどう》さん、こちらが牧田由加さんの担任です」

工藤さんは、いかつい赤ら顔に驚いた表情を浮かべ、亜美を見てから名刺を差し出す。

「工藤良文《よしふみ》と申します」

「お世話になります。栗崎亜美と申します。牧田由加さんの担任です」

亜美は背筋を伸ばし、緊張気味に頭を下げる。

「いやア、お若いですね。君塚先生が私服の中学生を連れているのかと思いました。まことに失礼しました」

亜美はムッとして、いつもの綿パンとポロシャツにカーディガンという自分の服装に目をやる。ブルー系でまとめているから、男子中学生に見えたのだろうか。でも、イマドキの中学生は、こんな「ダサい」格好はしていない。向かいに座る女性がクスッと笑っている。

「こちらは、相談員の前野《まえの》です」

工藤さんが紹介すると、女性は、一礼して名乗る。

「前野初美《はつみ》と申します」

青みがかったシルバーグレーのスーツを着た、やさしそうな感じの人だ。

「牧田由加さんの状況を、お聞かせいただけますか」

工藤さんが君塚先生と亜美を等分に見ながら、切り出す。

「牧田由加さんは、一週間前に風邪で学校を二日休みました。家庭訪問をしたら、洗濯をしていました。翌日、登校してきた牧田さんに聞くと、お手伝いをしただけだと答えています。お母さんの調子が悪かったので、お手伝いをしていたと……。牧田さんは、お家では中原さんをお母さんと呼んでいるようです。でも、現在保護者的立場にいる中原さんと牧田由加さんの関係がなんだかよくわかりません」

亜美が話し終えると、君塚先生が補足する。

「牧田由加さんは、おそらく、こちらのセンターがお世話したことがあるんではないかと……。お忙しいところをお邪魔した次第で……」

工藤さんと前野さんは、思案顔でしばし沈黙する。やがて、工藤さんが口を開く。

「確かに、牧田さんは当センターで、かつてお世話したことがあります。その時の担当者がこの前野なんですが……。ご承知のように個人情報ですから、あまりお話しできることはないんだけど……」

工藤さんは申し訳なさそうに言う。

「それはもう、よくわかっています。話せる範囲内でお教えいただければ……」

前野さんは困り顔で、首を二、三度右に傾けている。唇が開き気味なのは、歯が出ているせいらしい。

「わたくしが牧田由加さんにお会いしたのは、十年前です。由加さんは二歳九か月でした。ご事情があって、ご両親がお世話できないということで、児童養護施設に入所しました。いったん、施設から出られたのですが三年前に再度、施設に入りました。そして、入所後半年で、また施設を出ています。お教えできることは、ここまでです」

すまなそうに、だがきっぱりと前野さんは語り終える。

「児童施設から出たあと、中原さんが保護者になって、湊町小学校の五年に転入したんですよね。そして、湊町小学校を卒業して立花中に入学した。中原さんは何を根拠に、牧田由加さんの保護者になったのでしょうか？」

君塚先生は食い下がる。前野さんは、困り顔で黙ったままだ。代わって工藤さんが話し始める。

「これは一般論ですよ。施設から子供を引き取れるのは、親権のある親だけです」

「つまり、由加さんの親御さんが施設から引き取って、中原さんに預けたということですか?」

君塚先生の問いに、あわてて工藤さんが答える。

「いや、あくまでも一般論を述べているのです。牧田さんのケースについては、個人情報保護に触れますので、お教えはできません」

君塚先生は、ため息をつく。

「では、牧田由加さんの親権者を教えてください。これは、進路等で学校には必要な情報ですから、お答えいただけますよね」

前野さんと工藤さんは、顔を見合わせて黙る。やがて工藤さんがうなずき、前野さんが口を開く。

「牧田由加さんの親権は、父に当たる牧田聡《さとし》さんがお持ちです」

君塚先生が礼を言って、話題を変える。

「センターも、相変わらず忙しそうですね」

「いやア、虐待のかわいそうな事件がたびたび報道されましたからね。電話がしょっちゅうかかってきまして……。近所の子が泣いているからというので駆けつけてみると、ワガママを言っている子を親が普通に叱っただけとか……。中には、本当に深刻なこともありますから、放置するわけにはいきませんし。わたしは、まあ、子供も大きいし、いいんですが、前野さんなんか、お子さんが小さいのに毎晩、八時にならないと帰れません」

前野さんが恐縮して、両手をしきりに胸の上で振っている。

「中学校も大変でしょう。お若いのに、こうやって生徒さんのために、一生懸命に……」

穏《おだ》やかな笑みを浮かべながら、前野さんは亜美に語りかける。

「八年前は自分が中学生だったんですけど、先生って、こんなに大変だとは思いませんでした」

前野さんの笑みが深くなる。すると、目じりがますます下がり、歯がますます突き出る。

亜美は、反射的に人形のように整った中原元子を思い浮かべる。亜美が子供なら、「きれいな中原さん」より「残念な顔の前野さん」を断然保護者にしたい。

工藤さんのケータイが鳴りだす。君塚先生が立ち上がり、別れのあいさつを切り出す。

結局、牧田由加と中原元子の関係はわからないままだ。かろうじてわかったのは、牧田由加の父親の名前と、父親が生きていることだけだ。

ある作戦

雨が降ってきたせいなのか、窓の外は、すでに薄暗い。亜美は、ウエちゃんの頭越《あたまご》しに教頭先生を見る。教頭先生は、忙しそうにパソコンを見続けている。いつものようにつるむタチバナ・シスターズに注意を払う気配はない。

「本当に、話してくれると思う?」

亜美が不安げにささやく。

「だって、その相談員の人。ええと、名前はなんだっけ?」

ウエちゃんが聞く。

「前野初美さん」

亜美が答える。

「前野さんは心のやさしい人なんでしょ。絶対、中原さんに腹を立てているって。個人的に聞けば、きっと、牧田由加さんのこと、いろいろと話してくれるよ。フミ姉ちゃんも、そう思うでしょ」

フミ姉ちゃんは、しばらく黙っていたが話しだす。

「まあ、個人情報保護は公式の場でのことだよね。個人的なうわさ話には、なかなか制限はかけられない。まして、どちらもが話してない、聞いてないと言い張れば、録音の音声がない限り、情報を漏《も》らしたという証明はできないよね」

フミ姉ちゃんはシレッと言うが亜美は、やや引き気味になる。亜美は時々、フミ姉ちゃんのことを、「見かけほど、善良ではないのかも」と思う瞬間がある。

「でも、それなら、前野さんと個人的に話す必要があるでしょ。わたし、あんまり知らない人と話なんてできないけど」

　亜美は、珍しく泣き言をいう。

「なに、言ってんのよ。突撃亜美ちゃんの名前が泣くよ」

　ウエちゃんがはやし立てる。

「亜美ちゃんにらみとか、突撃亜美ちゃんとか、それって失礼でしょ」

　亜美の声が大きくなる。二人は、両脇から亜美の背中を押して、「シー」と唇に指を当てている。亜美は、危うくウエちゃんの机に額を打ちつけそうになり、あわてて体を起こす。キャスター式の椅子が後ろに動きそうになり、今度は、椅子の背を二人が支えている。

三人同時に、教頭席に目をやる。教頭先生は、パソコンに相変わらず没頭中だ。三人は、顔を見合わせて笑いをこらえる。二年職員も三年職員も打ち合わせの最中で、職員室には、教頭先生と亜美たちしかいないのだ。

「教師になりたての時は、自分の中に指針《ししん》とする体験がないのよね。だから、今までの経験を思い出して、物事に当たるしかない。亜美ちゃんは、意識してないかもしれないけど、お寺で子供会の面倒を見たり、学生時代のボランティア体験なんかで、うまく切り抜けている場面が結構あると思うよ。高校生の時とか、大学の時とか、知らない人と突っ込んだ話をした経験はないの？」

フミ姉ちゃんのアドバイスに、亜美は、しばし自分の脳に検索をかけてみる。

「大学の時のボランティア活動は、一人親家庭の子供の援助とか、海外ボランティアとか、結構、資金やら、支援やらが必要でした。地元の企業を回ったり、退職した先生を訪ねて協力を仰《あお》いだり、援助してもらえるよう頼み込みました。たいてい、相手は知らない人でしたね」

フミ姉ちゃんは、にっこり笑ってから言う。

「それよ、それ。どうやって、落としたの？」

亜美は、渋い顔をしながら答える。

「落としたって、下品な言い方ですね。まあ、成功例のことですね。電話でアポを取ると、たいてい体《てい》よく断られるので、直接会いに行く。会社とか自宅の前で待ち伏せするんです。ちょっとあとをつけて、頃合いのいいところで声をかける。喫茶店あたりで説得します。人柄のいい人って、直接顔を合わせると断れないから」

「キャッチセールスと一緒よね。亜美ちゃん、体罰《たいばつ》でクビになっても大丈夫ね」

ウエちゃんがまぜっかえす。フミ姉ちゃんは右手を伸ばすと、中指と人差し指でチョンとウエちゃんの頭をはたく。ウエちゃんは、首をすくめて黙る。

「さて、亜美ちゃん。前野さんから情報を引き出すためには、どうするの？」

亜美は、少し首をかしげて話しだす。

「センターの前で前野さんを待ち伏せして、あとをつける。適当なところで声をかけ、喫茶店あたりで話を聞く」

「喫茶店はダメ。周りに人がいると、前野さんは話したくても話せない。内緒話はカラオケルームに限るの」

フミ姉ちゃんがすかさずアドバイスする。

「じゃあ、カラオケで歌いましょうと誘う」

フミ姉ちゃんも、ウエちゃんも、コクコクとうなずいている。

「雨、降っているし、一人だと気が重いから、どっちか付き合ってくれないかな」

フミ姉ちゃんも、ウエちゃんも、シンクロしながら首を横に振っている。

「ダメよ。亜美ちゃん。熱心な新米の担任だから、前野さんも話す気になるわけよ。団体で行ったら、体《てい》よく逃げられるって。センターの職員は、いくら人柄が良くっても、修羅《しゅら》場《ば》、くぐっているから、ああ言えば、こう言うってところがあんの」

亜美は、フミ姉ちゃんにせかされて立ち上がる。

「教頭先生、亜美ちゃんが家庭訪問に行くって言っています。雨が降ってきたし、少し遠いところなので、お車を貸していただけませんか」

亜美は、驚いて聞く。

「フミ姉ちゃん、免許、持っているの？」

ウエちゃんが代わって答える。

「フミ姉ちゃんの実家は、徳島の山奥なんだよ。一日にバスが三本しか来ないみたいな。田舎の人は、十八歳になると免許を取るの」

フミ姉ちゃんはケロッと答える。

「バスは、朝と夕方の二本だけ。スクールバスは別に出るけど。ウエちゃん、『野外活動のしおり』に目を通して、実施マニュアルを書き込んどいて。あとで一緒に検討しよう」


フミ姉ちゃんの運転は意外と上手で、コーナーワークもスムーズだ。雨がフロントガラスにはじけ、ワイパーが忙《いそが》しく行きかう。フミ姉ちゃんはワイパーと同じテンポで、「丁寧な言葉づかいで」とか、「脅《おど》すような真似は絶対にしないこと」とか、注意事項を並べ立てる。フミ姉ちゃんの口うるささは、ハンパではない。しかし、亜美は、母親と姉に口うるさく言われ続けているので、馬耳東風《ばじとうふう》と聞き流す。

こども家庭センターの近くで亜美を放り出すと、フミ姉ちゃんの車は、あわただしく走り去っていく。亜美は傘を差しながら、あたりを見渡す。センターの入り口が見える場所を探す。おあつらえ向きの場所がある。近くに建つビルの玄関口だ。そこにたたずんで、張り込みを始める。

ビルがまき散らす光や街灯で、あたりは昼のように明るいが、八時を回ると人通りが急に少なくなる。

何人かがこども家庭センターから出てくる。亜美は、目ざとく青みがかったシルバーグレーのスーツを見つけ出す。前野さんだ。見失わない程度の距離を取って、地下街への階段を下りていく。前野さんは、二人の同僚と話しながら、ゆっくりと歩いている。

地下街は、雨を避ける人たちでざわめいている。亜美は、前野さんとの距離を詰《つ》めていく。二人の同僚は、ＪＲへ続く長いエスカレーターに乗り込み、前野さんは、そのまま一人で地下街を歩き続けている。

「前野さん、こんばんは」

亜美が後ろから声をかける。振り返った前野さんは、一瞬、不審そうな表情を浮かべ、やがて苦笑交じりに亜美に尋ねる。

「栗崎先生とおっしゃいましたね。こんばんは。わたしに会ったのは偶然かしら」

「いいえ。前野さんをお待ちしておりました。カラオケに、ご一緒しようかと思いまして」

前野さんは、前歯を突き出してにっこり笑う。

「今日、初めて、お会いした人とですか?」

「わたしは、お嬢さんの親友ですよね」

「残念ですけど、わたしには娘はおりません。息子は、まだ小学生です」

「では、息子さんの将来の担任ということで、いかがでしょうか」

前野さんは、ちょっと考え込む。ハーバーメトロの店はすでにシャッターを下ろしているが、バスターミナルの向こう側にある飲食店は混みあっている。前野さんは、バスターミナルに上がるエスカレーターを見つめたのち、立ち止まって、ケータイを取り出す。

「琢磨《たくま》くん。……パパ帰って来てる?……おばあちゃんは?……じゃあ、パパと一緒に、晩ご飯、先に食べていてくれる?……ママは、ちょっとお友達とお話があるのよ。……うん。すぐ帰るから。ごめんね」

亜美は、心の中で琢磨くんに謝る。

「さて、どこに行けばいいのかしら?」

前野さんは、楽しげに亜美に尋ねる。

「この先の、メトロホテルにあるカラオケボックスは、いかがですか?」

亜美は、帰省するたびに、中学時代の友人たちとカラオケボックスに行っていた。

「そうね。平日のこの時間なら、空いてそうね」

十階にあるカラオケボックス「レインボー・ルーム」は、「本日割引デー」だった。前野さんはジンジャエールを、亜美はオレンジジュースを頼んだ。

「それにしても、息子の担任とカラオケってヘンだと思いますが……」

「いえ、たまたま、保護者に専門技術者がいたので、かつて受け持った生徒のケースについて、相談方々、カラオケです」

亜美は、内心自分の調子のいい受け答えに驚く。これも、前野さんが亜美との対話を、心から面白がっているせいなのだろう。

前野さんはジンジャエールを半分空けると、天井を見上げて考え込んでいる。やがて、ゆっくりと話し始める。

「牧田由加さんの件は、育児休業から復職して、初めて担当したケースだったからよく覚えているわ。ぐずる息子を母に預けて出勤すると、一時保護されていた由加ちゃんがいた。わたしは大学院で心理学を学んでいて、保護された子供の発育状況や心理状況等を観察するのが仕事なの。由加ちゃんは、もうすぐ三歳なのに、一歳の息子より小さいのよ。笑ったり、泣いたり、甘えたり、怒ったり、クルクルと表情を変えて、心の動きが手に取るようにわかる息子と違い、由加ちゃんは能面のように何の感情も浮かべない。琢磨も、こんなふうに、誰一人世話する者がいなくなったら、こうなっちゃうのかなと考えると、とてもこわくて切なかった」

「なぜ、世話する人がいなくなってしまったのですか？」

「由加さんのお母さんが病気になったの。牧田早苗《さなえ》さんとおっしゃったかな。お父さんの牧田聡さんとは、同じくらいの歳でした。今は四十前後かと思う。心の病で精神病院に入院しています。とても、退院して子供を引き取れる状態ではないようです。お父さんの聡さんは、長距離トラックの運転をしていました。一晩中、働いているから、子供の世話はできなかったみたい」

「でも、お父さんにしても、お母さんにしても、ご両親はいらっしゃったんでしょう。今から九年ほど前なら、祖父母だって五十代か六十代ですよね。孫を引き取ることはできたでしょうに」

「栗崎さんが生まれた頃に、大きな地震があったことはご存じですよね。早苗さんのご両親は、地震で亡くなったと聞いています。お父さんの聡さんも、何やら地震がらみで、ご家庭に事情がおありだったようで……」

大地震の話は、亡くなった祖母からよく聞かされていた。亜美の実家の寺も、本堂がペシャンコになったと聞いている。

「引き取り手がいないので、愛育園に行くことになったのですか?」

「それしかなかった。わたしも身につまされて、渡辺《わたなべ》電気《でんき》工業《こうぎょう》に勤めていた人まで探したのよ。渡辺電気工業は、牧田さんと早苗さんが勤めていた会社なの。新天地の西にあった会社で、牧田さんと早苗さんはここで同僚として、知り合ったみたい。不景気で倒産したようなんだけど……」

「愛育園から中原さんのところに移ったのは、どうしてなんですか」

「中央区《ちゅうおうく》の復興団地に住んでいた中原さんのところに、引き取られたのよ。厳密に言えば、牧田さんが小二の由加さんを愛育園から引き取って、中原さんに預けたの。四年生の秋まで中原さんのところにいた」

「では、なぜまた、愛育園に戻ったんですか」

「今回の栗崎先生と、一緒ですね。由加さんが休みがちなのを心配した担任の先生が家庭訪問をしたの。そこで、家事をさせられている由加さんを見て、センターに相談した。それで、愛育園に戻ることになった」

「では、中原さんのところに、今、いるのはなぜですか」

「工藤も言ったように、親権者が引き取ると言えば断れません。センターも前回のことがあるから、わたしが愛育園に出向いて、ずいぶん長く施設側とも牧田聡さんとも、牧田由加さん自身とも話をしたの。栗崎さんもおわかりと思いますが、由加さんのようにおとなしくて、常におびえたように身を縮めているような子供は、いじめのターゲットになりやすい。愛育園でいじめられるより、中原さんのところでお手伝いをする方がホッとすると言われてしまうとね。わたしは、今でも自分に尋《たず》ねる。由加さんは、これで良かったのかって。だから、栗崎先生とカラオケに来る羽目《はめ》になったのよね」

「牧田聡さんと、中原元子さんの関係は？」

「愛人関係」

「えっ」

亜美は目を見張って、動きを止める。前野さんは、気まずそうに笑いながら亜美に言う。

「そうなのよ。二人は男女の関係なの」

「でも、中原さんは六十歳に近いんですよ。親子ほども違うじゃないですか」

「栗崎先生は、中原さんと会っていますよね」

「ええ。会いました」

「中原さん、若く見えるし、きれいでしょう。なんだか妖気が漂ってくるみたいな。わたしたちのように、もつれた人間関係を解明するような仕事をしていると、人間がいかに欲にまみれた醜い存在か、いやっていうほど知ることになる。栗崎さんみたいな大事にされてスーッと育ったお若い方に会うと、心が洗われる気がする」

「由加さんの父親、牧田聡さんは、どこでどうしているんですか」

「愛育園から連れ出した由加さんを、中原さんに預けたまま、わたしどもとは音信不通になりました。センターは、聡さんがどこにいるか、把握していません」

「牧田聡さんは、新天地周辺に住んでいるんじゃありませんか」

前野さんは、一瞬探るように亜美を見てから尋ねる。

「どうして、そう考えるんですか」

「中原さんが由加さんを手元に置くのは、家事をさせるためだけではないんでしょう？

牧田聡さんの愛をつなぎとめる、人質でもある。それなら、牧田聡さんは近くにいるのかなって……。牧田聡さんは、この近くの会社に勤めていたそうですし。ひょっとして前野さんは、牧田聡さんの住所もご存じなのではありませんか」

亜美はフミ姉ちゃんの指摘を思い出しながら話す。亜美が話す間、前野さんは自分の足元を見つめ続けていた。やがて顔を上げると、天井の一点を見ている。亜美は、前野さんの横顔を凝視する。前歯が出ているので、口が開き気味だ。小さな目には、常に穏やかな光をたたえている。

「栗崎先生にそこまで言われたら、仕方がありませんね」

前野さんは言いながら、バッグからケータイとペンを取り出している。亜美は、あわててカバンから理科のプリントを取り出し、裏を向けて差し出す。前野さんは、きれいな字で湊区《みなとく》川志里町《かわじりちょう》三丁目と住所を書く。

「前野さん、ありがとうございます。わたしの未来の教え子、琢磨くんによろしくお伝えください」

亜美が立ち上がりかけると、前野さんが押しとどめる。

「せっかくカラオケボックスに来たのに、歌わないなんて、もったいない」

前野さんは、完璧な発音でジャズを歌い始める。豊かな声量でスウィングしながら、全身でリズムをとっている。音痴の亜美にも、前野さんの歌のうまさはわかる。

「栗崎先生もいかが」

「わたし、音痴なんです。自分では、そんなにひどいとは思わないんですけど、幼なじみは、わたしが歌いだすと同情のまなざしだし、仲のいい同僚からは、人前では歌わないようにって言われています」

前野さんは、愉快そうに笑いだす。笑い終わると、亜美に尋ねる。

「由加さんの情報を、急いで知りたかったのはどうしてなの」

「さっき、センターから学校に戻ったら、中原さんから電話があったんです。ご相談したいことがあるので、金曜日に会いたいという。こちらに情報があれば、由加さんの状況を少しでも改善できる手立てになるかもと、思いまして」

「あの妖魔《ようま》に、一太刀でも浴びせることができたなら、なんかおごるわよ」

亜美は、ごちそうに目がない。

「ほんとですか」

「もちろん、息子の担任として、知り合ってからね」

行事の前に

「オーライ」

亜美は、青空から降ってくるボールに向かって叫ぶ。レシーブがきれいに決まる。

「ナイス。さすがバレーボール部の顧問」

勝野悠希がガラガラ声で、景気づける。

「フン。誰でもできるって」

谷帆乃香が同じようにレシーブを決めながら毒づく。帆乃香は別に、亜美に含むところがあるわけではない。悠希に嫌みを言ったのだ。

悠希はお返しに、強烈なスパイクを帆乃香に繰り出すが、帆乃香はキレイに拾っている。

悠希も、帆乃香も、ブラウスの袖を肩までたくし上げて、まなじりをつり上げている。暑ければベストを脱げばいいのに、二人とも着たままだ。ベストスタイルが「一番カワイイ」と、彼女らは主張する。

「悠希も、ホーちゃんも、わたしたちよりうまいよね」

亜美の右隣で、鈴木美香がかわいいアニメ声で言い放つ。亜美ファン筆頭《ひっとう》の美香は、バレー部員だ。

「ほんと。バスケ部とバレーの試合をしたら、負けそうだよね」

亜美の左隣の藤岡菜々《ふじおかなな》が日焼けした頬をゆるめ、白い大きな歯を見せておかしそうに言う。菜々も、美香と同じく、バレー部員だ。

西脇沙織がボールを取り損なって叫ぶ。

「悠希もホーちゃんも、バレーの試合、やっているんじゃないのに。取りやすいボールくんなきゃ、沙織が背負い投げをかけるから」

赤く染まった沙織の形相は、「赤鬼」そのものだ。桑山早紀など、「おとなしい系女子」は、沙織から一歩離れて、引き気味になる。縮れ毛を三つ編みに押し込んだ早紀は、美術部の友達と一緒に、バレーの輪に参加している。亜美と目が合うと、プクプクした頬をピンクに染めて笑う。もう、亜美のことはこわくないらしい。大きな白い猫のような早紀を見ていると、早紀の母親が過保護になる理由がわかる気がする。

早紀の様子に、一瞬、心が和んだ亜美は、仁王立ちした沙織の癇癪《かんしゃく》にあぜんとする。沙織の怒りは、なかなか収まらず、体の向きを帆乃香に向けたり、悠希に向けたりして、どちらに背負い投げをかけようか迷っているようだ。あわてて美香と菜々が駆け寄って、「ニッシー、ニッシー。まあまあ、機嫌、直しなさいよ」と、しきりになだめている。そういえば、ニッシーこと西脇沙織は、美香や菜々と野外活動の班が同じだった。野外活動の間中、美香と菜々は沙織をあやし続けるのだろう。もっとも、二人はどこか沙織のだだっ子ぶりを楽しんでいる風でもある。

気まずい空気がバレーボールの輪の中に淀む。五月の太陽は容赦なく、少女たちの輪に降り注いでいる。眉を吊り上げた帆乃香の隣で、坪井英里が叫ぶ。太めの日本人形は声量が豊かで、高めの声がキーンと通る。

「ホーちゃんも、悠希も、いい加減にしないと、みんながヤな気持ちになるじゃない」

確かに英里の言う通りだ。

「先生、亜美先生」

杉本慎也が叫んでいる。男子たちは校庭の反対側、砂場で相撲《すもう》を取っていたはずだ。近頃、短い休み時間には「腕相撲」、長めの昼休みには「相撲」を取るのが二組男子の「マイブーム」になっている。

「なに？」

亜美が慎也に歩み寄る。慎也の隣の早川康平が叫んでいる。

「服部さん、谷、ちょっと来て。実行委員の打ち合わせをしようよ」

服部優紀子と谷帆乃香がバレーボールの輪の中から抜け出る。

「フン」

悠希がボールを地面にぶつけている。もともと同じバスケ部で、仲の良い悠希と帆乃香が険悪になったのは、「野外活動実行委員」のせいなのだ。帆乃香と一緒に「野外活動実行委員」に立候補した悠希は、僅差《きんさ》で敗れていた。

美香と菜々、それに英里が加わって悠希に歩み寄っている。三人が悠希をなだめているのを目の端に入れながら、亜美は、桜の木陰で四人と向き合う。

「先生、六校時に野外活動のプログラムを決めなさいって、森沢先生に言われているんです」

慎也が目をくりくりさせながら、亜美に訴える。ほかの三人は、重々しくうなずいている。五、六校時は「総合的な学習の時間」になっていて、野外活動の「事前学習」をする。

「先生も、森沢先生から聞いています。初日の午後が『二組タイム』なんでしょ。一組が『大声大会』をしたあと、二組がスポーツ的な行事をするんだって……」

「ぼくらは、『全員リレー』をしようかなって、思っているんだ」

康平が満面の笑顔で、亜美に訴える。

「クラス全員で、バトンをつなぐわけだよね。いいと思うけど、女子と男子とか、速い子と遅い子とかで、距離を変える必要あるし……。考えるのが大変でしょ」

亜美が躊躇《ちゅうちょ》すると、慎也がコクンとうなずいて、勢いよく言いだす。

「ルールは、祐くんがちゃんと考えてくれている。遅くて体力のない子は半周して、体力のある子は一周するんだ。祐くんがパソコンで、マニュアルを作っている。だから大丈夫」

祐くんこと並木祐哉は、服部優紀子や杉本慎也に比べると、テスト成績はもう一つだ。しかし、「相撲」興行を取り仕切る様子から見て、亜美は、祐哉の知能の高さを実感している。しかも、勧進元に慎也を据えるあたり、大人の思考ができている。

「まあ、祐くんが考えてくれているなら……。いいかも……」

亜美の歯切れの悪さは、祐哉の「危うさ」のせいだ。いつもにこやかな祐哉だが時折、油断のならない険しい目つきを見せることがあるのだ。

「大丈夫ですよ。祐くんのマニュアルは、ちゃんと森沢先生に見てもらっていて、OKが出ているんです」

康平が得々《とくとく》と言う。亜美は一瞬ムッとする。担任を差し置いて、なぜフミ姉ちゃんが先なんだろう。

「森沢先生は野活《やかつ》の係をされていますし、いろいろ相談に乗ってもらっていたので……」

優紀子がすかさず口添《くちぞ》えをする。そういえば、亜美がこども家庭センターに出張に行っていた時に、「野活プログラム」を話し合っていた。

そもそも、野外活動のプログラムは、教師が考えるものらしい。それを「こどもの自主性を育てる」ため、生徒に一任したのはフミ姉ちゃんだ。そのために、実行委員システムを提案したらしい。危ぶむベテラン教師連が次第に協力的になったのは、フミ姉ちゃんが実に上手に実行委員を動かしているからだ。

準備のからみもあるし、タイムリミットも迫っているのだから、慎也たちがフミ姉ちゃんの助言を仰ぐのは、当然のことだ。亜美は、プライドに振り回されている自分を反省する。

「全員リレーは、頑張れば二組が優勝できると思う。男子で一番速いのはグッチだし、女子は……」

言葉を切って、帆乃香は身をよじりながら、恥ずかしそうに含み笑いをしている。

「ふうん。女子で一番速いのはホーちゃんなんだねえ。すごいねえ」

亜美が言うと、帆乃香は上気した頬を、両手でパタパタとたたいている。

「二番目に速いのは、誰なの」

亜美が聞くと、優紀子が予想通りの答えを返す。

「悠希ちゃんです」

途端に、谷帆乃香がそっぽを向く。

「ホーちゃんねえ、悠希と仲良くしないと、全員リレーに勝てないよ。第一、今のままなら、悠希はホーちゃんの意見に反対する。そうなると、全員リレーはやれなくなるから。得意じゃないとか、しんどいとかで、走るのは絶対イヤだという子もいっぱいいるでしょ。もともと、悠希は全員リレーみたいなお祭り騒ぎは大好きよね。体育委員だし。悠希に協力してもらえば、みんな、全員リレーをする気になるよ、きっと……。そのためには、ホーちゃんが仲直りしないと。実行委員選挙に勝ったのはホーちゃんなんだから、勝った方が負けた方に歩み寄るべきだよ。ええっと、歩み寄るっていうのは、悠希のそばに行って、仲直りするように言いだすことだよ」

亜美は、谷帆乃香の頭に手を置きながら、ゆっくりと話す。帆乃香は、徐々に頭《こうべ》を垂れ始めている。亜美は、目の前でうつむく帆乃香の黒い絹のような頭髪を撫でてみる。

突然、帆乃香が顔を上げる。亜美は、あわてて手を引っ込める。帆乃香は、優紀子を見つめながら聞いている。

「ユッコも、そう思う?」

ユッコこと服部優紀子は、優雅に笑って答える。

「うん。もともと、悠希ちゃんとホーちゃんは仲良しなんだし、同じ部だし。バスケ部も、二人が言い合いばっかりやって練習にならないって困っているよ。ホーちゃんが悠希ちゃんと仲直りする気があるなら、わたしも一緒に悠希ちゃんに話すから」

帆乃香は、すぐに優紀子の手を引くと、さっさと悠希を目指して歩きだす。亜美はあっけにとられて、二人を見送る。

「ふうん。亜美先生より、服部さんの方が信用あるんだ」

いつの間にか、祐哉が亜美のそばに立っている。祐哉が重ねて言う。

「慎くん、これで『全員リレー』は決まりだよね」

慎也は口をモゴモゴさせながらも、うれしそうにうなずいている。早川康平が憤然として、口を差し挟む。

「祐くん、なに、言っているんだ。亜美先生がちゃんと説得したから、谷もその気になったんだ」

祐哉は、シレッと答える。

「康平の言う通りだよ」

それから、亜美にささやく。

「先生の舎弟《しゃてい》。いつでも鉄砲玉になってくれそうだよね」

亜美は、わけがわからずに答える。

「舎弟って何？」

「康平とグッチだよ。子分って言ったら、わかる？」

理科係の康平と洋輔は、子分なのだろうか。亜美は首をかしげる。

「じゃあ、鉄砲玉って何？」

「先生のために、自分を犠牲《ぎせい》にして、つくしてくれること」

亜美は、よくわからないまま黙る。後ほど、祐哉の使用する「ヤクザ業界用語」の意味を、君塚先生に教えてもらうつもりだ。祐哉は、いつものようにポーカーフェイスで、輪のくずれた女子の一群を眺めている。

「あれ。かえって、なんか、ケンカになってない？」

慎也が指さしながら叫びだす。慎也の指の先では、勝野悠希と谷帆乃香が何やら言い争っている。やがて、二人は抱き合って泣いている様子だ。祐哉がボソッとつぶやく。

「一件落着みたいですね」

亜美は、ため息をつくと二組の女子連に歩み寄っていく。女の子の群れに達する前に、亜美は鈴木美香と藤岡菜々につかまる。

「亜美先生、ホーちゃんと悠希が仲直りして、良かったですよね」

にこにこと、美香が亜美の腕を取りながら言う。

「先生、ユッコとエリーに任せた方がいいですよ。先生がそばにいると、ホーちゃんも悠希も、きまり悪いと思います」

菜々が遠慮がちに言う。

「あの二人、何で泣きだしたの？」

「お互いに自分が悪いって……。ホーちゃんも悠希も、仲直りしたがっていたのよね。今回は、にらみ合いがいつもより長かったから」

菜々が解説する。

「あの二人、しょっちゅう、もめる。でも、お互いキョーレツだから、とことんはケンカしたくないんだよ。ユッコが仲直りさせてくれるのを待っているの。ユッコはホント、えらいよねえ」

美香が論評する。

「そうだ。菜々ちゃん、先生に言っておこうか」

美香が突然、話を変える。

「うん。由加ちゃん、かわいそうだものね」

「由加ちゃんって、牧田由加さんのこと？」

二人は、コクンコクンとうなずいている。

「由加ちゃんのお昼なんだけど、いっつもパン、買っているの」

菜々が同情を込めて言う。

当市は、もともと業者納入の弁当を給食としていた。しかし、昨年度に異物混入事件が発生し、責任を取って業者が撤退《てったい》すると、引き受け手がいなくなってしまった。採算の割に、衛生基準等がきびしすぎるかららしい。そこで、家から持参の弁当か、出入りのパン屋さんから買うパンを昼食にしている。

牧田由加は毎食がパンだと菜々は指摘したのだ。

「それも、一つだけなんだよ」

美香の言葉に、非難がこもる。亜美は、自分のうかつさに少し落ち込む。毎日、亜美はクラスの子供たちと一緒に、お弁当を食べている。しかし、誰がどのような弁当を食べているのか、注意を払ったことはなかった。

「体育の着替えの時も……」

　菜々が言いよどむ。

「下着がボロボロなの。だから、みんながいなくなってから着替える。集合に遅れてくるって、体育の先生に叱られているんだよ」

　美香の非難の口調が鋭くなる。

「いっくら忙しくても、お母さんは、もうちょっと由加ちゃんのこと、考えないとダメだよね」

　看護師の美香の母親も、保育士の菜々の母親も、きっとカラフルで栄養満点の弁当を作っているのだろう。第一、亜美自身も、母親の作った弁当を持参しているのだ。

「先生も、もっと由加ちゃんのことを考えないとダメみたい」

　亜美がつぶやく。すると、美香と菜々があわてて、「先生はすっごく頑張っているよ」「ママも、とっても熱心な先生だって言っているよ」と、口々に亜美をなぐさめてくれる。

ゆっくりとしたチャイムが五月の大気を揺らしている。悠希と帆乃香が肩を組み、満面の笑みで歩きだす。沙織が妙な雄《お》たけびを上げている。女子の群れが波打ちながら、校舎を指して流れ始める。

亜美も校舎に向かいながら、考えにふける。自分は、牧田由加のために今、何ができるのだろう。たぶん、中原元子を説得することだ。今夜だ。今夜、亜美は中原元子と会う。

「魔女」との対峙《たいじ》

由加に聞かせたくないという理由で、中原元子は外で会おうと言いだした。阪急三宮《はんきゅうさんのみや》駅西口に、夜八時の指定だ。フミ姉ちゃんや高橋郁子先生に話せば、「行くな」と止められそうだ。亜美は、こっそりウエちゃんにだけ相談した。ウエちゃんは眉根を寄せると、大きなため息をついてから言った。

「止めても無駄だよね。行くと言ったら、亜美ちゃんはどうしても行くんでしょう。わたしは、助言できる立場も能力もないけど……。まあ、中原さんは親権者じゃないから、本来、由加ちゃんを引き取れないのよね。亜美ちゃんの方が強く出られるわけだから、空手の要領で攻めて、攻めて、攻めきればいいんじゃない。亜美ちゃんの得意技は、それしかないんだし……。ただし、相手の挑発《ちょうはつ》に乗らないようにね。心を平静にして、相手のわざをかわす。スキを見つけて、あらゆる局面を利用しながら攻め立てることだよね」

亜美は、ウエちゃんの助言を頭の中で繰り返しながら、三宮駅に降り立つ。七時五十分には約束の場所に着いていた。

中原さんは、きっかり五分遅れて来た。あいさつもなく、亜美の目の前をさっそうと行き過ぎる。亜美が一瞬、途方に暮れると、サッと振り向き、あごをしゃくってみせる。ついて来い、という意味らしい。

ウエストを軽く絞った紫のスーツがよく似合い、道行く中年男たちが吸い寄せられるように中原さんを見ている。軽くシャギーした頭髪から靴の先まで、完璧な装いだ。この五月のバラのような姿で、あのあばら家を出発したのだろうか。


昼間の暑さがうそのように、冷え込んできている。金曜日の夜の繁華街は、ごった返している。通行人にチラシを配るタキシードの男に、客引き行為を注意する県警のアナウンスがかぶる。金髪に原色の装いの若者たちがじゃれ合いながら、横町を流れていく。グレーのスーツを着た中年男たちの集団が黙りこくって歩く。ドラマのワンシーンのようなキレイなカップルが寄り添いながら、ささやきをかわしている。ブランド物で固めたOLたちが街角で笑いさざめく。

亜美は何もかもが物珍しく、キョロキョロとあたりを眺めまわしながら歩いていく。中原さんが立ち止まって振り返る。

「栗崎先生、夜の三宮は初めて?」

中原さんは挑発しているのだろうか。亜美は、軽くいなすことにする。

「いえいえ、初めてではありません。二、三回は来ているような……。なんだか、海の底を漂っているみたいで、興味深いです」

「海の底ね。じゃあ、今から竜宮城に連れて行ってあげるわ」

（ここは、平静に切り返すところなのかな）亜美は、皮肉を込めて言ってみる。

「亀も、助けていないのに光栄なことですね」

「あら、うちの亀を助けようとしているんじゃないの？」

答えに困って、亜美は、横に並ぶ中原さんを見つめる。中原さんの横顔は、とても六十に近い人には見えない。アラフォー世代で十分通る。ただ、高い鼻梁《びりょう》がやや不自然だ。整形でもしているのだろうか。

それっきり黙りこくって、中原さんは足早に歩を運んでいる。角を曲がるたびに照明が暗くなっていく。三宮の地理に不案内な亜美は、どこをどう歩いているのか、さっぱりわからなくなっている。

洒落たビルの前で、中原さんは不意に立ち止まり、親指を突き出してエレベーターを指す。亜美が乗り込むと、中原さんは、ダークグリーンのマニキュアをした指で三階を押す。

カウンターに落ち着いたあとも、亜美は興味津々であたりを見渡す。「トラヴィアータ」の店内は、真夏の昼下がりのように明るい。純白の天井からぶら下がるシャンデリアが人魚のような女たちを照らしている。そういえば、「トラヴィアータ」はオペラ「椿姫」の原題だったっけ……。

亜美はカウンターに両手をつき、左隣に座る中原さんを見つめて言う。

「料金は、割り勘でお願いしますね。収賄罪《しゅうわいざい》で職を棒に振りたくないので」

中原さんの向こうに見える青紫色のドレスを着た女は、声はいざ知らず、姿はオペラの椿姫より数段上だ。亜美は、祖父からもらった就職祝いの十万円を、綿パンのポケットに突っ込んできたのだが果たして、それで足りるのだろうか。

隣で、タバコを指にはさんだ中原さんが眉をひそめて亜美を見る。

「あたしがご相談したいって呼び出したんだから、あたしが払いますよ。でも、もし、万一、首になったら、ここでバーテンをやればいい。今の給料の何倍にもなるわよ」

亜美はわけがわからず、中原さんの顔を凝視する。

「ここは、男が女で、女が男の世界なの」

「へえ。じゃあ、あの紫のドレスの人も男性なの？」

中原さんは、あでやかに笑う。目じりや頬にしわが寄り、年相応に見える。

「マユミちゃんのこと？　もちろん男よ」

中原さんは、マユミちゃんに向かって手を上げる。マユミちゃんは、ドレスの裾《すそ》をひるがえして、亜美の真横にスラリと立つ。華やかな香りが亜美に押し寄せてくる。マユミちゃんは、中原さんのタバコに、鮮やかな手つきで火をつける。中原さんは銀のシガーケースを取り出し、マユミちゃんの前で開いて見せる。マユミちゃんは表情も変えず、長い指でタバコを引き出し、真っ赤な口にくわえて、火をつける。二人は同時に、亜美に向かって煙を吐きつける。亜美は、露骨に眉をひそめて、右手を盛んに振り、煙を散らそうとする。

「アヤカ姐《ねえ》さん、ずいぶんカワイイ坊やとデートね。やけちゃうわ」

ドスの利《き》いた男の声だ。

店内がにわかにざわつきだす。亜美も、中原さんも、マユミちゃんも、そろって入り口の方を向く。恰幅《かっぷく》のいい男が二人の取り巻きを従えて、店に入ってくる。マユミちゃんは、バーテンが差し出す灰皿にタバコを押し付けると、「失礼するわね」と色っぽくささやき、男のそばに駆けつけている。

中原さんは眉をひそめて、灰皿でくすぶるタバコを見つめ、やがて、ゆっくり正面を向き、深く煙を吸い込み、長々と吐き出す。白い煙は、バーテンの肩のあたりにしばらくたゆたっている。初老のバーテンは、中原さんにウイスキーの、亜美にオレンジジュースのグラスを、ふわりと置いてみせる。思索《しさく》的なたたずまいのバーテンは、正真正銘の男だろうと亜美はぼんやり考える。

フフフと中原さんが笑いだす。

「本当に、高校生の男の子とデートしているみたいな気分だわ。あたしも、中学校の教師が栗崎先生みたいなイケメンだったら、学校にちゃんと通ったかもね。むかつく先公だった。若い女だったけど……」

遠い昔を探る目つきだが中原さんの表情には、妙に残酷な暗さが張り付いている。亜美は、中原さんの言動はすべて、自分を有利にするための芝居なのだと考え始めている。しかし、それにしては、生々しい感情があふれ出しているのが気にかかる。亜美は、ますます警戒感を高め、両手を握りしめ、いつでも攻撃態勢に入れるように身構える。

「あたしたちの頃は、シンナーがはやっていた。簡単に手に入ったし、効《き》き目はなかなかだし……。幻覚が総天然色なの。シンナーを吸いながら、久しぶりに学校に行ったのよ。そうしたら、担任の女がビンタした。職員室の真ん中で……。体罰は、今ほどうるさくなかった。でも、あたし、絶対に許さないって思った」

中原さんのような女性を、亜美は一人知っている。寿洸寺をトラブルに巻き込む有力檀《だん》家《か》の奥さんだ。

「その日の夕方、あたしにほれていたチンピラを連れて、担任のあとをつけた。そのロクデナシが担任を暗闇に引きずり込んで……」

中原さんは、愉快そうにからからと笑う。世間知らずの亜美にも顛末《てんまつ》はわかる。

「それって犯罪ですよね」

中原さんは脅すつもりで、話を作ったのだろうか。違うだろう。実際にあった話だ。亜美は、ウエちゃんの忠告を思い浮かべる。「挑発に乗ったら、だめよ」

そうなのだ（平静に、冷静に、次の手を考えないと）。

不意に肩をたたかれて、亜美は振り返る。先ほど入店した恰幅のいい男が笑みを浮かべて立っている。亜美は、首をかしげて男を見る。

「亜美ちゃん、久しぶりだね。中学校の理科の先生になったって聞いていたけど……。こんなところに、社会見学にでも来たの？」

声の調子で思い出す。檀家の岡村《おかむら》さんだ。時折、寿洸寺にやってきて、祖父と碁《ご》を打っている。

「大学生の時には、あまり、こっちに帰っていなかったから。本当にお久しぶりです」

「先生は、亜美ちゃんを一番かわいがっておられるから、そりゃあ、寂しそうにしてらっしゃった。この間、お会いしたら、こちらに帰ってきて中学校の先生になったって、すごくご機嫌でした」

岡村さんは口調を変えて、中原さんの耳元でささやく。

「このお嬢さんは、恩人のお孫さんなのでね。お手柔らかにね。紅薔薇《べにばら》のアヤカ姐《ねえ》さん」

岡村さんが席に戻るまで、中原さんは眉間《みけん》にしわを寄せて、じっと見つめている。

「栗崎先生のおじいさんは、岡村社長にどんな恩を売ったの？」

亜美は、オレンジジュースを吸い込みながら考える。どの程度まで話せばいいのだろう。

「生まれる前のことなので、詳しくは知りません。うちの実家は寺なんです。祖父が住職です。岡村さんのお父さんのお葬式を引き受けたみたい。岡村さんは、うちの檀家さんの一人です」

中原さんは、亜美の顔を見つめながら言う。

「檀家がみんな、栗崎先生のおじいさんを恩人って言うはずは、ないでしょ」

「その頃、岡村さんは命をねらわれていて、お葬式を引き受けてくれるお寺がなかったって、いうことでした」

頬づえをつきながら、中原さんは考えている。

「きっと、小沢組の跡目争いの時よね。銃弾が飛びかって大変だった。岡村さんは、あの頃、すでに幹部だったもの。巻き込まれたくないから、どのお寺も引き受けなかったんでしょうね。それを引き受けてくれたんだから、あなたのおじいさんは大恩人よね」

中原さんは、悩ましそうに唇を引き結んでいる。

「さっき、岡村さんが中原さんのことを、紅薔薇のアヤカ姐さんって呼んでいましたよね。それって、どういう意味ですか?」

「紅薔薇は、このあたりにあったナイトクラブの名前。若い頃に勤めていた。夜のお勤めは、本名ではしない。源氏名《げんじな》って言って、ちょっと洒落た名前を付けるの。紅薔薇では、あたし、アヤカって名乗っていたの」

中原さんは暗い眼をして、グラスの氷を見つめている。亜美は、中原さんを担任した女性教師のその後が気になっていた。

「それで、その先生は、どうなったんですか？」

「えっ。何の話？」

「さっきの話です。中原さんを中学生の頃、担任した先生の話です」

「その事件のあと、登校しなくなった。教師をやめたのね。その後はどうなったのか、あたし、知らない」

亜美は、重ねて言う。

「それって犯罪ですよね」

「もう、時効よ。そそのかしたあたしも、やった本人も未成年だったし……」

中原さんを糾弾《きゅうだん》しようとして、亜美は不意に高橋郁子先生の言葉を思い出す。

――そうなったのも、家庭環境とか、成育歴とか、語りつくせない深いわけがあってね。

中原さんのために不幸になった人間は、数えきれないほどいるのだろう。しかし、中原さんを不幸にした人間も、また、たくさんいたはずだ。しかし、それがたちの悪い犯罪を正当化する理由にはならない。亜美は柄にもなく、暗い妄念にとらわれそうになる。しかし、亜美は、目の前の中原さんがもっと暗く物思いに沈んでいることに気づく。

「なんだか、急に元気がなくなりましたね。わたしに害を加えたら、岡村さんが黙っていないからですか？」

亜美が聞くと、中原元子は物憂げに答える。

「そうねえ。栗崎先生は、たぶん、ご存じないでしょうけど、岡村社長は、本当に恐ろしい人よ。だけど、もう、いずれにしろ、あたしには栗崎先生をどうこうする力なんてないわよ。第一、栗崎先生は、脅されても面白がるようなタイプよねえ」

「じゃあ、なぜ、こんなところに誘ったんですか？」

「お願いしようと思ったのよ。牧田由加があたしのところに、いられるように」

中原さんの右手が亜美の左腕にからみつく。間近に見れば、小じわが目立ち、年齢は隠せない。それでも、中原さんには奇妙な磁力がある。亜美は、思わず中原さんの瞳をのぞき込む。それから亜美は、雑念を払うように首を振ると、深呼吸を一つする。そうして、一気にまくし立てる。

「家事でこき使うようなことは、やめてください。学校を休ませないでください。野外活動に行かせてやってください。まともなお弁当を持たせてください。ちゃんとした下着を着せてやってください」

中原さんは殺気のこもった目つきで、亜美をじろりと見ると、また、タバコに火をつける。ひとしきり、天井に向かって盛大に煙を吹き付けると、タバコを灰皿に置き、亜美を横目で見る。

「近頃の子供は、家の手伝いを全然しないそうですけど、それでいいと思うの？　家事は、大人になった時に必要でしょう。家事を教えるのは、重要なしつけだと思うけれど……」

「程度があるでしょう。虐待する保護者は、『しつけ』って言い張るみたいですよ。しつけの範囲を超えてしまうと虐待だそうです」

「じゃあ、しつけの範囲はどこにあるわけ？　その範囲は、栗崎先生がお決めになるの？」

「わたしは、もちろん、決められません。中原さんと違って、わたしは世間の常識には従いたいんです。でも、世間の常識がわからない。だから、森沢先生に判断してもらいます。森沢先生が言っていました。少なくとも、学校を休ませて、洗濯をさせるのはダメだそうです」

「森沢先生？　ああ、この間、栗崎先生と一緒にうちに来ていた数学の先生ね。由加は、あの先生が大好きよね。森沢先生って小柄で、はきはきしていて、由加の母親に似ているわ」

亜美は、驚いて言葉が詰まる。バーテンが二杯目のジュースを亜美に差し出す。

「中原さんは、牧田由加さんのお母さんをご存じなんですか？」

中原さんは、優雅な手つきでウイスキーのグラスを回している。ゆっくりと動く琥珀《こはく》色の液体を見つめながら、中原さんは答える。

「聡と会っていた時に、すごいけんまくで乗り込んできたのよ。離れた男の心は、やっきになるほど遠ざかっていくのにねえ」

あざけるように、歌うように、中原さんは語る。

「牧田聡さんとは、どこで知り合ったのですか？」

「栗崎先生が生まれる前になるのかな。地震があった。この町をめちゃくちゃにした地震。聡と初めて会ったのは、その日だったか、次の夜だったか……」

中原さんのかすれた中音の声には、ウイスキーの香りがまとわりついていて、亜美は琥珀色の液体にからめとられそうになる。

これが中原さんの「わざ」なのだと意識しても、亜美は押し返せそうにない。

「痛いくらいに寒かった。月がキレイな夜で……。避難した小学校の校庭で初めて会った。あたしは、主人を前年にガンで亡くしていて、娘二人と震えていた。聡は、おばあさんと一緒に逃げて来ていたみたい。聡は、まだ高校生だった。あたしたちに親切にしてくれて……」

まだ、三十代だった中原元子は美しかっただろう。月光を浴びて輝く魔女に魅入られた男子高校生は、その後、どんな人生を歩むことになったのだろう。

「聡とは長い付き合いなんだから、その娘を虐待だなんて、とんでもない。かわいそうな娘を親切に養育しているあたしに、いわれのない批判はやめてほしい」

中原さんがからみつくように言う。亜美は、洗濯機の前で凍りつく牧田由加の表情を思い浮かべる。月光に照らされた美女の幻影が消える。

「虐待をしてないというなら、学校にこさせてください。野外活動に参加させてくださ
い」

「栗崎先生は、学校の成績も良かったでしょうし、言いたいことを言う性格だから、毎日、楽しく学校生活が送れたでしょうよ。でも、由加は学校に行くのが苦痛なのよ。野外活動で、大勢の子供と一緒なんて耐えられない。別に、由加が行きたいと思っているのに、あたしが行かせないわけじゃあない。むしろ、由加の行きたくない学校にこさせようとしたり、野外活動に強制的に参加させようとしている栗崎先生の方が由加を虐待していると思う」

見事な論理だ。亜美は一瞬、感心してから思う。この女は頭が良いからこそ、不幸なのだろう。自分の行為を巧みに正当化して、不幸に近づいていくのだ。

それにしても中原さんは、亜美の痛いところを突いてきている。亜美は、一年二組の生徒たちと「つるんで」、教師生活を楽しんでいる。それは一方では、集団生活になじめない生徒に配慮を欠くことにもなる。高橋先生やフミ姉ちゃんは亜美に、いつも、「もっと生徒と距離を置きなさい」と言い続けている。つまり、学校エンジョイ組に担任が入ってしまえば、学校がつらい子供への圧力になりうる。亜美は唇をかみしめて、頭を振ってみ

る。一人一人の子供に目を向け、困っている生徒に寄り添える教師になりたいと、心から思う。

店内の照明が暗くなっている。ピアノの生演奏が始まり、スポットライトの中でマユミちゃんがピアフの歌を熱唱している。いつの間にか岡村さんは、姿を消している。そういえば、さっき岡村さんはバーテンを呼んで、何事か耳打ちしていた。

亜美は中原さんの方に一礼すると、懇願口調《こんがんくちょう》で言う。

「牧田さんにとって、学校生活が少しでも楽しいものになるように、わたしも頑張ります。野外活動も、負担にならないように配慮します。行かせてやってください。お願いします」

「考えとく」

中原さんは投げやりにつぶやく。

「それと、下着とお弁当」

中原さんの我慢は、限界に達したようだ。亜美の左手の甲に、激痛が走る。中原さんの長い爪が突き刺さっている。カウンターでシェイカーを振っていたバーテンがヒョウのような身ごなしで、駆けつけてくる。それより速く、亜美の体が動き、中原さんの尺骨《しゃっこつ》を握っている。

「折りますよ」

「職を失って、とんだスキャンダルよね」

亜美は、おかしそうに声を出して笑う。

「このお店、岡村さんに関係したお店でしょ。目撃証言は、事実通りには、たぶんならない」

中原さんも笑いだす。

「いいわ。下着とお弁当ね。本当に教師にしておくのは惜しいわよ。なんか武道をやっているのね。それだけの気迫と度胸があれば、この店の用心棒になれるわ」

それから、バーテンに向かって言う。

「あなたも、そろそろお歳だから、栗崎先生と替《か》わったらどう？　お客も、店のコも大喜びよ」

バーテンは、ジロリと中原さんを見る。

「社長の耳に入ったら、ただじゃすみませんよ」

中原さんは薄笑いを浮かべながら、立ち上がる。亜美も続く。

タクシーに乗って帰るという中原さんに、亜美はにこやかに頭を下げる。

「これで、うちのクラスの野外活動費は集金が終わりました。月曜日に、牧田さんに参加申し込み票を持たせてください」

「仕方ないわよね。ところで栗崎先生。岡村さんにおごってもらっていいの？　言いにくいんだけれど、トラヴィアータは値の張るお店よ」

「そうですね。今度の岡村家の法事に、祖父は特別に長いお経をあげることになります。それで、チャラ」

中原さんは華やかに笑うと、タクシーの後部座席に消える。南国の花の香りが夜の冷気の中をしばらく漂って、消えた。

リレーの前

栗崎亜美は、両のこぶしを突き上げて背伸びをする。白いポロシャツから伸びる日焼けした腕を、青空に突き刺す勢いだ。ずり落ちそうになる紺ジャージをたくし上げると、右足首、次に左足首をグルグルと回す。

「先生も、走るみたいだね」

亜美の横で、ストレッチをしていた勝野悠希がガラガラ声を張り上げる。悠希はいつにもまして、ハイテンションだ。

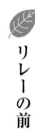

「先生が走っても、悠希やホーちゃんに勝てっこないでしょ」

「でも、亜美先生には、口でも腕力でも、クラス全員、総がかりで立ち向かってもかなわないと思うけど……」

亜美は軽いショックを覚えるが、黙ってかたわらの二個の段ボール箱を指さす。

「これ、早く持ってかないと……。全員リレー、結構、準備が大変なんでしょ」

段ボール箱には、両方ともマジックで「二組用」となぐり書きしてある。

「あのテントが本部だよね。あそこからスタートするみたい。本部に持っていけば、いいのよね」

亜美が指さす方向には、白い屋根をパイプで支えるイベント用の小型テントがちょこんと据えてある。悠希は、周りに二組の仲間がうろついているのを確認して、コクコクと何度もうなずいてみせる。亜美は、テントから時計回りに、あたりを見回す。

五月の光が、山の上とは思えない広いグラウンドに降り注いでいる。オレンジ色のツツジがグラウンドの縁《ふち》を飾っている。「摩耶山少年自然の家」は、市が半世紀も前に建てた古い施設だ。山頂付近の地形をうまく利用して、宿泊施設、キャンプファイヤー場、野外炊事場、さらにグラウンドを配置している。立花中学の一年生は、本日から一泊二日の野外活動をここで実施する。

降り注ぐ透明な光の中を、一年生百数十名がグラウンド一面に散り、楽しそうにたわむれている。子供たちは、学校指定の体操服にクォーターパンツ姿だ。さすがオシャレな和泉校長が選んだだけあって、半袖のシャツも、クォーターパンツもあか抜けている。生徒たちは、午前中の摩耶山登山でヘロヘロだったが、昼のお弁当で一気に元気を回復したらしい。

「晴れてきて良かったねえ。亜美先生」

悠希が段ボール箱を持ち上げながら、うれしそうに言う。亜美も、もう片方の段ボール箱を持ち上げながら答える。

「ほんとだね。朝、集合した時には、今にも降りそうだったものね」

大きな段ボール箱はかさばるだけで、さして重くもなく、亜美と悠希は視界を確保しながら、早足で歩き始める。

「でもさあ、摩耶山に登っている時は、曇っている方が涼しくて良かったよねぇ」

悠希は、あくまでもポジティブだ。

「こっち、こっち」

テントの前で亜美の「舎弟」、早川康平と矢口洋輔が叫びながら手を振っている。そのかたわらで、委員長の杉本慎也がプリントを広げて、せわしなく足踏みしている。隣では、全員リレー構成作家の並木祐哉が落ち着き払って、何やら説明中だ。

少し離れて、女の子たちが輪になっている。輪の中心には、腕組みして突っ立った谷帆乃香がいる。

「二組。全員リレーの準備をします。体育委員の康平と悠希を手伝ってね」

亜美があたりを見回しながら叫ぶ。女子の輪がほどけ、駆け寄ってくる。ただ、帆乃香は一歩も動かず、太めの日本人形坪井英里と、岡部七海が付き添っている。英里は帆乃香の背中をさすりながら、何事か一生懸命に話しかけている。その横を七海は、小柄な体を左右に振りながら所在なげに突っ立っている。七海は青白い顔に、いつものように何の表情も浮かべていない。七海は、帆乃香をなだめる気が毛頭ないのだ。仲の良い英里の付属物のように、その場にたたずんでいる。

亜美は、帆乃香の様子を横目で見ながら、段ボール箱を地面に置く。悠希が続く。待ち構えていた康平が段ボール箱をパカパカ開けている。みんなが箱を取り囲み、中をのぞき込む。ハチマキやタスキやバトンが入れてある。クラスごとに色を変えてあるので、カラフルな布地が渦巻いて目に飛び込んでくる。子供たちは、目を輝かせて歓声を上げる。

慎也がグラウンドに向かって叫ぶ。

「各クラスの体育委員は、ハチマキとタスキとバトンを取りに来てください」

祐哉が指図して、康平と悠希がビニール袋に入った赤や青の布地を運んでいる。鈴木美香や藤岡菜々がテキパキと手伝う。西脇沙織は、二人の周りをウロウロしているが働く気はみじんもない。

祐哉が位置を指定して、地面の上に五つのビニール袋が置かれる。ビニール袋の中は、袋ごとに色の違うハチマキがとぐろを巻いて見える。一番向こうが真っ赤、次に黄色、青、ピンク、一番手前が真っ白だ。

十人の体育委員が息せき切って駆けつけてくる。すでに、全員リレーが始まったかのような勢いだ。早く受け取るほど良い結果になるとでも思っているのだろうか。体育委員たちの意気込みが二組の子供たちを、さらにヒートアップさせたようだ。慎也がキラキラと目を輝かせて、大音量で叫ぶ。慎也の声は張り上げると、完全なボーイソプラノになる。

「向こうから、一組、二組、三組、四組、五組の順になっています。自分のクラスのハチマキ、タスキ、バトンを受け取ってください。タスキとバトンは自分のところに置いて、ハチマキはクラスの人に配ってください」

一組の体育委員が叫ぶ。

「この赤いのがあたしたちのだよね」

康平が答える。

「そう。そのカープの色が一組。それでもって、黄色いタイガースがオレたち、二組だぜ」

康平は、一家あげてのタイガースファンなので、得意げに鼻をピクピクさせている。広島カープファンの亜美は、気に入らない。亜美の母は広島の寺から嫁に来ていて、亜美たち四兄弟は熱烈なカープファンなのだ。亜美は、恨めしげにカープレッドの布地の山を見つめる。

「いいよ。カープ、カッコいいじゃん」

一組の体育委員が叫ぶ。一組は、全員リレーの優勝候補だ。ちなみに対抗馬は二組と目されている。

「じゃあ、オレたちは中日かよ。オレ、中日は、もう一つなんだけど」

三組の体育委員が青い布を持ち上げながら、不平をもらす。祐哉がすかさず言う。

「青は、ガンバだよ。ガンバ」

三組の体育委員の顔がほころぶ。

「じゃあ、ピンクはセレッソだよね。やり。オレ、セレッソのファンなんだ」

四組の男子体育委員は、ご機嫌だ。

「あたし、野球もサッカーも興味なあい。ピンクは、女の子がかわいく見えるからグゥー」

女子の四組体育委員がピンクのハチマキを半分に分けながら、はしゃいでいる。

「白って、なんか弱っちくねえ。すぐ汚れるしよ」

五組の男子体育委員が不満げにつぶやく。

「源氏《げんじ》の色だから、勝つ」

五組の女子体育委員は、右こぶしを突き上げて叫ぶ。体操シャツの胸に、「長谷川」とある。長谷川望《はせがわのぞみ》は、小柄だがパワフルだ。眉を寄せ、興福寺《こうふくじ》の阿修羅像《あしゅらぞう》に似た強いまなざしで、亜美をにらむ。望は剣道少女なので、「白＝源氏」などという妙な知識があるのだ。

布の束を抱えた体育委員たちがグラウンドに散っていくと、悠希が黄色い布を抱えながら、亜美にささやく。

「ゾミちゃんはさあ、剣道が強くって、亜美先生の空手とどっちが強いかって、クラスの子に言われ続けている。あんまり言われて一度、亜美先生と果たし合いしたいって言っているんだ。だから、にらむんだよ。ほんと、バカみたい。亜美先生は迷惑だよね」

「ゾミちゃんって、長谷川望さんのこと？」

「うん。うちは剣道部がないから、あたしと同じバスケ部なんだよ。あっさりしていて、いいやつなんだけど、ちょっとヘンなんだ。そうそう、ホーちゃんとは、ものすごく仲が悪いからね」

「ちょっと、ヘン」というより、すごくヘンだよと、亜美は心の中でつぶやく。でも、竹刀《しない》を持った長谷川望と果たし合いをやったら面白いだろうなと、一瞬考えて吹き出してしまう。

体育委員たちが叫びながら駆け回り、子供たちはカラフルなハチマキを頭に巻き始めている。二組女子体育委員、悠希だけが動きを止めている。帆乃香のそばに突っ立っているのだ。亜美は、ゆっくりと近づく。

「どうしたの？　ホーちゃん」

うつむいている帆乃香に代わって、太めの日本人形、英里が答える。

「ホーちゃん、進行係をやめたいって……」

英里は、長いまつげに縁取られた大きな黒い瞳に、涙まで浮かべている。

「あたし、一人じゃ、進行係、無理なんだけど……」

亜美は、右のひじで悠希を突く。悠希は黄色いハチマキを落としそうになり、ビックリした表情で亜美を見る。亜美は、悠希に目配せする。悠希が軽くうなずくのを確認してから、亜美は言う。

「ああ、それなら、進行係に立候補していた悠希と替わったら、どう」

すかさず悠希が叫ぶ。

「あたしは、オーケーだよ」

驚いて、帆乃香は顔を上げ、キッと悠希をにらむ。

「ホーちゃん、元気そうじゃない。大丈夫、やれるよ」

言いながら亜美は、両手で帆乃香の頬を挟むと、左右にぐりぐりと振ってから、右手の人差し指で鼻の頭をチョンと突く。青白かった帆乃香の頬がピンク色になり、きまり悪げにクスッと笑う。英里も、陶器のような白い顔をほんのりピンクに染めて笑う。二人を眺めながら、七海だけは相変わらず無表情だ。

悠希が黄色いハチマキを三人にポンポンと渡すと、グラウンドの中心に向けて走りだしている。

「ホーちゃん。『大声大会』は残念だったけど、みんな、もう忘れているって。切り替えていこうよ」

亜美が言う。おそらく、神経質な帆乃香は、二組が大コケした「大声大会」を引きずっているのだ。帆乃香は、眉を曇らせて答える。

「でも、優勝候補だったんだよ。悠希ちゃんが頑張ったから、応援合戦は一位だったし……」

午後のプログラムは、一組主催の「大声大会」で始まった。「なにがなんでも、大声を出せばいい」という競技で、いつも騒がしい二組は、優勝候補筆頭にあげられていた。事実、滑りだしは上々だった。第一部の「応援合戦」では、応援団長の悠希が頑張って、ダントツの一位だったのである。

「グッチがダメだよね。あたしだって知っている『淡路島通うチドリの』を忘れるなんて。サイテー」

英里がおちょぼ口をとがらせて非難する。

「大声大会」は三部構成になっていて、第一部「応援合戦」、第二部「百人一首大会」、第三部「校歌合戦」だった。「百人一首大会」は、百人一首の中の和歌一首を大声で暗唱するのである。グッチこと矢口洋輔は、四人の選手のうちの一人だったが、誰でも知っている『淡路島』の下の句が出てこず、惨敗を喫《きっ》した。

「ううん。グッチは頑張っていたのに、緊張して度忘れしたんだから、しょうがないと思う。許せないのは和樹《かずき》だよ。『校歌合戦』が点数も高かったし……」

和樹とは小島《こじま》和樹のことだ。野球部の四番候補だ。成績も性格も悪くはないのに、暴力的だ。大柄で、受け口の顔がゴリラに似ていて、気弱な生徒は、そばに寄りつこうとしない。

「大声大会」のメインは、「校歌合戦」だ。フミ姉ちゃんによれば、「校歌を大声で歌う競技」は、新入生に早く校歌を覚えさせるためのイベントで、どこの学校でも入学早々に実施するものらしい。

校歌を覚えさせたい音楽教師があおったせいもあり、各クラスとも準備に余念がなかった。二組も、男子は相撲、女子はバレーボールを中断して練習をしていた。おかげで、平井厚志も西脇沙織も、ちゃんと二番まで歌えるようになっていた。

問題は、遠山浩司《とうやまこうじ》だった。浩司は、気立ての良い生徒だが低学力で、九九も簡単な漢字も覚えていない。それで、慎也や康平がやっきになって、校歌の歌詞を特訓した。野外活動の三日前に、「浩司もばっちり歌詞を覚えたぜ」と、康平が得々と亜美に報告していた。

ところがいざ本番になって、浩司は歌詞を間違えてしまった。

「浩司だって、一生懸命だった。あんなにパッパラパーなのに、めっちゃ頑張ったんだよ。それを、ちょっと間違ったからって和樹は殴りつけたんだよ。同じ野球部の仲間でしょ。ほんと、ひどいよ」

亜美は、「パッパラパー」は禁止用語だと言おうとしてやめた。浩司は気立てが良くて、イケメンだ。二組女子にとっては、人気抜群の「愛されキャラ」なのだ。かわいくてバカな弟分を「正確に」形容しただけで、帆乃香に悪気はこれっぽっちもないのである。

憤懣《ふんまん》やるかたないという表情で、なおも帆乃香は和樹をののしり続ける。やれゴリラだとか、和樹の顔の悪さは浩司の頭の悪さより数倍ひどいとか言い立てる。

「和樹も反省しているよ。ほら、見てごらん。和樹と浩司は一緒にいるもの」

亜美は、グラウンドのかなたを指さす。小島和樹と遠山浩司が一緒に黄色いハチマキを締《し》めている。

「ほんとだ。あれ、野球部の子たちだよね。和樹、顧問の楢原先生に叱られて、浩司に謝っていたもんね。和樹と浩司が仲直りしているのに、ホーちゃんが気にすることないじゃん」

英里の高くはずむ声が心に届いたらしく、帆乃香は大きくうなずいている。

「ホーちゃん、祐くんが作ってくれたマニュアルに全部書いてあるから、それを見ながら放送すればいいのよ。グッチみたいに間違えないから、大丈夫だよ」

亜美が言うと、帆乃香はコクンとうなずき、亜美の手を取る。

「進行係は、本部でマイクをもらうんだよね。二人で、女子アナみたいに頑張らないと」

亜美は二人と手をつなぎ、歩きだす。

「ウァー、両手に花ね。栗崎先生、モテモテだよね。女子に」

黒のジャージを着たフミ姉ちゃんが赤いコーンを運びながら、鈴を振るような声で言う。フミ姉ちゃんの声は、それほど大きくないのだがよく通る。向こうで黄色いハチマキを締めていた男子の一群にも、聞こえたらしい。厚志が笑いながらはやす。

「モテ、モテ」

英里があわてて、亜美の右手を離す。帆乃香は、厚志を殺気立った目でにらみつけると、亜美の左手を離す。

「放送機器は上杉先生が操作するから、ほら、あそこ。マイク、もらってきて」

亜美が言うと、二人はうなずいている。英里は安堵《あんど》のため息を吐《つ》くと、左腕を帆乃香の右腕に巻き付けながら、大声で叫んでいる。

「ユッコ。こっち、こっち」

ユッコこと服部優紀子がゆっくりと近づいてきて言う。

「ホーちゃん、第一走者よね。最初はエリーに任せて、一緒にアップしようよ」

帆乃香はにっこり笑うと、優紀子にハチマキを渡す。

「ユッコ。結んでくれる？」

優紀子はうなずき、黄色いハチマキを帆乃香の額に当てている。やがて、優紀子は優雅な手つきで、髪の生え際近く、水平にハチマキを結んでやっている。どういうわけか、多少とも問題のある子供は、水平にハチマキを結び、クォーターパンツをずらし気味にはくのだ。

むろん、優紀子自身は、顔の輪郭に沿って「正しく」ハチマキを結んでいる。だが優紀子は、自分の「正しさ」を決して他人に押し付けない。優等生の優紀子は、不出来な級友たちに、何でもできてしまう自分を、「申し訳ない」と思っている節《ふし》がある。亜美は、時々、両親がいない帆乃香より、優紀子を痛ましく思うことがある。


そういえば、帆乃香の祖母が言っていた。

――ユッコちゃん、ええと、服部さんでしたっけ。同じクラスで、良かったです。

帆乃香は、小学校三年時に母親を交通事故で失い、祖母宅に引き取られている。転校生の帆乃香の面倒を何くれとなく見たのが、クラス委員の優紀子だったらしい。帆乃香は、優紀子のそばにいれば、落ち着いて見える。

なるほど。帆乃香のご機嫌を取り結ぶ総仕上げは、優紀子なのか。英里は、明日にでも

「料亭つぼい」の若女将《わかおかみ》になれそうだ。こんなにお利口なのに、どうして理科の点数は四十八点なのだろう。

マイクを持って、ウエちゃんが近づいてくる。ウエちゃんは白いポロシャツに紺ジャージ姿で、亜美と同じ服装なのに、どこのブランド物なのか、シルエットが違いすぎる。サンバイザーを目深《まぶか》にかぶっているが、鮮やかな美貌は隠せない。

「坪井さんが進行係よね。全員リレーの二十分前になりました。ウォーミングアップするように、みんなに伝えてくれない」

英里はウエちゃんに憧れていて、直立不動でマイクを受け取り、九十度のお辞儀をしている。

「ワイヤレスだけど感度がイマイチなので、本部テントの近くで放送しないとダメよ」

英里は、テントの下へドタドタと駆けだしている。

「二組、トラブル多すぎ」

ウエちゃんが言う。亜美は、ウエちゃんのわかりにくい愛情表現に、もう慣れている。上から目線で亜美を批判する口調だが、きっと心配で、ハラハラしながら二組と亜美を見ていたのだろう。亜美は、まじめな顔で頭を下げる。

「ご心配をおかけしました」

ウエちゃんが泣きそうな顔で手を振る。

「なに言ってんのよ。わたしは全然、心配なんてしてないって」

英里の気取った声がかぶさる。

「全員リレーは、二十分後に開始します。それまで、各自、ウォーミングアップをしてください」

問題児たち

坪井英里は、マイクを無造作にかたわらの机に置く。英里はマイクの扱いに慣れている。「料亭つぼい」には、カラオケ機器がある。英里は絶滅危惧種の演歌少女なのだ。

英里はしきりに、その場足踏みをしている。英里のウォーミングアップとは、その場足踏みのことらしい。一歩踏むごとに、太ももが波打つ。英里は、テニス部のはずだが省エネ練習に徹しているのだろう。

亜美は、英里に付き添っている。大丈夫とは思うが英里までがごねだすとやっかいだからだ。英里に声をかけながら、あたりを見回す。二組の生徒がちゃんとウォーミングアップをしているか、確認するためだ。

まずは、そろそろタバコが恋しい平井厚志だ。グッチこと矢口洋輔と、鬼ごっこをしている。洋輔のハチマキを奪って、駆け出したのだ。洋輔につかまりそうになると、ハチマキを早川康平に投げ渡している。

小島和樹と遠山浩司は、相変わらず野球部の群れに収まっている。野球部には一組の生徒が多い。一組の担任楢原先生が野球部顧問だからだ。黄色いハチマキが赤いハチマキに埋もれている。

同じ野球部の康平は、体育委員ということもあって、ずっと二組サイドにいる。いづらくなりだしたのだろう。和樹と浩司は、全速力で駆け出すと、本部近辺にたむろする二組の群れに突入している。やがて、和樹は康平から洋輔のハチマキを受け取って、走りだしている。

女子は、谷帆乃香や岡部七海、西脇沙織といった問題あり系も、牧田由加や桑山早紀のようなおとなしい系も、服部優紀子の周りに群れている。

「うちのクラスは、ちゃんとそろっているみたいよ。二組も大丈夫みたいねえ」

ウエちゃんがいつの間にか隣に立っていて、亜美に向かって笑いかける。

「本部にいなくていいの？」

亜美がウエちゃんにささやく。機械に強いウエちゃんは、放送係なのだ。

「放送機器はバッチリだから大丈夫。本部席には、校長先生と保健室の長浜先生がいるし」

ウエちゃんがあごでテントを示す。亜美がのぞくと、和泉校長と養護教諭の長浜先生が放送機器を載せた長机の横に、並んで座っている。校長は、ピンクで縁取られた白いジャージをオシャレに着こなしている。今は優雅にくつろいでいるが、午前中の登山の折には、驚異的な体力で落ちこぼれた生徒の面倒を見ていた。

長浜先生は黒のジャージ姿で、丸い顔にエクボを浮かべ、丸い体をかがめて、小柄な男子生徒に話しかけている。生徒は転んで膝を擦りむいたらしく、長浜先生に薬を塗ってもらっている。

グラウンドでは、各クラスがウォーミングアップの最中だ。二組の黄色と三組の青は団子になって、バトンパスの練習に励んでいる。担任の負けず嫌いが乗り移ったのか、二組も、三組も、勝つ気満々だ。

「亜美ちゃんのクラス、張り切っているよね」

ウエちゃんが皮肉っぽく亜美にささやく。

「そういうウエちゃんのクラスも、めっちゃ頑張っているでしょ」

亜美が負けずにささやき返す。

フミ姉ちゃんがきびきびと、亜美たちに近づいてくる。

「坪井さん、悪いけど、このメモの通りに放送して」

フミ姉ちゃんは、一度、坪井英里にメモを読み上げさせている。そして、「大丈夫かな?」と確認を入れる。英里は口をすぼめて決然とした表情を作ると、しきりにうなずいている。やがて、英里はマイクを手に、おすまし顔でアナウンスを始める。

「リレーの準備をしますので、立花中の皆さんは、トラックから、離れてください。実行委員は、本部前の森沢先生のところに、集合してください」

実行委員たちが忠実な犬のように、フミ姉ちゃんのもとに駆けつけてくる。フミ姉ちゃんは、指さしながら声を張り上げて、指示を出している。

すぐに、実行委員たちは赤いコーンを持って、飛び回り始める。赤いコーンは、駐車場によく置いてあるシロモノだ。走路の目印用に置くのである。徳永主任も、カバ大王こと尾高先生も、コーンの確認やトラックの白いラインの修正で忙しそうだ。

君塚先生と高橋先生の姿がない。たぶんトイレの前で、喫煙する生徒がいないか、見張っているはずだ。

亜美も、やるべきことがある。なにしろ、「全員リレー」は二組主催の行事なのだ。まずは、スタートの確認だ。楢原先生と打ち合わせをしなくては。亜美は、そこでハタと気がつく。

「ねえ。どうして楢原先生は、いないの?」

亜美はウエちゃんにささやくと、キョロキョロしながら、さらに言葉を継ぐ。

「英ちゃんとヨシもいないけど、タバコなの?」

英ちゃんこと吉田英敏と、ヨシこと進藤義之は、楢原先生が担任する一組の問題児だ。一組に理科を教えに行く亜美も、何かとてこずる生徒たちだ。ついこの間も、野外学習に出て二人とトラブルになり、高橋先生に助けられていた。

「違うと思う。お弁当のあと、英ちゃんがスマホ、使っていたらしいよ。大声大会の時も、二人とも態度が最悪だったでしょ。一組は四位に沈んで、楢原先生も難しい顔して腕組んでいたもの。まあ、ニコチンも切れる頃合いだし、楢原先生が先手を打ったのかもね。先生がさっき、二人を連れ出したのよ」

携帯電話の学校での所持は禁止されており、野外活動にも持ってこないように、くどいくらいに指導していた。しかし、吉田英敏には、スマホは必需品だ。英ちゃんはすでに、市内のヤンキーたちの間では有名人で、遊び仲間との連絡にスマホが欠かせないのだ。

「ああ、ほらほら。楢原先生が二人を連れて、戻って来ているよ」

宿泊棟とアジサイの植え込みの間から、三人が歩いてくる。吉田英敏は、楢原先生に何か言われて、満面の笑みを浮かべている。亜美は、英ちゃんの笑う顔を、初めて見たような気がする。楢原先生がいとしそうに、英ちゃんの頭を小突いている。亜美は、あきれたように言う。

「楢原先生は、本当に、英ちゃんをかわいがっているんだよね」

「まあ、ねえ」

ウエちゃんが答える。

「あんなに、ろくでもない生徒をかわいく思うって、なんだか、よくわからない」

「自分にしかなつかない子って、すごくかわいいのよ。亜美ちゃんにも、そのうちわかるって。まあ、お世話が大変なんですけどね。楢原先生は、あの手の子のお世話がうまいけど、その分、苦労も多くって、まだ三十代なのに半分白髪よね」

確かに、楢原先生の髪はスポーツマンらしく短く刈り込んでいるが、頭髪の半分が白くなっている。

「大変だよね。英ちゃんは野球部だしね。楢原先生の仕事の半分以上は、英ちゃんの世話だよね」

亜美は、じゃれ合いながら歩く楢原先生たちを目で追いながら言う。ウエちゃんがうなずきながら答える。

「英ちゃんの影響は、計り知れないものね。まあ、立花中の一年生が普通の学校生活を送れているのは、ひとえに楢原先生のおかげよね」

亜美は、楢原先生を追いかけようと一歩踏み出す。すると、テントの中から声がかかる。

「栗崎先生。ちょっと、こちらへ来ていただけますか」

和泉校長のアルトが響いてくる。亜美はあわててきびすを返すと、テントの中に身を入れる。

「服部優紀子さんは、栗崎先生のクラスですよね」

珍しく校長は、ささやくように話す。英里に聞こえない配慮なのだろう。英里はテントから少し離れた場所で、「ウォーミングアップ」に励んでいるから、声をひそめなくても大丈夫だろう。

「ええ。うちのクラスの副委員長です」

亜美も、小声で返す。養護教諭の長浜先生が深刻な表情でうなずいている。亜美は、何を言われるか見当はついている。

「服部さんは、見学させた方がいいと思うのですが……」

予想通りだ。

「わたしも見学を勧めたんですが、本人もどうしても走りたいというし、主治医の先生も、短い距離ならと言ってくれたということで……」

校長は、長浜先生に向かって尋ねる。

「長浜先生、どう思われますか?」

長浜先生は、プクプクした手を振って答える。

「精密検査の所見からは、軽い運動なら問題はないと思います。でも、心臓は用心するに越したことはないですから」

校長は、小首をかしげながら亜美に聞く。

「お家の方は、何ておっしゃってるの？」

「本人の希望をかなえてあげたいと、お母さんが……」

亜美は、再度の確認に昨夜、優紀子の家に家庭訪問をしている。亜美はテントの白い屋根を見上げながら、優紀子の母の顔を思い浮かべる。優紀子の母は、困惑と焦燥に駆られた表情で、言葉を絞り出していた。

――優紀子にとってリレーに参加できるか、できないかは、とても大事なことなんです。大人には、たかがちょっと走ることなんですが、あの子には自分のすべてが懸かっているように思うのでしょう。責任感が強くて不器用なんです。心配です。心配なんですが、できたら走らせてあげたい。

母親の話を聞いているうちに、亜美の頭の中に、「女子中学生、野外活動中に死亡」という新聞記事が瞬間よぎったものだ。

亜美は頭を振ると、和泉校長をまっすぐに見つめて言う。

「摩耶山少年自然の家のトラックは、学校の運動場にあるのと同じで、一周二百メートルです。服部さんが走るのは半周、百メートルですし、順番は、ほぼ真ん中の十七番目に走ります。だいたい、どこのクラスも速い生徒は最初の頃か、あとの方に走りますので、みんな、ゆったりめのスピードで走るでしょうから、問題はないと思うんですが。主治医が許可しているし、本人と保護者の希望もあるので、走らせてあげたいですけど……」

長いセリフがスラスラ出たのは、亜美自身がゆうべから自分に言い聞かせているせいだ。校長は長浜先生を見つめ、長浜先生は仕方なさそうにうなずいている。亜美は、校長が軽くうなずくのを確認して、一礼をしてから背を向ける。亜美の背中に校長のアルトが響く。

「この『全員リレー』は、栗崎先生のクラスが担当しているそうですね。クラスのみんながすごく協力して、きびきび動いているわね。本当に素晴らしいですよ」

振り返った亜美が答える。

「すべて、森沢先生が実行委員を指導してくれたおかげです」

和泉校長は、あでやかにほほえむ。

「お若いのに、よくわかってらっしゃるわね。それでも、栗崎先生の明るいお人柄がクラスを引っ張っていることが大きいと、思いますよ」

半分は、「おだてている」のだと思いながら、亜美の心はうれしさでいっぱいになる。

放送機器の前に戻ったウエちゃんが亜美にウインクし、Ｖサインを出している。それからウエちゃんは、ＣＤの確認をすると、テントから出て右手を高々と上げている。すぐに、フミ姉ちゃんが高く澄んだ声を張り上げる。

「杉本くん」

待ち構えていた杉本慎也が笛を吹く。

亜美は、プリントをジャージのポケットから取り出して、目を落とす。並木祐哉がプリントアウトした「全員リレー」のマニュアルだ。すべてが祐哉のシナリオ通りに動いている。

「エリー。始まりのアナウンス入れて」

マイクを手に身構えた英里に、亜美は声をかける。英里は大きく息を吐くと、おもむろにマイクのスイッチを入れる。

英里の気取った声が五月の青空に吸い込まれていく。

「時間になりましたので、アップをやめて、トラックの中に、入ってください」

祐哉の作戦

ピピピッピー！

亜美のすぐ隣で、杉本慎也が笛を吹く。

「並んでください」

慎也がどなると、高いボーイソプラノになる。亜美は思わず耳をふさぐ。同じくらい高い声で、坪井英里がマイクに叫ぶ。

「各クラス、走る順に並んでください」

マイクがキーンと鳴っている。

「早く、並べ」

楢原先生の、ドスの利《き》いた声が重なる。

子供たちは右往左往している。大方の子供が走る順番を覚えていない。覚えている子供も、どこに並べばいいのか、皆目《かいもく》わからないでいる。

「はあい。四組さん、ここよ。一番目に走る山下澪《やましたみお》さん。はいここね。お隣は二番目」

フミ姉ちゃんがエントリー表を見ながら、並べ始める。すぐにウエちゃんと亜美が続く。

カバ大王こと尾高先生は、とっくに半分ほどを並べ終えている。一組は、「お母さん」こと高橋先生が並べだしている。

蜂の巣を突っついたような騒ぎは、ピタリと収まる。五分後には、百数十名の生徒がトラックの円の中、スタートラインの前に、整然と並んで座っている。

亜美は、エントリー表を片手に走順に並んでいるかどうか、チェックにかかる。トップランナーは谷帆乃香だ。

「一走目はホーちゃんだね。頑張ってね」

亜美が帆乃香の頭に軽く手を置くと、帆乃香がニッコリと笑う。二走目は早川康平だ。

康平の頭を少し強く小突くと、康平はグルリと目玉を回してみせる。亜美は思わず吹き出す。三走目は杉本慎也だ。慎也は、「先生、二組の優勝だよ」と言いながら、両手でピースサインをしている。

二十一番目が並木祐哉だ。祐哉は眼を赤くして元気がない。いよいよ、自分が計画した「全員リレー」が始まるというので、ゆうべは寝られなかったのだろうか。そうは思えない。亜美が聞く。

「祐くん。どうしたの？　寝不足みたいだけど」

「うん。遅くまで、ゲームしていた」

祐哉はテレビゲームの類はしない。ゲームをさせられているみたいだと嫌っている。矢口洋輔が「祐哉は、マージャンがものすごーく、うまいんだよ。賭けマンやって、オッサンたちからたくさんお金を巻き上げているんだ」と亜美に「ご報告」をしたのは、つい先日だ。オッサンとは、たぶん父親の配下、並木組の組員たちなのだろう。亜美はため息をつきながら、祐哉に聞く。

「祐哉がしていたのは、四人でする中国のゲームだよね」

祐哉はニヤッと笑って、うなずいている。きっと賭けていると亜美は思う。祐哉は、だいぶ小遣いを稼いだはずだ。亜美は眉を曇らす。祐哉は、亜美の思考をすぐに読み取ったらしく、両手を振って全身で否定しながらケロッと言う。

「家族でするゲームだから、別にどうということはないんです」

父親の「舎弟」なら、自分には「叔父」にでも当たると、本気で考えているのだろうか。中一にして麻雀の名手。ともかく、並木祐哉は頭が良い。その祐哉が構成した「全員リレー」だ。亜美は急に、胸騒ぎを覚える。祐哉は、二組が勝つようにリレーを「構成」しているのではないだろうか。

亜美は走順の確認をしながら、胸の中にわだかまる不安を打ち消す。クラス全員が走るリレーに、小細工を利《き》かせる余地などありはしない。

二十八走目の遠山浩司で、亜美の手が止まる。

「二十八番目も、九番目も、浩司が続けて走るのかな?」

浩司は、自信なさげにうなずいている。亜美は、少し前に座る祐哉に尋ねる。

「祐くん。浩司が続けて走るけど、いいのかな?」

祐哉は振り返って、亜美を見つめながら理路整然と答えてみせる。

「二組は三十二名です。よその組に比べると一人少ないんです。ですから、誰かが二回走ります」

「それはわかるけど、続けて走ってもいいわけ?」

亜美の問いに祐哉が答える。

「ルール表には、続けて走ってもいいことになっています。なあ、グッチ」

ラストを走るグッチこと矢口洋輔は、困ったという表情で首をひねっている。祐哉と洋輔は、同じバスケット部で仲がいい。だが洋輔がルール表など見るはずはない。

亜美は、すぐそばに座る勝野悠希の顔を見る。エントリー表では、浩司からバトンを受け取るのは悠希なのだ。なんにでも口を差し挟む悠希は、困った顔で黙ったままだ。一瞬の沈黙のあと、藤岡菜々が落ち着いた声で言い始める。

「大丈夫です。ルール表には続けて走ってもいいと書いてありました。わたしの次の遠山くんが続けて走るっていうから、確認しました。『注意』っていうところに、ちゃんと書いてありました」

菜々はきまじめな表情で、亜美を見つめている。菜々は二十七番目を走るから浩司の横にいる。

これだと亜美は思う。中学一年生に、バトンゾーンを駆け抜けるメリットがわかるはずはない、祐哉を除いては。事実、同じく一人少ない三組は、四番目と二十九番目を同じ生徒が走る。休憩を入れて走った方が速く走れると考えるのが一年生だ。また、注意書きの「連続して走るのも可」という条項も、気づかれないように差し込んだのだろう。亜美自身、「全員リレー」のマニュアルも、ルール表も、エントリー表も、一応目を通してはいた。しかし、実施に無理がないかとか、全員の名前が入っているかが気になって、祐哉の「作戦」にまったく気づかなかった。

亜美は、あきれると同時に感心する。祐哉は、自分の周到な作戦を亜美に気づいてもらえたのがうれしいのだろう。ニヤッと笑っている。亜美は、これほどうれしそうに笑う祐哉を初めて見る。

「今から言う順番の人、立ってください」

英里のアナウンスが入る。半周組のうち、反対側の向こう正面で、バトンを受け取る生徒たちを移動させるのだ。

半周組は女子が多い。少数派の男子は、少し恥ずかしそうに見える。男子にしろ、女子にしろ、半周組は、だいたいがおとなしい系の生徒たちだ。みんな、おずおずと列の外に出ている。楢原先生は、生徒がタラタラ行動するのをひどく嫌う。気合を入れて叫ぶ。

「君塚先生のところまで、走れ」

牧田由加や桑山早紀には気の毒な号令のように、亜美は思う。二か月前の入学式の頃には、落ち着きのない杉本慎也に腹を立てていた。今は、子供たち、一人一人の心情を思い煩っている。亜美は、我ながら不思議だ。しかし、きっと、自分は教師として、「進化」したのだろうと思う。学校というところは、教えられる生徒より、教える教師が学ぶ場なのだ。

「先生。浩司は、あっちに行ったらだめですよ。ここで、藤岡さんのバトンを受け取らないと」

祐哉が落ち着き払って言う。亜美はあわてて、向こうに並んでいる遠山浩司を呼びに、駆けだす。

「浩司はねえ、スタート地点で菜々からバトンを受け取って、一周するのよ。ほかの子と違って、半周地点でのバトンパスはないの。走り出したところまで戻って、悠希にパスするのよ」

同じことを、何回も言い聞かせる。これで、亜美も祐哉の作戦を容認したことになる。ちょっと憂鬱だ。

「係の人は、位置についてください。第一走者は、スタート地点に、集まってください」

英里の、緊張をはらんだ声が響く。スターターの慎也が駆け出していく。亜美も、二組の前にスタンバイする。各担任がエントリー表と首っ引きで、走者を送り出すことになっている。ただし、ウエちゃんは放送機器の担当なので、三組は高橋先生が代理をする。

早川康平がカラフルな筒《つつ》に入った割り箸を、くるくる回している。藤岡菜々が牛乳パックから手作りした筒だ。筒と割り箸は、コース順の抽選用だ。康平が楽しそうに、第一走者にくじを引いてもらっている。谷帆乃香は、三コースを引いている。

「全員リレー」のトップは女子が走り、アンカーは男子が走る。つまり、クラスで一番速い女子が最初に、一番速い男子がラストに走る。

トップ走者は、いかにも運動ができそうなスレンダーな少女がそろう。しなやかにスタートラインを行きつ、戻りつしている。市内でも強豪のバスケチームから、三人が出ている。亜美が顧問をするバレー部からは一人だ。

その山下澪が亜美に向かって、小さく手を振る。四組の副委員長山下澪は、バレー部の一学年代表でもある。亜美は部活指導が苦手で、統率力があって気が利く山下澪にずいぶん助けられている。亜美の願いは、谷帆乃香が一位で、山下澪が二位になることだ。

慎也が叫ぶ。

「位置について」

慎也がピストルを構える。

「用意」

慎也のボーイソプラノが響き渡り、ピストルの軽い破裂音が青空に吸い込まれる。軽快なアニメソングが流れ出す。ウエちゃんが用意したＣＤだ。

スタートは、帆乃香と澪が一瞬速い。三コースの帆乃香が五コースの澪を抑えて、トップを取る。コーナーで差が付き始める。目を吊り上げて走る帆乃香が長い脚で大地を蹴り上げる。小柄な澪はやや不利だ。

「ホーちゃん。頑張れ」

亜美は叫びつつ、第二走者、早川康平を手招く。

「康平。二組は？」

打てば響くように、すかさず康平が答える。

「優勝」

Vサインをしたまま康平は、バトンゾーンにスキップしていく。

帆乃香が最後のコーナーを曲がり始める。五組の長谷川望に、かなり距離を詰められている。五組は、総立ちで応援をし始める。

「ゾーミ！　ゾーミ！」

さすが大声大会の優勝クラスだ。声をそろえて、望コールを繰り返している。二組は、と言えば、口々に帆乃香を応援しているものの、いかんせんバラバラで聞き取りにくい。

帆乃香と剣道少女長谷川望は、同じバスケ部だが犬猿の仲らしい。望も、帆乃香には負けたくないのだろう。ものすごい形相で、帆乃香の背中をにらんでいる。確かに望の殺気は、格闘技向きだ。

亜美の隣で、カバ大王こと尾高先生がいつものノホホンとした笑いを口元に浮かべてつぶやく。

「いやア。ゾミちゃんはやるねえ。こわいけど……」

帆乃香の背中が、望の目から出る殺人光線で燃え上がる気がする。亜美は本気で帆乃香が心配になって怒鳴る。

「ホーちゃん、頑張れ、もう少しだよ」

帆乃香が急にスピードを上げる。やや、長谷川望を引き離したところで、康平にバトンを渡す。帆乃香はフラフラとトラックに入り、倒れ込む。服部優紀子と鈴木美香が駆け寄って介抱している。

望は、たいして疲れも見せずに5と書かれた旗へ向かっている。走り終われば、クラスナンバーの旗の前に並ぶことになっている。望が振り返る。殺気を込めてにらんだ先は、帆乃香ではなく亜美だ。亜美もにらみ返す。こんな小娘に負けてたまるかと、亜美も本気だ。尾高先生が感心したように、笑いながら頭を振っている。

康平は、人が違ったような真剣な表情で激走している。その康平に、三組と一組が追いすがる。

「三組。頑張れ」

ウエちゃんの声が響く。亜美は驚いて聞く。

「上杉先生、放送機器は大丈夫なの?」

学校から持ち込んだ放送機器は、古くて性能が悪い。

「校長先生が見ています」

「上杉先生は、校長先生を使っているわけ?」

「立っているものは、親でも使えって、言うじゃない」

「校長先生は座っています。あなたは立っています」

「栗崎先生は、理屈っぽいのが欠点よね。さすが宇宙地球物理学科。ほらほら、杉本慎也くんが武者震いしているわよ。ああっ！　栗崎先生がごちゃごちゃ言うから、うちのクラス、一組に抜かれたじゃない」

なんとか康平がトップを守り、慎也につないでいる。

「先生」

後ろからどんと突かれる。澪のしゃがれ声だ。澪は、望に次ぐ三位でゴールしていた。

「ホーちゃんも、ゾミちゃんも、速いんだあ。なんとか三位で良かったあ。でも、先生。ごめんね。バレー部代表としてはダメだよね」

亜美は、思わず澪の肩をゆする。

「なに言ってんの。三位で上等。それよか、負けた相手を素直にほめる、澪に感動だよ。お疲れ」

澪は照れくさそうに、丸い顔を真っ赤にして、4番フラッグに飛んで戻っていく。

第三走者の慎也は、一組とほぼ同時にバトンを渡している。この三走までは各クラスの精鋭が走るので、ある程度の予測がついていた。評判通り、一組と二組が断然速い。

四走目から九走目までは、距離が半周になる。一生懸命走っても、ジョギングにしか見えない手合いが次々と登場し、レースは混迷を深めていく。順位が猫の目のように変わるのである。並木祐哉は、スロットマシンをするつもりで、このレースを構成したのだろうか。

これから走る子供たちは、緊張もあって、おとなしく、バトンゾーンの前に腰を下ろしている。しかし、走り終わった子供たちは、決められた旗の前に座っていない。応援のために、右往左往している。

「走り終わった皆さん。ちゃんと、クラスの旗のところで、座ってください」

英里と帆乃香が交互にアナウンスするが効果がない。

「失格にするぞ」

という楢原先生の一喝《いっかつ》で、やっと旗の周辺に戻って、クラスごとに応援をし始める。一組の応援は、キレイに統制が取れている。二組は康平が音頭を取って、手拍子入りの応援だ。康平は熱烈な阪神ファンなので、甲子園スタイルの応援だ。

十走目から十二走目は、また一周を走る。少しレースが落ち着いてくる。実力のある一組と、練習に明け暮れた二組、三組がトップ争いをしている。

十七番目の服部優紀子が走り出す。亜美は、思わず両手を握りしめる。ブラスバンド部で優雅にフルートを吹いている優紀子は、体が弱いせいもあり、決して速くはない。しかし、一緒に走る四人が遅すぎる。

一組は、おとなしい系の女子。自信なげにふわふわ走って、優紀子に追い抜かれている。

三組はメタボ男子。一歩進むごとに、胸からお腹にかけての脂肪が揺れている。四組は、やる気ない系女子。珍しく一生懸命に走るのだが、走るという行為自体になじんでいない。五組女子は、午前の登山でエネルギーを使い果たしたらしい。透明な大気の底に、おぼれていくように見える。

「優紀子、頑張らないで」と、亜美は心で念じ続ける。何事もなく走り終えれば、それでいい。だが優紀子は精いっぱい手を振り、前へ前へと足を蹴り上げている。いつの間にか、帆乃香が亜美の横に立って、左腕でマイクを、右腕で亜美の左腕を痛いほどつかんでいる。帆乃香は、どうして優紀子の心臓について、知っているのだろう。

向こう正面で、優紀子は由加にバトンパスしている。帆乃香が亜美から離れ、「放送、放送」と叫びながら、本部席に引き返していく。

由加は、意外にも速い。一組の男子に徐々に差を詰められているが、なんとかトップを守っている。走り終えると、由加らしからぬ得意そうな笑みを、チラリと浮かべる。

二番フラッグの最後尾に、へたり込んでいた優紀子が由加に手を振っている。

「由加ちゃん。速かったよ。頑張ったねえ」

ゼイゼイと息をはずませながらも、由加をねぎらっている。由加は、幸せそうに足取りも軽く、優紀子のかたわらに歩を進めている。

十九走からの三人は、一周を走ることになる。二組は快調に飛ばし、一組との差を広げている。

二組の二十走目は、岡部七海だ。七海はトップでバトンを受け取ると、きれいなストライド走法で走り始める。小柄な体が風を切り、宙に飛んでいくようだ。亜美は、目を見張って七海を見つめる。

女子で一周区間を走るのは、「女子区間」である第一走者を除けば、二人だけだ。二組の勝野悠希と岡部七海である。体育委員で、走りに自信のある悠希はともかく、七海が一周区間を引き受けたのには、亜美も驚いた。

亜美は、担任する二組三十二名の中で、七海が一番苦手だ。実は、フミ姉ちゃんから、「苦手とはきらいの婉曲《えんきょく》な表現よ」と指摘されてショックを受けたのだが。

一番いやなのは、七海にリアクションがないことだ。亜美の指導も、冗談も、助言も、七海の心に巣くうブラックホールに吸い込まれていくかのようだ。いつも暗いあいまいな表情を浮かべ、亜美を素通りして、背後の空間を見つめているのだ。

七海は、新天地にあるパチンコ屋の上階に、母と姉と三人で暮らしている。狭い一間にキンキン声でまくし立てる母親と、七海に増して暗い三年生の姉との生活では、心にぽっかり穴が空くのもわかるような気はする。それでも、七海の細面の青白い顔に浮かぶ子供らしからぬ絶望に出会うと、嫌な気分になる。

ストライドを広げ、決意の表情を浮かべて、七海は走り続ける。今日は、あの顔一面に張り付いた暗さが見えない。やや距離は空いているが一組の男子が猛烈なスピードで追いすがっている。

早川康平が音頭を取る。

「ナーミ、ナーミ。二組、二組」

亜美も、声を張り上げる。

「ナミちゃん。頑張れ」

そういえば、岡部七海を愛称で呼んだのは初めてな気がする。七海は、ひたすら逃げている。女子としては、たいした速さだ。向こう正面を過ぎる頃には、追いかける男子がバテたらしく、差は縮まらなくなる。一組と二組の応援のボルテージがさらに上がる。

七海は、まだ十二歳だ。亜美より十歳若い。しかし、おそらく、亜美の何倍もつらい経験をしているのだろう。生活に疲れた母親は、部屋を片付ける気力もなく、二人の娘に八つ当たりをしながら暮らしている。

突然、亜美は、七海に申し訳ないことをしてきたと後悔がつのり始める。最悪の環境で暮らす七海に、なぜ手を差し伸べなかったのだろう。絶望的な気分の七海を、なぜ励ましてやれなかったのだろう。七海の暗い表情のわけを、親身に聞く相談相手に、なぜなってあげられなかったのだろう。

七海は、必死の形相で走り続けている。前へ、前へ。バトンゾーンで待つ並木祐哉の差し出した手を目指して。亜美は、また叫ぶ。

「ナミちゃん。もう少しだよ」

祐哉が走り出す。亜美は、荒い息の七海に飛びつく。

「ナミちゃん。よく走ったねえ」

七海は、びっくりした表情で亜美を見る。七海の顔に、ゆっくりと微笑みが広がる。まるで、庭の白いボタンの花が開くようだ。不意に亜美は、自分が涙ぐんでいることに気がつく。泣くなんて祖母が死んで以来だ。十年ぶりかな。

祐哉は結構速い。二組は優勝ムードだが、そう簡単にはいかない。走っている祐哉と亜美にはわかる。二十四走目が西脇沙織なのである。

沙織は、走順を決める際に、どうしても二十四走目を走ると言って聞かなかった。前の方は目立つし、鈴木美香からバトンを受け取れる二十四走目がいいというのだ。挽回がきかなくなる後ろより前がいいと、祐哉が説得したのだが聞く耳を持たない。結局、美香の後ろの二十四走目を走ることになったのである。

沙織が走り出す。地響きを立て、ホコリを舞い上げて、ドタドタと走る。走っているのか、しこを踏んでいるのか、判然としない。一組、三組はもちろん、五組にまで抜かれている。

沙織がべそをかきながら、戻って来る。無防備な泣き顔は、まるで赤ん坊だ。亜美は沙織の頭を撫でる。

「イイって。小学校の運動会でも走らなかったっていうニッシーが走ったんだから、走っただけでも、えらいって。よしよし、泣かないの」

亜美は、沙織を抱きしめる。ポロシャツが沙織の涙と鼻水で、グチュグチュにぬれる。

遠山浩司が走り出す時も、二組は四位のままだ。しかし、祐哉が「浩司、大声大会の失敗を取り戻すチャンスだ。向こう正面でも、スピードを落とすなよ。全速力で、ここまで帰って来るんだ」と、ハッパをかけたのが功を奏したのだろう。祐哉の意図した通り、バトンゾーンで一位に躍り出ると、ぐんぐん差を広げていく。

小島和樹が走り出す。三十二番目だ。走者は、あと一人。矢口洋輔を残すのみだ。一組とは、かなり差がついている。祐哉が亜美の顔を得意そうに見ると、ニヤッと笑っている。勝利を確信しているようだ。

和樹の余裕の走りが怪しくなる。一組の吉田英敏が必死の形相で迫ってきたからだ。亜美も含めて、英敏が本気で走るとは、誰も思っていなかった。一年生全員が注視する中で、学校行事に「マジで参加する」ような「格好の悪いこと」を英敏がするはずがないのだ。エントリー表に名前があること自体があり得ないことなのである。

そういえば、半周区間ながら、進藤義之も神妙に走っていた。楢原先生が「全員リレー」の前に、英敏と義之を呼んでいた理由が今わかる。「クラスのために、いや、オレのためでもいいから頑張って走れ」と説得したのだろう。

もともと運動のできる英敏の走りは、素晴らしい。唇を引き結び、真剣な表情で走る英敏は、ふだんのヤンキー姿とは一変して見える。

「ああ」と亜美は悟る。クラスのためでも、楢原先生のためでもない。簡単な漢字も、ろくろく読めない英敏の一生が輝かしいものになるとは、とても思えない。それでも、初夏の光の中で、声援を浴びながら走った誇らしい記憶は、英敏の心に焼き付くだろう。その記憶は英敏の人生をいくぶんかは、明るくするに違いないのだ。

一組の歓声と、二組の悲鳴が入り交じる中で、英敏は和樹を一瞬で抜き去る。みるみる差をつけると、アンカーにバトンタッチしている。

アンカーは、二周することになっている。各クラスの精鋭の走りは、見応えがある。確かに、矢口洋輔は速い。あの洋輔かと一瞬疑いたくなるほどだ。いつも半開きの口も、一文字に閉じられ、りりしい顔つきで走っている。洋輔は、徐々に一組に肉薄していく。一組と二組の声援のボルテージが一段と上がっていく。

康平と悠希が白いゴールテープを持って、駆け出している。洋輔は、最終コーナーを回りつつある。一組の背中は、すぐそこにある。しかし、洋輔が半歩の差に詰めたところで、一組がテープを切る。

帆乃香の、興奮気味のアナウンスが入る。

「一位は一組。二位は二組です」

亜美は、拍手をしながら祐哉に近づく。

「祐くん残念だったねえ。人生には、思いがけない落とし穴があるんだよ。勉強になったよね」

祐哉の落胆の表情がいたずらっぽく変わる。

「っていうか、楢原先生を甘く見ていましたね。でも、最後を三周にしていたら、グッチがぶっちぎっていたと思うけど。次は、もっとちゃんと考えます」

祐哉は、本当に中学一年生なのだろうか。亜美は、小さくため息をついた。

勝負

梅雨に入って、しばらくの間は雨が続いた。今朝はどんよりと曇ってはいたが、雨は降っていない。立花中の正門を背にして、亜美は、ゆっくりとあたりを見回す。昨夜の雨で、車道も歩道もぬれている。腕時計に目をやる。六時少し前だ。土曜の早朝とあって、車も人も見えず、静まり返っている。

東から、人影が駆けてくる。剣道着にハカマ姿の長谷川望だ。手に竹刀《しない》を持ち、肩に防具を入れた信玄袋を引っかけている。腕組みして待ち構える亜美に、息せき切って聞く。

「遅れた？」

亜美は、悠然と答える。

「ううん。約束の六時まで五分ある」

亜美に続いて望が門に入る。亜美は、重い門扉《もんぴ》に手をかけ、腰を落として閉めにかかる。望が駆け寄って手伝う。急に門扉が軽くなる。望は小柄で、力がそうあるようにも思えないが体重移動がスムーズなのだろう。想像以上に剣道はうまそうだ。


三日前の放課後、亜美は望から果たし状を受け取った。そこで、誰もいないはずの土曜日の早朝に、挑戦を受けて立つことにしたのである。

玄関の戸を閉めながら、亜美が言う。

「体育館で、いいでしょ」

望がキッと亜美を見据えながら、うなずいている。

「でも、さあ。長谷川さんの果たし状。言いたかないけど、ちょっと……」

亜美は、先に立って階段を上りながら、言う。

「なに」

望が切り口上で言う。

「勝負って、ひらがなで書いてあるし、漢字は、三か所も間違っているし。果たし状なんて、人生で、そう何度も書くもんじゃないんだから、ちゃんと辞書を引いて、正しく書こうよ」

望は気の毒なほどしょげ返り、「はい」と、おとなしく返事をしている。

「でも、ちゃんと、墨をすって筆で書いてあるところは、すごく良かった。字も勢いがあって上手だったし……」

望の顔がぱっと輝く。

「先生にほめてもらうと、望、すごく、うれしい。先生の字、本当に上手ですよね」

勝野悠希が長谷川望を「いいやつ」と評していたが、確かに素直でいい子だ。

体育館に入る。湿った空気が淀み、あたりは薄暗い。亜美は望に聞く。

「電気、つけると、目立つからね。暗いけど、構わない？」

「もちろんです」

亜美と望は、向き合って正座する。長谷川望がおずおずと口を開く。

「あのう」

「なに」

亜美は、勝負に入ると思考を止める。亜美の師匠である叔父の持論は、「体が一番利口《りこう》で正直」というのだ。いざとなると、頭は自分をだますために働きだすので、勝負は頭を使わず、体を使う方が勝てるというのである。

「ルールは、どうするんですか？」

　おずおずと望が尋ねる。

「ルール？　そんな細かいこと、どうでもいいじゃん。ゾミちゃんは、剣道のルールで、わたしは空手のルールで戦えばいい。負けたと思えば、『まいりました』と言えば、それで終わり」

　そこで、亜美は望の理科の点数を思い出す。確か三十二点だった。亜美の言うことを望は理解できただろうか。

　望は首をかしげて、目を天井に泳がしてから言い出す。

「つまり、わたしの『小手《こて》』か、『胴』か、『面』が決まれば、わたしの勝ちですか？」

　剣道に関する理解は、なかなかのものだ。

「そう、そう。わたしの『わざあり』か、『一本』が決まれば、わたしの勝ちね。ゴチャゴチャ言わずに早く始めよう。邪魔が入るとやっかいだよ」

　望がかたわらの信玄袋を亜美に差し出す。

「先生。防具をつけてください。お願いします」

　望の懇願口調に、亜美は思わず吹き出しそうになる。ぐっとこらえて、まじめな顔で言う。

「防具をつける空手もあるんだけど、うちの流派はつけない。剣道は防具をつけてするんだから、ゾミちゃんがつけたらいいでしょ」

望は、飛び上がるようにして両手を交差しながら、振っている。素手の相手に、防具をつけて対戦するなど、「とんでもないこと」と思っているのだろう。さらに、望は右肩を落とし、かがみ込むようにして亜美を見上げ、おずおずと言う。

「審判は……」

亜美はあきれる。要するに、望は闘争心に駆られて、この場に駆けつけたものの、この奇妙な異種間格闘技に気おくれしてしまっているのだ。

「審判なんて必要ないでしょ。これって、試合じゃなくて決闘なんだから」

亜美が決然と言う。

「えっ、そうなんですか」

望は、本当に驚いている。

「果たし状を書いたのは、ゾミちゃんじゃない。果たし状で始めるのは決闘。試合ではありません」

言うや否や、亜美はサッと立ち上がる。望も、つられるように立ち上がる。二人は、向かい合って立礼《りつれい》する。

立礼の瞬間に、望の迷いは消えたように見える。闘志をみなぎらせて、正眼《せいがん》に竹刀を構えている。

亜美は、油断なく、すり足をしながら望を見つめる。薄日が差してきたらしく、体育館の内部は、やや明るくなっている。望は眉を寄せながら、亜美を見つめている。望の表情は、まさに興福寺の阿修羅そのものだ。竹刀を構えた立ち姿は、美しい立像に見える。

亜美は両手を構えながら、さらに腰を低く落とす。いつもの「試合」なら、ここで頭を空白にする。しかし、この奇妙な「決闘」では、そうはいくまい。

亜美は頭脳のスイッチをオンにする。望に怪我を負わせるのは、なんとしても避けたい。妙な決闘で怪我をさせたら、教師失格というより人間失格だ。相手にダメージを与えずに勝つには、どうすればいいのだろう。それには、竹刀の中ほどを蹴り上げるか、ふところに飛び込んで竹刀を奪うかのどちらかだ。

しかし、望にはスキがない。下手すれば、亜美の足や脳天が割られる羽目になりそうだ。それも、できれば避けたい。

亜美は、望のスキをうかがいながら、じりじりと間合いを詰めていく。亜美が足を振り上げようとした瞬間、望が竹刀を投げ捨て、その場に正座した。

「まいりました」

望は、両手をついて頭を下げている。亜美は、なんだかわけがわからない。ともかくも、亜美は望の正面に正座する。

みる。

「どうして?」

亜美は、自分でも間が抜けた問いだと思いながらも、詰めていた息を吐きながら聞いて
望は、うつむきながら荒い息を吐いている。やがて、顔を上げると、姿勢を正して亜美を見る。思いつめたままの表情で、望はゆっくりと口を開く。

「竹刀を持って、持たない相手と戦うのは卑怯です。でも、竹刀を持たなければ、望は先生にかないません。だから、望の負けです」

望の主張は、即物的なのだろうか。それとも論理的なのだろうか。

「いや、まあ。それは、そうかもしれないけれど……」

亜美は思う。きちんと決着がつかないのは、しゃくだが妥当な結果かもしれない。

だが妥当な結論を下したのは、教師の亜美自身ではなく、ほかならぬ長谷川望なのだ。

亜美の胸に、恥ずかしさが込みあげてくる。

突然、亜美は真っ赤になって望に頭を下げる。

「まいったのは、ゾミちゃんじゃなく、先生です。まいりました」

「えっ、えっ」

望は、両手を中空に伸ばし、腰を上げたり、下ろしたりしながら驚いている。亜美は、吹き出す。望も笑いだす。二人は向かい合って、しばらく笑い続ける。亜美は思う。阿修

羅の笑い顔って、こんなだったんだ。いつか、興福寺の阿修羅像の前に立ったら、アッカンベーをして阿修羅に笑ってもらおう。きっと、こんな顔で笑うはずだ。

「どうして、先生が負けなんですか?」

望が聞く。

「勝負に負けたとは思わないけど、なんか、人間としてね。竹刀を持たない相手と、戦えないって、あっさり負けを認めるって、すごいじゃん。あくまで勝負にこだわるわたしより、人間として、ゾミちゃんの方が上っていうか……」

望は何をほめられているのか、よくわからないらしく、首をかしげている。しかし、何かしら、ひどくほめられていることはわかったらしく、きれいな歯並びを見せてにっこりする。

「でも、この勝負、内緒にしてね。こんな、わけのわかんない決闘をしたってわかれば、教育委員会に呼び出されそうだし、空手の老師にわかれば破門されそうだから」

空手の老師は叔父だし、今はオーストラリアにいるので大丈夫だろうとは思う。しかし、ことの顛末《てんまつ》を聞けば、かなり叱られそうな気がする。

「わたしも、道場の先生に知られたくない。それに、先生がわたしのためにひどい目にあうと、困ります」

「そう……、なの?」

亜美が不思議そうに聞くと、望はウンウンとうなずいている。

「先生のことは、望、大好きです」

亜美は脱力しながら聞く。

「いつから、好きなの？」

「最初から。みんなをにらんで黙らせるところがチョーカッコいい。迫力がハンパじゃない」

「そう……、なの？」

もう一度、望はコクコクとうなずく。

「じゃあ、なぜ、全員リレーの時に、あんなににらんだの？　果たし状を、どうしてわたしに寄こしたわけ？　先生、なんだかよくわかんない」

望は腕を組むと、天井をしばらくにらんでから口を開く。

「全員リレーの時は、先生が望の大嫌いなホーちゃんの応援をしたから、癪に障った。果たし状は勝負したかったから。勝負は、好きな相手としたい。好きな相手なら、勝っても、負けても、すっきりするでしょ」

亜美は思う（ふうん。やはり、ホーちゃんこと谷帆乃香のことは嫌いなんだ。帆乃香と望は、ちょっと似たところがあるのに。しかし、勝負は好きな相手とするものなのだろうか）。

「ところで、お家の人は、この果たし合いを知っているわけ？」

望は肩を落として、うつむく。亜美は一瞬考えてから、望に言い渡す。

「夕方、ゾミちゃんの家に行って、お家の人に今日のことを説明するよ。考えてみれば、生徒と果たし合いなんて教師がすべきことではなさそうだから、お家の人に謝らないとね。ゾミちゃんからも、ちゃんと説明しといてね」

望とその保護者を味方にしておけば、この件がばれた時にも、大ごとにはなるまいというのが亜美の読みだ。

望は腕組みをして、キョトキョトと、目をさまよわせている。やがて腕組みをほどくと、うれしそうに笑いながら言う。

「じゃあ、今日、亜美先生は望のところに家庭訪問に来るんだよね。望、悠希ちゃんが先生が家に来たこと自慢してたから、すごくうらやましかったんだ。悠希ちゃんに自慢していい？」

「ダメだよ。決闘がばれちゃう」

そこで、二人は顔を見合わす。のんびりと話している場合ではない。そのうち、バスケ部が練習にやってくる。

亜美が信玄袋をかつぎ、二人は転がるように階段を駆け下りると、正門に向かう。あたりは、まだ人影がない。亜美は胸を撫で下ろしながら、東に帰る望に手を振る。

やれやれと安堵しながら、亜美は今日の予定を反芻《はんすう》する。最初の「長谷川望との勝負」は終わった。次は、バレー部の顧問の仕事だ。これは午後からだ。お昼までに、「新任教師の研修報告記録」を書きあげよう。

職員室に入るのが一仕事だ。昨日、朝早くに来て仕事をするという名目で、教頭先生からカギの束を預かっている。事務室や職員室、校長室の一角はシャッターが下りていて、セキュリティーシステムが作動している。まずこれを解除しないと、非常サイレンが鳴り響く事態になる。

亜美は首をかしげる。セキュリティーシステムがオフになっている。よく見れば、シャッターも五センチほど上がっている。

しまったと亜美は思う。きっと、昨日もオトマリ・ブラザーズが泊まったに違いない。「決闘」の件を、オトマリ・ブラザーズに知られたくない。

まずは職員室だ。オトマリ・ブラザーズは、よく職員室の床に、寝袋にくるまって寝ている。職員室には人影はない。次は校長室だ。ここには、「寝心地の良い」ソファーがある。

いた。あちらのソファーに緒方先生が、こちらのソファーに大庭《おおば》先生が、毛布をかぶって睡眠中だ。オガチャンこと緒方先生は亜美の理科指導担当で、「立花中のお兄さん」的教師だ。大庭先生は、二年の体育教師で、男子バスケ部の顧問だ。バスケ部は、八時から体育館で練習をすることになっている。同じ二年担当で、同世代の緒方先生を引きずり込んで、「お泊まり」に及んだのだ。

亜美は、恐る恐る声をかける。

「おはようございます」

二人は、もそもそと起き上がる。

「亜美ちゃん。早いね」

目ヤニを拭きながら、緒方先生がのんびりと答えている。この様子では、体育館で何があったのかは知らないのだろう。亜美は、安堵して言う。

「職員室で、研修記録を書いていますので」

ドアを閉めようとしたら、いつも無口な大庭先生がぼそぼそと言い出す。

「朝から、なかなか面白いイベントを見せてくれて、ありがとう」

大庭先生は男子バスケ部の顧問なので、体育館に用でもあったのかもしれない。それとも物音に気がついたのか。いずれにしても、大庭先生は亜美と望の決闘を見たに違いない。

亜美は困った顔をして、右人差し指を立て口に当てて言う。

「シーッ。誰にも、言わないでくださいね」

大庭先生は顔色も変えずに、ぼそっと言う。

「口止め料。コンビニ弁当とお茶」

「オレにも、弁当とお茶に、ポテチとアンパン」

緒方先生が続ける。

「緒方先生は、何があったか、知らないでしょう」

亜美が憤然という。

「亜美ちゃんのことだから、体育館で生徒に蹴りを入れたとかだろ？　大庭に聞くから、オレにも口止め料」

そんなふうに思われているのかと、亜美はショックだった。

「じゃあ、そこのローソンで買ってきますから、絶対に内緒ですよ。いいですね」

亜美は、校長室のドアを乱暴に閉める。本当に秘密は守られるのだろうか。若干不安だ。

部活動

職員室は、静まり返っている。土曜日の校内は、ブラスバンド部が吹き鳴らす管楽器の音や、グラウンドを走り回る子供の声で、結構にぎやかなのだが、職員室には人影がない。時折、部活動の指導をしている先生方が忘れ物を取りに来たり、水分補給に来たりするだけだ。パソコンと奮闘中の亜美は、そのたびに戸口を見つめる。何度目かに、やっと待ち人が現れる。

「フミ姉ちゃん」

芙美姉ちゃんがゆっくりと亜美の座席に近づいてくる。

「バスケ部の練習は終わったの？」

フミ姉ちゃんは、女子バスケット部の顧問だ。白いTシャツに紺ジャージ姿のフミ姉ちゃんは、タオルで顔の汗をぬぐいながら、「ええ」とうなずいている。

「長谷川さんは、来ていた？」

亜美が尋ねると、もう一度、大きくうなずく。

「ちゃんと着替えて、時間通り、来ていたわよ」

亜美は、にんまりとうなずくがちょっと、フミ姉ちゃんの言い回しが引っかかる。

「着替えてって、どういうことなの？」

「剣道着は、着てなかったわよ」

亜美は、キーボードを両手でたたきそうになり、あわてて中空で両手を握りしめる。握りこぶしに向き合ったパソコンの画面は、「初任者研修報告書―野外活動に参加して」だ。研修センターから送り付けられたファイルは、記入事項がやたらと多い。まだ、半分しか打ち込んでいない。

「千二百六十三円が無駄になっている」

亜美は、ブツブツつぶやく。千二百六十三円は、「口止め料」として、緒方先生と大庭先生に手渡した弁当やお茶やお菓子の総額だ。

「大丈夫。オガチャンも、オオバちゃんも、校長先生や教頭先生には内緒にしてくれるわよ」

そうだろうか。亜美は眉間にしわを寄せて、緒方先生の座席をにらむ。

「初任者研修の提出書類も大変よね。わたしの時より増えているみたい」

フミ姉ちゃんがのぞき込みながら言う。

「野外活動の食事メニュー、わかりますか。わたしは飯盒炊さんのカレーしか覚えていません」

「あの時は、ご飯が炊きあがっているかどうか、亜美ちゃん、ずっと見てあげていたものね。顔をススだらけにして。近頃の都会っ子は、炊飯器でしか、ご飯は炊けない。山ガールの亜美ちゃんは、さすがよね」

フミ姉ちゃんは言いながら、亜美に「野外活動のしおり」を差し出す。丁寧な字で、食事のメニューや注意事項が書き込んである。

「さすが。我らがフミ姉ちゃん。すっごく助かります」

フミ姉ちゃんは、亜美の隣、高橋郁子先生の座席に座り込むと、タッパーを開けて亜美にビワを差し出す。

「ウエちゃんは？」

フミ姉ちゃんが聞く。

「練習試合に行きました」

ウエちゃんは、テニス部の顧問なのだ。

「亜美ちゃん。バレー部、午後から体育館なの？」

「そう」

亜美はビワを口に放り込む。甘くてみずみずしい。食べながら亜美は言い出す。

「なにが嫌かって、部活動を見るのが一番イヤ。理科の授業も、クラスも、楽しいんだけど……」

フミ姉ちゃんは首をかしげ、ビワを飲み込んでから言う。

「中学生の頃は、バレー部員だったんでしょう」

「そう。でも、うちの中学校は、てんで弱かったし、わたしもそう熱心じゃなかったし。立花中は、君塚先生がバレー部の指導を本格的にしていたみたいで。結構、強かったらしいし。君塚先生が生徒指導で忙しいからって、わたしに任されても困る。三年生なんて、まるっきり言うことを聞かない。時々、蹴り上げたくなる」

「高校の時は、バレー部に入らなかったの？」

「うん。天文学研究同好会」

「なんか、オタクばっかり集まってそうな部活よね」

「偏見だってば。理科部って、立花中にも昔はあったっていうけど……」

「そうねえ。今は、生徒指導上、運動部に入るように指導するものね。文化部は少なくなってしまって。わたしも、バスケ部顧問ってタイプとは程遠いんだけど。でも、うちのバスケ部は、男女で練習するのが慣例《かんれい》なのね。男子バスケのオオバちゃんが中心になって見てくれている。オオバちゃんは、インターハイで大活躍するような選手だったらしいのよ。わたし一人でバスケ部を見ていたらきつい」

「でも、フミ姉ちゃん。ちゃんとボールを投げながら、シュートの練習をさせたり、試合も一人前に監督しているし、審判までしているでしょ」

「あれは、みんなオオバちゃんがあらかじめ、こうして、ああしてって教えてくれている。審判は、副審しかしてないのよ。亜美ちゃん、中学校の指導は集団指導体制なんだから、みんなの協力をできるだけ仰がないとダメよ。君塚先生に教えてもらいなさいよ。君塚先生、午後から来るでしょ」

「うん。でも、『お仕事・トライ・ウイーク』の後始末で、忙しくしているし……」

「二年の『お仕事・トライ・ウイーク』は、なんだかすごく大変だったみたいよね。コンビニのジュースを勝手に飲んだとか、図書館の中で寝転がって居眠りしたとか、消防署の人に暴言吐いたとか、オガチャンもオオバちゃんも、昨日は夜までバタバタしていて、学校にお泊まりしたみたいなのよ。でも、だいたい、昨日で後始末は済んでいると思うけど。わたしたちも、来年あれをやるのよ。ほんと、大変」

「お仕事・トライ・ウイーク」は、二年生が六月初旬に実施する職業体験学習だ。一週間の間、生徒たちはコンビニや図書館や消防署で職業体験をする。家庭での「しつけ」が不十分な立花中生は、想定外の行動に出ることがままあって、なかなか大変な「行事」らしい。

亜美は再びビワを口に放り込みながら、来年、平井厚志や小島和樹が「お仕事」に取り組んだ結果、何をしでかすか、想像してみる。不吉な想像は、にぎやかな足音と話し声でさえぎられる。

亜美のすぐ右前方のドアがガラガラと開く。フミ姉ちゃんが素早くタッパーを持って移動する。

「亜美先生だ」

「いたよ。いた」

山下澪のオバサン声に、鈴木美香のアニメ声がかぶる。亜美は、顔を上げて見る。澪の後ろに、美香と藤岡菜々がいる。

「あなたたち、お行儀悪いわよ。あいさつは?」

タッパーを机に放り込みながら、フミ姉ちゃんが言う。

「はい」

澪が直立不動で答え、三人は整列して「お願いします」と、あいさつする。亜美は、ちょっと首をかしげる。今の時間なら、「こんにちは」が正しいあいさつなのではなかろうか。

「先生。ちょっと早いんですがネット張っても、いいですか」

澪が亜美に聞く。

「いいわよ。そんなこと、いちいち聞かなくても。体育館が空いたら、すぐ張ればいいのよ」

亜美は、少しイラつきながら答える。亜美は、体育系部活の「体質」になじめない。日本の古い「慣習」が体育系部活動には、驚くほど残っている。わずか一、二年しか違わない先輩後輩の関係は、まるで主従関係だ。先輩は、後輩をつまらぬ雑用にこき使っている。また、後輩は、校内で先輩に会うごとに、ヘコヘコとお辞儀を繰り返している。

澪は、亜美の機嫌の悪さにドギマギして、上目づかいに亜美の顔をのぞき込む。亜美は「しまった」と内心思う。バレー部一学年代表として、一生懸命な澪に八つ当たりしてどうする。

「ごめんね。澪。先生の言い方が悪いよね。自分で考えて一番いいと思うことを、自信を持ってやれる人になってほしいのよ。様子を見て、ネットを張る方がいいと自分で判断して、ちゃんと実行するっていうふうに。指示を待つだけの人間では、だめだよね」

澪は、きまじめにうなずく。ややトゲトゲした雰囲気に、美香が反応する。

「先生、いいニュース、教えてあげようか」

フワッとしたアニメ声が亜美のざらつく心に着地する。

「なによ」

「昨日の体育の時、由加ちゃんは、まっさらの下着を着ていました」

「本当に？　良かった」

「それと」

菜々が真っ白な歯並びから、やや低い柔らかな声を発する。

「なに」

「パンじゃなくて、お弁当も、ちゃんと持って来ています」

これは、さすがに亜美も気がついている。

「でも、あのおかず、みんな、チンよね」

美香は、カワイイ見かけのわりに辛辣《しんらつ》だ。亜美は、にやりとする。冷凍食品をイライラしながら、電子レンジでチンしている中原さんを想像すると、最高におかしい。

三人が職員室を出たあと、亜美の気分は再び下降する。君塚先生は、午後から来ると言っていた。やはり、部活動の練習に、参加しないといけないのだろうか。

今日の部活は、一年と三年のバレー部員しか来ない。「お仕事・トライ・ウイーク」の関係で、二年生は参加しない。

三年バレー部員の顔を一人一人思い出して、亜美は、ますます憂鬱になる。部長と副部長は問題ない。内心、不満はあるのだろうが、まじめな優等生たちなので、ちゃんと亜美を立ててくれる。あとの生徒は、顔や態度で亜美に公然と不満をぶつけてくる。特に気に入らないのが木下《きのした》めぐみだ。エースアタッカーのめぐみは、現チームがぱっとしないのは、ひとえに亜美のせいだと思っている。長身で均整の取れためぐみは、いつもあごを上げ、頬を膨らませて、亜美を見下ろすのである。

亜美は、体育館に行く気になれない。フミ姉ちゃんが朝握ったというおにぎりを食べたり、職員室に戻ってきた緒方先生に嫌みを言ったり、だらだらと時をやり過ごしている。

帰り支度《じたく》をしたフミ姉ちゃんが亜美の耳にささやく。

「体育館に早く行きなさい。教師がいないところで何かあったら、大変じゃない」

亜美は、しぶしぶ体育館への階段を上り始める。部活動の指導は本務ではないはずなのに、どうしてこんなに頑張らないといけないのだろう。

体育館は蒸《む》れていて、かすかにカビと汗の入り交じった臭いがホコリと一緒に漂っている。朝、長谷川望と一緒に体育館に入った時には、気にならなかった。でも、今は、この悪臭がたまらなく嫌だ。亜美は吐きそうになる。一瞬、「やめられたらどんなに楽だろう」という思いが頭をよぎる。

体育館では、練習が始められている。三年生は、アタックの練習中だ。セッターの部長がテキパキとトスを上げ、順番に飛び上がって、アタックを繰り返している。一年十一人は、コートを囲んでボール拾いの最中だ。

一年生たちは、亜美の顔を見ると、手を止めてあいさつをする。

「こんにちは」

三年生であいさつをしたのは、二、三人だ。亜美は、ムッとするがネットの脇に立って、練習を見守り始める。アタックは、たいていがネットに引っかかって決まらない。背丈のある木下めぐみだけは、鮮やかに決めている。しかも、ちゃんと意図する方向に打ち分けている。決めるたびに、めぐみは、亜美の方を小馬鹿にしたような目つきで、チラリと見る。

副部長が部長に「智香《ちか》、時間」と声をかけ、体育館の時計を、指さしている。部長の伊沢《ざわ》智香は、ピーッと笛を吹き鳴らし、「休憩」と大声で告げている。三年生たちは、タオルと水筒に向かって走り出す。

めぐみが亜美の目の前をよぎっていく。その時、めぐみが聞こえよがしに吐き捨てる。

「なんにも知らないお姉ちゃんが顧問だなんて、笑わせるよね。突っ立っているだけなら、犬でも顧問が務まるよね」

亜美は、無言でめぐみの襟首をつかむ。めぐみの襟首は、亜美の目の高さにある。何を食べれば、こんなに背が伸びるのかと、亜美は不思議だ。

体操シャツは、綿とポリ混紡のジャージ素材なので、めぐみの首と亜美の握った手の間で、ぶざまに伸びている。大丈夫とは思うがめぐみの首にあざが付かないように加減しながら、亜美は体育館の隅に引きずっていく。亜美の放射する強烈な気迫に、ほかの部員たちは動きを止めてしまっている。亜美は、目の端に山下澪が体育館を飛び出すのを確認する。

「なんにも知らないお姉ちゃんって、誰のことかな」

右手で襟首をつかんだまま、亜美はめぐみに向き合うと、押し殺した声で聞く。

澪が止めてくれる誰かを連れてこない場合は、仕方あるまい。めぐみは、かなりひどい怪我を負うことになる。亜美も、ただでは済まないと思うがこれも運命だ。

めぐみは、全身に亜美の気迫を浴びて震えだしている。涙で膨らんだ瞳や、きれいに整えられた眉毛をにらみつけているうちに、ここまで怒る自分に嫌気がさしてくる。暴力少年小島和樹と、いい勝負だ。ふっと気が抜ける。

亜美は右手を離して、腰に両手を置く。めぐみは崩れるようにしゃがみ込むと、シクシク泣き始める。部長の智香がめぐみに駆け寄ってきて、助け起こしている。いつも落ち着いている智香の顔にも、恐怖の色が漂っている。亜美は、なんだか申し訳ない気がしてくる。

その時、君塚先生が体育館に駆け込んでくる。少し遅れて山下澪が従っている。

君塚先生は、亜美を沈鬱《ちんうつ》な表情で見つめると、口を開く。

「栗崎先生。大丈夫ですか」

亜美は、「ええ」と言いながら、うなずいている。

「栗崎先生。体育準備室の方に……。伊沢さん。悪いけど、木下さんを連れてきてください」

体育準備室は、道具置き場兼教官控室になっている。跳び箱やマットが置かれた隅に、椅子と机が設けてある。

四人が腰を下ろすと、君塚先生が話しだす。

「きっかけは、何ですか」

みんなが押し黙っている。もう一度、君塚先生が聞く。

「こんな大騒動になったきっかけは何かと聞いているんだけど」

伊沢智香がおずおずと言い出す。

「メグちゃん、えっと木下さんが栗崎先生のことをけなすようなこと、言ったのがきっかけだったと……」

「木下さん、そうですか?」

君塚先生の問いに、木下めぐみが泣きながらうなずいている。

「木下さん、何を言ったのか、話してください」

木下めぐみは、しゃくりあげるだけで、言葉が出てこない。亜美は、また腹立たしくなる。こぶしを食らったわけでもなく、蹴りを入れられたわけでもないのに、どうして、ここまで泣く必要があるのだろう。気合を食らったぐらいで泣くのなら、ケンカを売る資格はないと、亜美は思う。

「木下さん、言われたわたしが話しますから、違うなら違うと言ってください。合っているなら、うなずいてください。いいですか」

木下めぐみは、泣きながらうなずいている。

「なんにも知らないお姉ちゃんが顧問なんて、笑わせる。立っているだけなら、犬でも顧問はできると、木下さんは聞こえよがしに言いました。そうですね」

亜美が言葉を切ると、木下めぐみは、かすかにうなずいている。

「確かに、木下さんが言ったことがきっかけでしたが、わたしも大人げなく腹を立てすぎたっていうか……。いきすぎたっていうか……。悪かったと思います。木下さん。ごめんなさい」

驚いためぐみは、あっけにとられて亜美を見つめる。見つめられた亜美は、再び険悪な表情になりだしたので、めぐみは、はじかれたように立ち上がり、深々と頭を下げる。

「いえ。あたしが悪かったです。先生、ごめんなさい。二度と失礼なことを言いません」

智香に付き添われて、めぐみが退出すると、君塚先生は腕組みをしたままため息をつく。

「君塚先生。ご迷惑をおかけして申し訳ありません」

亜美は、立ち上がって頭を下げる。君塚先生は腕組みをほどくと、からからと笑いだす。

「あの小生意気な木下めぐみがヘビににらまれたカエル状態になるとは……。あっぱれと言いたいところですが、こんなことを繰り返していると、本当にクビになっちゃいますよ」

「まことに申し訳ありません」

「まあ。わたしは、木下の兄を担任していますし、あそこの親は話せばわかりますから、大丈夫でしょう。あとで一緒に、家庭訪問しないとね」

亜美は、もう一度、申し訳ないと言おうとしてやめた。何にしろ、起きてしまったものはしょうがない。亜美は、きっと顔を上げると、君塚先生に向かって言う。

「でも、木下さんの言うこともわからないでもない。部活動の指導から逃げているもの、わたし。このままだと、わたしを慕って入部した十一人の一年生にも申し訳なくなっちゃう。君塚先生、バレーボールの指導法を、わたしに教えていただけませんか」

君塚先生は、ポンと両手をたたき合わせると、実にうれしそうな顔で笑った。

手がかり

授業の準備、クラスの子供たちへの対応、加えてバレーボールの勉強。合間に初任者研修をして、報告をパソコンに打ち込む。亜美は頭も心も体もいっぱい、いっぱいだ。

なんとか亜美が辞めもせず、病気にもならないでいられるのは、ウエちゃんやフミ姉ちゃん、あるいは、高橋郁子先生に不平不満を吐き出し、かつ、有効なアドバイスをもらえているからにつきる。

「教師の第一歩は、自分の話を生徒たちに聞いてもらうことです。確かに、おどして聞かせるという方法もあるでしょう。でも、それは正当なやり方ではありません。わかっていますか。亜美先生」

これが高橋先生の「今日のアドバイス」だ。亜美は「木下めぐみ体罰未遂事件」のことを言っているのかなあと考えつつ、グラウンドに出て行く。梅雨雲の隙間から日が差している。水気を含んだ空気が湿ったグラウンドの上に、おおいかぶさっている。その地面を踏みながら、体操服姿の生徒たちは部活の準備に余念がない。バレー部員たちは、西館の前あたりにたむろしている。

　亜美は、放課後の部活動指導も、以前ほど苦にしなくなっている。木下めぐみがうそのように従順になったことで、表立った反抗や嫌がらせがなくなった。態度の良くない二年生にも、亜美が空手五段だという情報は浸透したらしい。むろん、空手五段は事実ではないのだが、一年生の間では「伝説」になってしまっている。

　二年と三年は、部長の伊沢智香がかける号令に合わせて柔軟体操を始めている。亜美の姿を見ると、口々に「こんにちは」とあいさつする。木下めぐみなど、わざわざ立ち上がって最敬礼している。

　一年生十一人は、ボールを運んできたり、ネットを張ったりと忙しい。亜美の姿を見ると、作業の手を止めて深々とお辞儀をする。一年のバレー部員は、陰で亜美を「姐《あね》さん」と呼んでいる。世間知らずの亜美も、最近は「姐さん」が「お姉さん」の意味ではないとわかっている。いずれにしても、彼女たちの大仰《おおぎょう》なあいさつは、一種の「姐さんゴッコ」遊びなのだ。

　山下澪と藤岡菜々がネットを汗だくで引っ張っている。鈴木美香がアニメ声で「もう少し右」と、叫んでいる。亜美は、あわてて手伝いに走る。

バレーボールは体育館で行う競技なのだが、バスケットボール部や卓球部、それに、柔道部も体育館を使用する。そうした部との兼ね合いで、週の半分は、運動場にネットを張っての練習となる。

柔軟体操を終えた智香が駆けつけてくる。

「先生、始めてよろしいですか」

亜美がうなずく。

「集合」バレー部員たちがサッと集まって整列する。

「お願いします」

君塚先生から教わった練習手順を思い浮かべながら、亜美はゆっくりと指示を出す。

「外回り三周してから、ボール体操。それから、パスの練習ね。次にサーブ。その後、二、三年生はスパイクとブロックの練習。三周は暑いから、ジョギング程度で走ります。今日は、君塚先生がフォーメーションを見てくださるから。そのつもりでね」

君塚先生の名を聞くと、二、三年生はうれしそうに目を輝かせる。このところ、熱心にバレー部の面倒を見ている亜美は、なんだか徒労感が募る。

「ありがとうございました」

一斉にあいさつすると、隊伍《たいご》を組んだまま、走り始める。亜美も最後尾につく。これから、「外回り三周」をする。

「外回り三周」とは、学校を囲む歩道を三周走ることである。このご時世に都会の真ん中の一般道を走らせることに、保護者も学校も神経質になっている。その対応策に、亜美も一緒に走ることになった。長距離走は亜美の得意分野なので、一向に苦にはならない。しかし、ほかの部活動の生徒も一緒にワラワラと走るので、本当に何かあった場合に、しっかり対応できるのか自信がない。

息をはずませながら、バレー部員たちはグラウンドに戻ってくる。すぐに、二人一組になってパスの練習を始める。玉拾いに明け暮れていた一年も、五月の下旬からは、本格的にパスの練習に取り組んでいる。誰が誰と組むか、決めているわけではない。しかし、付き合いの程度や背の高さ、あるいは上手下手で、自然にコンビは出来上がる。

「綾音《あやね》ちゃん、相手がいないのなら、先生とやろう」

長岡《ながおか》綾音は、スレンダーな体をくねらせると、迷惑そうに言う。

「ええっ、あたしが、亜美先生と一緒に？」

モモのようなピンクの頬を膨らませて、大いに不満そうだ。

「あなたが一年の中では一番背が高いし、君塚先生はアタッカーにするって、期待しているのよ。それがパスも満足にできないんじゃ困るって」

相手がいないのを理由に、サボりを決め込んでいた綾音は、当てが外れて顔をしかめる。いくらしかめても、綾音の整った顔はキレイなままだ。綾音は、一年バレー部員の中では一番背が高く、一番キレイで、一番怠け者なのだ。

「あたしは、先生とパスの練習をするより、パンチとか蹴りとか習いたいんだけど。あたしぐらいキレイだと、護身術が必要でしょ」

「そんなこと言ってると、顔面にスパイク決めるよ」

綾音はあわててボールを抱えると、亜美の頭上に高くボールを投げ上げている。ポンと亜美は、トスを綾音に向かってあげる。綾音はスックと伸びあがり、白くてきゃしゃな腕を空に向かって、突き上げている。体を動かすのが嫌いな綾音だが動くたびに表情が生き生きと輝き始める。亜美は、しみじみと思う。運動部は嫌いだが運動の効用はなかなかものがある。

サーブの練習を始める頃に、ジャージ姿の君塚先生が現れる。亜美がちょこんと頭を下げると、君塚先生はうなずきながら図書室を指さす。うなずき返しながら、亜美は図書室に急ぐ。

今日の五時から、図書室で「たちばな会」の例会がある。「たちばな会」の世話役は、高橋郁子先生だ。亜美は、高橋先生にちょっとしたお願いがある。

図書室は、西館一階の北端にある。西館は立花中で一番新しい校舎なので、耐震補強工事がされている。本館も東館も、建て替え工事が予定されているため、耐震補強はされていない。その建て替え工事も、学校統合の問題がからんでいるため、一向に進展しない。

図書室は耐震補強の際に床を張り直していて、立花中の中では、一番居心地の良い部屋だ。それに、図書室のグラウンド側の窓に面して、バレーコートがある。図書室の窓からのぞけば、バレー部の練習状況も確認できる。


ノックしてから戸を開く。高橋先生は、プリントを数枚、ホッチキスでとじている。

「お手伝いします」

「もう、終わりですよ」

そう言われて、亜美は手持ち無沙汰に突っ立ったまま、高橋先生の手際のいい作業を見ている。とじ終わると、高橋先生は、にこやかに亜美を見てから言いだす。

「長谷川望さんとの件は、どうなりましたか」

オトマリ・ブラザーズは、高橋先生にも話していたのか。

「誰から聞いたんですか。緒方先生ですか？」

「今日、大庭先生から聞きました。半分、面白がっていましたが半分、心配されていましたよ」

亜美は意外な気がしたが、ヤンキーだったという大庭先生が心配するなら、結構大変なことなのかもしれない。

「学校で決闘なんて、世間に知れたら大ごとです」

高橋郁子先生は、亜美の心を読んでいるように言う。高橋先生もフミ姉ちゃんも、人の心をいとも簡単に読み取る能力がある。優秀な教師は、読心術にたけている。

「ちゃんと家庭訪問をして、長谷川さんのお母さんに事情は説明しています」

「お母さんは、何ておっしゃっているの？」

「ずっと面白そうに笑っていました。娘がご迷惑をかけましたって言って、わたしのことを心配していました。早朝学習をしたことにしてほしいそうです。まあ、長谷川望の理科の点数は三十二点ですから、早朝学習をした方がいいのかも……」

高橋先生は下を向いて笑っている。やがて、まじめな表情で亜美に言う。

「亜美ちゃん。何かする前に、教師として、やっていいことか悪いことか、考えないと。そのうち懲戒免職になりますよ」

亜美は右手を上げて、おごそかに宣言する。

「以後、気をつけて行動することを誓います」

高橋先生は、吹き出している。

「高橋先生。実は、お願いがあります」

「なんですか」

「新天地の『青少年を守る会』の代表は、上野《うえの》さんですよね。今日の『たちばな会』に来られますよね。上野さんを紹介してほしいんです」

「たちばな会」は、立花中学校の後援会のような組織だ。ＰＴＡ役員のＯＢや地域の名士、卒業生の有力者が加入している。

財政状態の悪化で、当市の公立中学校は、どこも資金難だ。たとえば部活動の費用だ。楽器や用具を買う資金がない。練習試合に行く交通費が出ない。

この財政上の困難を解消するために、和泉校長が立ち上げたのが「たちばな会」だ。寄付金を募って管理し、教育上必要な費用を支出するのである。また、会員を動員して、不審者から生徒を守ったり、学校が荒れれば正常化に協力したりする。

「たちばな会」の学校への協力に対して、学校側は二か月に一度、例会を開いて、立花中の現状について報告することになっている。今日がその日だ。

「上野さんに会って、どうするの？」

「上野さんが経営している上野工務店は、古湊町《こみなとちょう》一丁目にあるでしょう。牧田由加さんの両親が勤めていた渡辺電気工業も、古湊町一丁目にあったんです。渡辺電気工業のことを聞こうと思って……」

高橋先生は、ちょっと悲しげな目つきで亜美を見つめる。

「亜美ちゃんが牧田さんに同情して、なんとかしてあげたいという気持ちは、よくわかります。でも、そのあたりのことは、君塚先生に任せた方がよくありませんか」

それは、君塚先生にもさんざん言われている。

「わたしが牧田さんと出会ったのは、祖父が言う『仏様のお導き』だと思うんです。牧田さんが少しでも幸せに生きられるように、わたしも何かしないと。先生だって、毎月、和兄ちゃんに会いに宇治に行ってらっしゃるじゃありませんか」

和兄ちゃんこと吉田和幸は、学年一の問題児、英ちゃんのイトコだ。高橋郁子先生が三年間担任していて、今は宇治の少年院にいる。

高橋先生は、束にしたプリントを横に寄せながら、じっと考え込んでいる。戸がノックされ、遠慮がちに白髪の紳士が姿を現す。高橋先生は、紳士とにこやかにあいさつを交わしている。紳士が席に着いたところで、高橋先生が亜美にささやく。

「紹介するだけですよ。亜美先生は、バレー部の指導中ですよね。窓を開けて呼びます。六時前ぐらいになるかな」

高橋先生は、きちんと約束を守る人だ。亜美は満足して、バレー部の練習に戻る。君塚先生がバレー指導をするところを、ちゃんと見ておきたい。君塚先生の指導は論理的で的確なので、すごく勉強になるのだ。

亜美は、フォーメーションをノートに図示しながら、君塚先生が出す指示を書き留める。熱中しすぎると、高橋先生の声を聞き逃すかもしれない。時々、西館に取り付けてある時計を眺め、図書室の窓に目をやる。あわただしく時間は過ぎるが一向にお呼びはかからない。そうこうするうちに部活が終わる時間になる。六時が部活の終了時間で、六時半が完全下校終了時間だ。

　バレー部員が「ありがとうございました」とあいさつをする。生徒を下校させたあと、亜美は、図書室前の廊下をウロウロする。

「お仕事・トライ・ウイーク」が終わったばかりということで、「たちばな会」は、意外と長引いている。「お仕事・トライ・ウイーク」については「たちばな会」が体験場所の確保に、ずいぶん協力しているらしい。和泉校長は、協力への感謝の意味もあって、実習中の立花中生の動画を見てもらったり、お礼を述べたりしているのだろう。和泉校長の話は、いつも、やたらに長いのだ。

　校長とは、できる限り顔を合わせたくない。出くわせば、長い説教をされそうだ。亜美は階段の上り口に身を潜ませ、じりじりしながら待つ。

　図書室の戸が開く。ようやく例会は終わったようだ。人々が三々五々、出て行く。中に和泉校長の姿もある。さんざめきが遠くなったところで、亜美は図書室に入る。

「あっ、ちょうど良かった。理科教諭の栗崎です。上野さんにご相談したいことがあるのは、この栗崎です」

　高橋先生は上野さんに一礼すると、図書室から退出しようとする。亜美は、高橋先生の手をつかんでささやく。

「指導教官は同席しないと」

高橋先生はあきれ顔で、亜美を一瞬見つめる。すぐに笑顔になると、上野さんに椅子を勧め、自分も亜美の隣に腰を下ろす。

高橋先生を巻き込んでおけば、和泉校長の叱責は免れる。和泉校長と高橋先生は、かつて職場を共にしていた。何があったのかは不明だが、高橋先生は校長の弱みを握っているはずだ。亜美は、人の気持ちはあまり読めない。しかし、こういった勘は、誰よりも働くのだ。

「上野さんは、新天地界隈について詳しいとうかがっています」

亜美は、愛想よく切り出す。上野さんは六十代だろうか。工務店の経営者らしく、大柄で、いかつい感じがする。しかし、長く「青少年を守る会」にかかわった経歴を思わせる柔和な目をしている。

「父が昭和三十年代に、小さな工務店を開きました。まあ、高度経済成長の時代でしたから、どんどん工務店も大きくなりまして……。小学校は湊町小《みなとまちしょう》で、中学校はこの立花中です。地元ですから、詳しいです」

「十五年ぐらい前に、あのあたりに渡辺電気工業という会社があったのは、ご存じですか？」

不意を突かれたらしく、上野さんは驚いた顔で亜美を見る。

「知っているも何も、雄一《ゆういち》さんとは幼なじみで……」

そこで、ハッとしたように、しばらく黙ってから言葉を続ける。

「借金の件なら……」

上野さんは、改めて亜美を見つめ、カラカラと笑いだす。

「こんなにカワイイ先生が借金について聞くわけはありませんね。失礼しました。でも、なぜ、渡辺さんのところについて、お聞きになりたいのですか？」

亜美は「カワイイ」と言われることは、めったにないので、すごくうれしい。

「クラスの生徒の両親が渡辺電気工業に勤めておりました。詳しいことは言えないんですが、ご両親のことをお聞きしたいんです」

上野さんは、思案顔で天井を見つめる。やがて、亜美に視線を戻して言う。

「個人情報ですね。でも、名前がわからないと、どうにもなりませんから、子供さんの名前をお教えいただけませんか。雄一さんは、亡くなっていてね。奥さんの香奈恵《かなえ》さんに連絡を取ってみます。香奈恵さんが話すというなら、先生が直接聞かれたらいい。わたしも歳ですから、子供さんの名前は、すぐに忘れてしまいますし……」

亜美は、高橋先生を盗み見る。高橋先生は、困った顔をしているが覚悟を決めたのだろう。小さくうなずいている。

「牧田由加さんです」

「牧田さんね。できるだけ早く連絡を取ります。香奈恵さんも不運続きで、一時は本当に落ち込んでいましたから、話が聞けるかどうかはわかりませんよ」

上野さんを送り出して、図書室の戸締まりをする。高橋先生が亜美に言う。

「亜美ちゃん。生徒のために本当に一生懸命で、応援はしたいんだけど……」

話の雲行きが怪しくなる。亜美は、あわててお礼を言うと、そそくさと図書室を退出する。玄関ホールで、ウエちゃんに出くわす。

「ウエちゃん、今ね『たちばな会』の人に、カワイイって言われたんだよ」

ウエちゃんは、にっこり笑う。悔しいが美人だ。

「『たちばな会』の方は、ご高齢ですものね。目が少しお悪いのよ、きっと」

両親の物語

ＪＲの高架をくぐったところで、亜美は、また地図を見る。ファックスで送られてきた手書きの地図は、ひどく見づらい。亜美は、グーグルマップで確認すべきだったと悔やむ。ともかく、この細い道を西に進むと、目的のマンションらしい。

古い屋敷町は、どんよりと曇った梅雨空の下で静まり返っている。道を聞こうと思っても、土曜の三時前というのに、人っ子一人通らない。大きな屋敷に混じって、そこここに新しいマンションが建っている。目指す「歌敷山《うたしきやま》レジデンス」がどこにあるのかさっぱりわからない。

歯医者の向かい側に「歌敷山レジデンス」を見つけた時には、ホッと胸を撫で下ろす。

電話で指示された通り、玄関ホールのインターホンに八〇五を打ち込む。

「はい。渡辺でございます」

落ち着いた女性の声が答える。

「お電話いたしました栗崎です」

「カギを開けますね。どうぞ、お入りください」

カチッと音がして、大きなガラス戸のカギが開く。ゆっくり戸を押しながら、中に入る。

植え込みのある中庭が広がり、右手にエレベーターがある。

玄関の戸を開けた渡辺香奈恵さんは、ふっくらとしたオバサンだ。初対面のあいさつもそこそこに、にこやかに亜美を招き入れてくれる。お菓子を焼いた香ばしい臭いが鼻をくすぐる。

テラスに面したガラス戸越しに、海峡をまたぐ白い橋が間近に見える。島は、重いもやに包まれ、海の向こうにかすんでいる。

「今年は、空梅雨かしらね」

紅茶を運びながら、渡辺さんが言う。パッチワークのクッションや、テーブルクロスに囲まれたリビングは、温かな雰囲気だ。渡辺さんは、作りたてらしいクッキーを勧めてくれる。

「お忙しいところに、厚かましくお邪魔しまして、本当に申し訳ありません」

亜美は、かしこまって頭を下げる。

「お楽にね。うちの下の娘も、夫婦で小学校の教師なんです。朝早くから夜遅くまで、教師のお仕事は大変ですね。土曜日にまで生徒さんのことで来られるなんて、なかなかできませんよね」

大きな声で、にぎやかに語りながら、亜美の前に紅茶を差し出す。気楽そうに見せながら、その実、かすかな緊張が言葉の端に漂っている。おそらく、あまり話したくないことを聞く羽目になるのだろう。亜美は、覚悟を決める。

それでもなお、話を切り出しかねて、曇り空を映し、鉛色に淀む海を見つめる。斜め向かいに腰掛けた渡辺さんも、同じく海を見ている。

「牧田聡さんと早苗ちゃんのことを、お聞きになりたいそうですね」

「はい。お二人の娘さんに当たる牧田由加さんを、わたしが担任しています。由加さんは、お知り合いのところで暮らしています。お父さんが親権者ですので、牧田聡さんのことを知りたいと思いまして……」

渡辺さんは、遠い眼をして、深いため息をつく。

「今でも、目をつぶると、二人が手をつないで帰っていく後ろ姿が目に浮かぶのよ。かわいいカップルでね。事務所の玄関に立って、いつも姿が見えなくなるまで見送ったわ」

渡辺さんの声は、女性としては低い声だ。その低い声が亜美の心に沁みていく。亜美も、新天地の裏通りを歩く、幸せそうな若いカップルが見える気がする。

「どうして、あんなことになったのか……。わたしどもの会社がうまくいかなくなったことが原因でしょうか。それとも、牧田くんの心が中原っていう女に行ってしまったことが理由なのかしら。いずれにしても、会社が傾いたきっかけも、牧田くんが女に出会ったのも、地震のせいですよね。ですから、地震がすべての始まりだったのかもしれません」

渡辺さんは、紅茶を一口飲んだ。亜美もつられて飲む。甘いレモンティーだ。

「栗崎先生は、地震をご存じないでしょうね」

「ええ。祖父母や両親からたびたび話は聞いていますが、わたしの生まれる前のことなので……」

「あの朝、一瞬のことだったのに、工場も、事務所も、自宅も、ひどいありさまになってしまって……。でも、幸い家族も、従業員も、みんな無事でした。わたしたちも、まだ若くて元気があった。なんとか再建したのよ。復興需要もあって、一時は、もう大丈夫だと思いました。でも、バブルがはじけて、借金が雪だるま式に増えていって……。主人も頑張ったんだけど……」

渡辺さんの声に、抑揚《よくよう》がなくなる。

「おつらかったでしょうね」

ありきたりだと思いながらも、亜美には、それしか言えない。

「一番つらかったのは、主人と離婚したことです。借金をかぶらないために書類の上だけと言われたけど……。主人とは、立花中学校の同級生だったのよ。その頃から、お互いに好きで……。だからかしらね。栗崎先生にこんなことまで……」

確かに、この女性は、小さな工場と事務所を往復しながら、家族や従業員の世話を焼くのが似合いそうだ。少なくとも、牧田由加の両親は、渡辺電気工業では幸せな日々を過ごしたに違いない。

「会社の倒産や、借金の取り立てや、主人が亡くなったことやらで、気がついた時には、早苗ちゃんがあんなことになってしまって……」

話が一気に飛んで、亜美は戸惑う。

「あら、ごめんなさい。順を追って話さなくてはね。主人によく言われました。お前の話は独りよがりだって……」

渡辺さんは居住まいを正すと、フーッと息をついた。

「牧田くんは、おばあさんと二人暮らしだったみたい。小学生の頃、お父さんが交通事故で亡くなったのね。お母さんが牧田くんとお姉さんを連れて再婚したけれど、新しいお父さんとは、うまくいかなかったようね。それで、おばあさんと暮らして工業高校に通っていた。ところが地震のあと、避難先で、おばあさんは肺炎になって亡くなった。震災関連死って言うのかしら。その後、中原さんをめぐるいざこざもあって、一時は、すごく荒れた生活をしていたみたい。主人が知り合いに頼まれたとかで、うちに入社させたのよ。その頃は、中原さんには別の男の人がいて、牧田くんもあきらめがついていたみたいで……。ちょっとカッとしやすい面はあるものの、好青年に見えた。主人にも、わたしにも、すごくなついてくれて、うちの会社では、本当にまじめに一生懸命に仕事をしてくれていたの」

渡辺さんは、一息ついて紅茶を飲む。紅茶は、もうぬるくなっている。

「早苗ちゃんは、高校生の時に地震でご両親を亡くしている。すごくしっかりした子で、その時の弔慰金《ちょういきん》とかで高校を卒業したみたい。高校は地元の商業高校。わたしの後輩にあたるの。パソコンも簿記もできて、主人も、わたしも、大喜びしたものよ。良い子が就職してくれたって。牧田くんが来る、二年ほど前だったかしら」

そこで言葉を切ると、渡辺さんは紅茶を入れ替えにキッチンに向かう。温かい紅茶を亜美の前にも置くと、渡辺さんは深呼吸をする。

「早苗ちゃんは、ともかく働き者で、事務仕事以外の工場の手伝いとか、機材の運搬とかも手伝ってくれた。本当に何をやっても器用で、仕事が丁寧で速かった。わたしも今まで、ずいぶんたくさんの人を雇ったけど、あんなに有能な子はいなかった」

亜美は反射的に、いつもぼんやりと何をしても緩慢《かんまん》な牧田由加を思い浮かべる。

「工場や現場は男ばっかりだったので、早苗ちゃんはちょっとしたアイドルだった。小柄で、顔は十人並みなんだけれど、何かしら引き付けるところがあるの。そばかすの浮いた化粧気のない顔で、恥ずかしそうに微笑むと、思わず抱きしめてあげたくなるような子だった。いつも一生懸命に頑張っていて、いじらしいっていうか、応援したくなるのね。牧田くんは、高校時代にはサッカーをやっていて、すらりとしたハンサムだったから、お互いに好きなんだなあって、見ていてわかるようになったの。お正月に、新年会を居酒屋でやった時は、みんな目配せをして二人を見ていた」

渡辺さんの遠いまなざしに、涙がかかる。

「その年は、寒い冬だったんだけど、『アツい、アツい』って、みんなして二人をからかっていた。春の結婚式は、お祭り騒ぎだった。わたしたちが親代わりで、職場のみんなが出席してね。ただ、二人の家族がねえ」

「結婚に、反対したんですか」

渡辺さんはキッと口を結ぶと、眉を寄せて厳しい表情になる。

「結婚に反対するっていうのは、子供を心配するからでしょう。二人の家は、無関心だったの。早苗ちゃんの場合は、親は亡くなっているわけだし、親戚とは地震の弔慰金の件で縁を切っていたので、仕方がなかった。牧田くんには、親がいるのよ。牧田くんのお母さんには、主人が出席をお願いする手紙を出したの。向こうからは、そっけない欠席の返事が来ただけ。親から聞いたのか、牧田くんのお姉さんからは出席したいって電話がうちにあったの。でも、子供が小さいのに来ることはないって、牧田くんが断っていた。結局、職場の仲間だけでお祝いしたの。でも、良い結婚式だったのよ。近所の美容院で借りたウエディングドレスが小柄な早苗ちゃんによく似合っていてね。タキシードの牧田くんがまた、ステキで。小さなレストランの壁が揺れそうなくらい、みんなで騒いだの。幸せな夜だった。二人は、まだ、二十二ぐらいだったのかしら」

渡辺さんは、幸せな思い出にしばし浸って黙り込む。

「それから……」

亜美が遠慮がちに聞く。

「復興需要が一段落して、何もかもが悪い方に転がっていったの。不渡りを出してからは一気に……。牧田くんたちには、早い時期に辞めてもらった。牧田くんも、早苗ちゃんも、お給料がなくても働きたいとまで言ってくれたんだけど……。まだ若い二人には、早くやり直してもらいたかったの。今から思うと、それで良かったのかどうか……。牧田くんは、長距離トラックの運転手になったと聞いたのよ。その頃は、いろいろとあってね。あげくの果てに、主人が心疾患で倒れた。運ばれた病院で、二週間後になるのかな。亡くなりました。二人の娘と牧田くんたちのことを、最後まで気にしていた。それから、住居を転々としたので、牧田くんたちがどうなっているのか、まったくわからずじまいで……」

渡辺さんの顔から表情が消える。亜美はかける言葉が見つからない。

「それでも、なんとか決着がついて、わたしは娘二人とこのマンションに落ち着いたの。それで、気になっていた牧田くん夫婦を探し始めた。昔の従業員に尋ねたりね。まあ、ずいぶん手を尽くしたのよ。やっと、早苗ちゃんを見つけた」

渡辺さんは、突然黙り込む。やがて、海を見つめている眼から、涙がほとばしり出る。亜美は寺の育ちなので、悲しい場面は見慣れている。それでも、大人がこれほど号泣する光景は珍しい。途方に暮れて、テーブルのティッシュペーパーをあわてて差し出す。亜美が部屋の隅から持ってきたゴミ缶が丸めたティッシュでいっぱいになる頃、ようやく、渡辺さんは泣き止む。

「ごめんなさいね。どこまで話したかしらね。そうそう、早苗ちゃんを見つけたところまでだったわね。北区の文化住宅。ノックしても返事がないので、戸を開けた。中はゴミに埋もれていた。早苗ちゃんはキレイ好きで、あんなに忙しかったのに、いつも部屋はキレイに片付いていた。百均で買った小物に手を加えて、インテリアにしてね。娘たちも『早苗姉ちゃんのお家』に行くのを、楽しみにしていた」

渡辺さんは、キッチンからタオルと、水の入ったコップを持ってくる。亜美は、ここで話を打ち切りたいと思うが渡辺さんのこわばった顔を見ると、何も言えなくなる。

「もっと驚いたのは、早苗ちゃんの姿。うちにいた頃は、年よりも、ずっと若く見えたし、輝いていた。それが老け込んでしまって、振り乱した髪には白髪が目立った。たった、たった三年なのよ。早苗ちゃんは、まだ二十代なのに、二十も歳を取ってしまったみたいだった。やせこけた赤ちゃんを抱いて、ゴミに埋もれた早苗ちゃんを見た時ほど、驚いたことはなかった。地震の時だって、主人が倒れた時だって、こんなに胸のつぶれる思いはしなかった。臭いがまた、すごいの。ゴミからも、早苗ちゃんからも、赤ちゃんからも、ヘンな臭いが立ちのぼってくるの」

渡辺さんは、コップの水を一気に飲む。

「牧田くんは忙しくて、あんまり帰ってこないって言うの。でも、あれを見ればわかる。牧田くんは、早苗ちゃんを捨てたんだなあって。それで、すぐに、ここに連れて帰った。牧田くんの連絡先もわからないっていうから、置き手紙をして」

亜美にも、徐々にわかりつつある。渡辺さんは、誰にも話せなかったこの一件を、是が非でも、亜美に聞かせるつもりなのだ。

「最初の三日間、早苗ちゃんは寝てばかりいた。四日目に、せきを切ったように話しだしたの。牧田くんが高校生の頃から深い関係にあった中原という女のことは、主人から聞いていた。でも、中原っていう女に男ができたから別れた、という話だった。それがまた、焼けぼっくいに火がついたようなの。牧田くんが女に入れあげて、だんだん帰ってこなくなったみたい。早苗ちゃんも、子供でもできれば、牧田くんを取り戻せると思ったのね。でも、由加ちゃんが生まれると、赤ちゃんの声がうるさいと言って、ますます家を空けるようになったそうよ。中原っていう女のことや、牧田くんの仕打ちや、一人で子供を産んだ時の不安とか、朝から晩までしゃべり続けるの。もともと利口な子だから、話は筋道が通っていて、少しもおかしくはなかった。でも、考えてみれば、あんなふうに話し続けることがおかしいと言えばおかしいのね。すべて話し終えたら、すっきりしたんでしょう。目に見えて落ち着いてきた。一週間も経つと、表情も元の早苗ちゃんに近くなったの。わたしは、このまま、早苗ちゃんと由加ちゃんを引き取る気になっていた」

そうなっていたら、亜美は由加の担任になることも、中原さんや渡辺さんに会うことも、なかっただろう。そうなら、どんなに良かったことか。由加が中原さんに引き取られていることは絶対に言うまいと、亜美は決心する。

「十日ばかりして、牧田くんから電話があった。やっと家に帰って、書き置きを見たわけよね。すぐに、ここに来たのよ。牧田くんは、わたしが知っている牧田くんではなくなっていたの。グデングデンに酔っていた。以前は、ほとんど飲まなかったのに。ドアを開けたら酒臭くって、赤い眼で見据えられた。それから、怒鳴りだした。『早苗を返せ』って。腹が立って、『シラフで来なさい』ってたたき出したの」

渡辺さんは、複雑な表情を浮かべて続ける。

「でも、早苗ちゃんはそわそわしだすし、牧田くんは、いつまでもドアの外で怒鳴ってるの。近所の手前もあったし……。結局、二人は由加ちゃんを連れて帰ったの。今思えば、早苗ちゃんは、牧田くんをあきらめきれなかったのよね。なんとしても、あきらめさせれば良かった」

渡辺さんは、タオルで顔を拭き、ティッシュで鼻をかんだ。

「早苗ちゃんが帰ってから、わたしはすごく心配になって、しょっちゅう様子を見に行った。部屋の掃除をしたり、由加ちゃんの面倒を見たり、ご飯を作ったり、世話を焼いたのね。すると、牧田くんが『余計なことをするな』って電話で怒鳴ったり、うちに押しかけて来たの。大学生だった上の娘はおびえるし、下の高校生の娘は『恩知らずだ』って怒るし……。早苗ちゃんは板挟みで、ますますおかしくなって、わたしもなんとなく行くのを遠慮するようになったの」

雨がぱらつきだす。海も島も橋も、輪郭がおぼろにかすみ始める。渡辺さんは、黙ったままだ。亜美が聞く。

「それから、どうなったのですか?」

「それでも心配で、しばらく経ってから、早苗ちゃんのところに行きました。そしたら閉まったままで、人の気配がないの。近所で聞くと、引っ越したというのね。なんでも、早苗ちゃんが通行人を包丁を持って追いかけまわしたらしいの。同年配の近所の奥さんを中原と思い込んだみたい。その足で、北警察に行きました。最初は『個人情報は教えられません』の一点張りだった。でも、いろいろ事情を話すと、『保護者的立場の人物』ということで、早苗ちゃんの居どころを聞き出した。加古川《かこがわ》の精神病院にいるって……」

地震で家族を失い、会社の倒産で知人を失い、中原さんのせいで夫を失った。人は誰かとつながって生きていく。早苗さんは、宇宙空間を漂うような孤独に押しつぶされたのだ。

「今から思えば、牧田くんも、わたしたちを自分のトラブルに巻き込みたくなかったのでしょう。わたしも、それはわかります。だから、牧田くんと由加ちゃんについては、頭から追い出すことにした。でも、早苗ちゃんについては、忘れることはできなかった。ここにいる時に、早苗ちゃんがつぶやくように言ったの。『亡くなった両親を大切にしなかったから、罰が当たった』と。でも、高校生くらいの子供が親に反抗的なのは当たり前だし、大人になって、親に埋め合わせをするものなのよ。わたしも、そうだった。だけど、早苗ちゃんは、地震で永遠にその機会を失った。あんないい子を心配する人がこの世に一人もいないなんて、わたしは絶対に納得できない。せめて、わたしだけでもと考えて、今も二週間にいっぺんは、お見舞いに行っているの」

「早苗さんのお具合は、いかがですか？」

「難しいわ。わたしのことは、亡くなったお母さんだと思っている。行くと、『お母さん』

って、すごく喜んでくれる。わたしも、この子は、自分が産んだ娘だと思って、抱きしめることにしているの」

亜美は重い気持ちで「歌敷山レジデンス」をあとにする。屋敷町の大谷石らしい石垣が雨に濡れている。

由加ほどではないにしろ、一年二組三十二名の生徒たちそれぞれが物語を背負って生きている。両親が出会い、この世に誕生し、今日まで成長してきた物語だ。亜美は、その三十二の物語に、多かれ少なかれかかわることになる。教師になるということは、そういうことなのだ。

由香の父

まだ、空はほの明るい。

「本当にこの道で、合っているの?」

亜美が聞く。

「亜美ちゃんが前野さんから聞き出した住所が正しいなら、合っていると思うけど……。スマホのナビは、素晴らしい道案内役なのよ」

ウエちゃんは、右手にスマホを掲げながら、左手でしっかり亜美のシャツの裾を握りしめている。ウエちゃんのスマホには「こども家庭センター」の前野さんから聞いた、牧田聡の住所が入力されている。

暮れなずむ道は、入り組んで狭い。左手に、喫茶店だったらしい崩れかけた店舗がある。右手には、さび付いたシャッターに丸正倉庫のロゴが消えかけている。その隣は、雑草の生い茂る空き地だ。立ち並ぶ倉庫や工場も、人影がない。左手前方のコンビニだけが強烈な光をあたりに撒《ま》いている。

ウエちゃんは、コンビニの前で突然立ち止まる。

「渡辺さんみたいに親しかった人も手を焼くぐらい、牧田由加のお父さんは、暴力的だったんでしょう。わたしは、この先は、行きたくない」

「いいよ。これから先は、わたし一人だけで行くから」

「亜美ちゃん一人でなんて、とんでもない」

ウエちゃんは、両腕を胸の前で組むと、仁王立ちをして亜美の目を見つめる。クリームイエローのサマースーツを着たウエちゃんは、このうらぶれた街から完全に浮いている。

「高橋先生は、いない方がいい親もいるって言う。でも、牧田聡さんは、ちゃんと話せば、由加ちゃんをそれなりにサポートしてくれると思う。前野さんと渡辺さんの話を聞いて、そう思った。ともかく、牧田さんに会う必要がある。教室で、牧田由加を見ていると、渡辺さんの話が頭の中でグルグル回り始める。何でもいいから、由加のためにしないと、わたしは、由加の担任の資格がない」

ウエちゃんは腕組みをほどき、少し顔をゆがめて、亜美を見つめる。

「そうね。わたしも牧田由加さんの担任だったら、そう思うかもね。でも、あなたが父親に会いに行って、何かトラブルに巻き込まれたら、牧田由加は立場がないじゃない。前野さんや渡辺さんに聞いたことを、わたしだけではなく、君塚先生や楢原先生にも話して、援助を仰ぐべきだと思う。君塚先生は、こういった事例をたくさん知っている。君塚先生に頼んだ方が牧田由加のためになるって」

今度は亜美が腕を組み、うつむいて考え込む。やがて、亜美は顔を上げると言う。

「そうだよね。説教を食らうのが嫌だから、報告しませんでしたなんて、一人前の教師じゃないよね。ウエちゃんの言う通り、君塚先生に話してみるよ。でも、牧田さんの住居を確認だけはしたいから、もう少し付き合ってくれない」

ウエちゃんは、眉をひそめながらも、うなずいている。

「お姉ちゃん。べっぴんだね。今、空いている?」

男が声をかけながら、ウエちゃんの前にズイッと歩み寄ってくる。カッターシャツにネクタイを緩め、上着を腕に引っ掛けた中年の男だ。コンビニから出て来たらしい。

亜美は、サッとウエちゃんの前に出ると、腰を落として構えながら、男をにらみ据える。

男はギョッとなると、後ずさりし、きびすを返して走り出す。亜美が追いかけようとすると、ウエちゃんが亜美のシャツの裾をつかんで叫ぶ。

「亜美ちゃん。やめなさいってば」

亜美は、しぶしぶウエちゃんに向き直ると、ちょっと小首をかしげて聞く。

「ねえ。空いているって、どういう意味なの？」

ウエちゃんも、自信がなさそうに答える。

「体が空いているっていう意味かな？」

亜美は、目を見張って言う。

「それって、売春でしょ。とんでもないことを……」

ウエちゃんは、眉をひそめながらうなずいている。亜美は血相を変えると、クルッと向きを変えて、また、走り出しそうになる。ウエちゃんは、もう一度、亜美のシャツの裾を引く。

「こんなところに、こんな時間に、若い女性がいるのがいけないのよ。ともかく今日は帰りましょう。亜美ちゃん、いいよね？」

亜美は、仕方なくうなずく。駅に向かって二人は、無言のまま歩く。やがて、ウエちゃんがクスッと笑う。亜美もなんだかおかしくなって笑い始める。

「わたしたち、未知との遭遇の連続だよね」

ウエちゃんが言う。亜美は、うなずきながら答える。

「そうだよね。異次元に来ちゃったのに、わたしたちだけでなんとかしようなんて、そもそも無謀だよね。水先案内人が必要。君塚先生にきちんと相談しなくちゃ。明日にでも、さっそく」

駅周辺が明るく輝いて見えてくる。ウエちゃんは目に見えてホッとしている様子だったが、亜美も実のところ心から安堵を覚えていた。


翌日、亜美は、君塚先生と無人の図書室で向き合う。君塚先生は、亜美の動きから予測がついていたらしく、顔色も変えず、聞き入っている。亜美は、知りえた牧田由加に関する情報を洗いざらいぶちまける。聞き終えた君塚先生は、まじめにうなずきながら言う。

「よく頑張りましたね。ここからは、わたしや学年生徒指導の楢原先生と一緒に、牧田由加さんの生活状況が少しでも良くなるような方法を考えて、やるべきことに取り組みましょう」

君塚先生は、ひとことも亜美を非難しない。それが亜美にはかえってこたえる。団体行動は、亜美にとって、いつも苦痛だった。しかし、由加の境遇を考えれば、亜美一人でなんとかしようとするのは、そもそも思い上がりなのだ。

三日後、亜美は、君塚先生の運転する軽自動車に乗り込んだ。君塚先生は、川志里町《かわじりちょう》の路地をくるくると回り、三叉路の電柱に車を寄せて止める。

「ここで、合っているんですか？」

亜美がおずおずと聞く。

「ええ。ここは、川池中《かわいけちゅう》の校区なんです。わたしは、以前、川池にいましたので、住所を聞けば、だいたい、どのあたりかわかります。あの街灯の横を入った路地です。『カモメコーポラス』が牧田さんのお住まいでしょう」

助手席の楢原先生が軽自動車から飛び出し、しばらくして戻ってくる。

「二階の二〇七号室ですね。郵便受けに牧田と小さく書いています。まだ帰っていないようでした」

楢原先生の言葉に、君塚先生がうなずきながら言う。

「牧田さんが戻って来るまで、張り込むより仕方ありませんね」

夕方から降り始めた雨が路面を濡らしている。自動車の窓越しに、街灯の明かりがけぶって見える。軽自動車の後部座席はやはり狭い。運転席の君塚先生は長身だし、助手席の楢原先生は横幅がある。二人とも、さぞ窮屈だろうなと、亜美は思う。

楢原先生は、先ほどから二人の娘の話をしている。下の女の子が保育園でずいぶんガラの悪い言葉を覚えてきて、小学生のおっとりしたお姉ちゃんにすごむ話だ。結構笑える話だが「張り込み中」に大声で笑うわけにもいかない。三人とも、だんだん口数が少なくなってくる。この場所に車を止めて、もう小一時間が経つ。

「牧田さん、いつ戻って来るんですかねえ」

楢原先生が緊張をほぐすように、のんびりと言う。亜美は恐縮して言う。

「本当に、お手数《てかず》をかけてしまって……」

楢原先生が感心したように言う。

「いやア。亜美先生は、現代の若者とは思えない言葉を知っていますねえ。さすがお寺の娘さんです。南無阿弥陀仏《なむあみだぶつ》の亜美先生と、野球部の一年は恐れています」

苦笑する亜美に、君塚先生が話しかける。

「言いにくいんですが栗崎先生、絶対に、牧田さんのところには、一人ではだめですよ。上杉先生や森沢先生とも、避けてください。必ず、わたしか楢原先生と一緒ということで頼みます」

君塚先生は、どうしてこうも牧田聡を警戒するのだろうと、亜美は一瞬考え込んでから言う。

「牧田さんは暴力団の組員なんですか?」

「構成員かどうなのかは、不確かです。でも、何らかの関連はあるようですよ。実は、ここだけの話なんですが逮捕歴があります」

生徒指導担当の君塚先生は、頻繁に警察署に出入りしている。万引きから恐喝・傷害まで、立花中生がかかわる触法事件は、驚くべき数にのぼる。取り調べるのは、少年係の警察官だ。

そもそも少年係は、子供と真剣に向き合う「いい人」が結構多い。亜美のクラスの悪ガキ、平井厚志は、小学生の頃、自転車窃盗で捕まっている。厚志いわく、「警察のおじさんはすごく親切で、オレの話をよく聞いてくれる。亜美先生よりよっぽどやさしい」のだそうだ。

君塚先生は、そうした少年係とかなり親しそうだ。時には、内密に「情報」を得ることもあるのだろう。おそらく、牧田聡に関する情報も、そのあたりから得たに違いない。個人情報保護にうるさい昨今の状況からは、好ましくなかろう。楢原先生も、亜美も、情報源については詮索しない。だが、牧田さんの現状については知る必要がある。亜美は、恐る恐る口を挟む。

「なにをして、逮捕されたんですか？」

「覚醒剤《かくせいざい》がらみで、三回逮捕されています。三度目には実刑を食らって、刑務所にも収監されています」

亜美の脳裏に、月が浮かぶ。凍るような夜明け。月の光に照らされた中原元子が校庭にたたずんでいる。中原元子と目が合った瞬間に、牧田聡の人生は狂いだしたのだ。

「長距離トラックの運転は、睡魔との闘いですからねえ。覚醒剤の誘惑は、なかなか振り切れなかったんでしょうね」

　楢原先生がしんみりと言う。楢原先生は、誰に対しても思いやりがある。君塚先生は、なにか言いたそうに楢原先生をチラリと見たが黙ったままだ。おそらく、事態はもっと深刻だったのだろう。短い静寂が車内の空気を重くする。やがて、君塚先生が口を開く。

「牧田さんは今、タクシー会社にお勤めです。収入は減ったでしょうが、勤務状況は改善したでしょうね」

　楢原先生は、ペットボトルのお茶を飲み干してから話しだす。

「ぼく、もう一度、見てきますよ。そうそう、栗崎先生がケータイを持っていると連絡が取りやすいんですがねえ。やっぱり、ないんですか？」

　亜美が携帯電話を持っていないことは、先生方にも生徒にも知れ渡っている。勝野悠希が面白がって吹聴《ふいちょう》しまくった結果だ。亜美は、悠希のドヤ顔を思い出しながら「ええ。持っていません」と苦々しく答える。楢原先生は、笑いながらシートベルトを外している。

　不意に、君塚先生が楢原先生の前に左手を差し出す。そして、ワイパーでフロントガラスの水滴を払い、ハンドルの上に身を乗り出すようにして、前方を見つめている。向こうから傘も差さずに、男が一人歩いてくる。亜美も、運転席と助手席の間に顔を出し、前方の薄闇に目を凝らす。街灯の鈍い光に、一瞬横顔が浮き上がる。

「間違いない。あれは、牧田聡さんですよ」

君塚先生は、牧田聡の顔を知っているようだ。おそらく、警察に保管されている写真を見ているのだろう。

「栗崎先生はここにいてください。ぼくらで話してきます」

楢原先生が言う。亜美はあわてて言う。

「いえ。担任が保護者と話をしないのはヘンです。わたしもご一緒します」

三人は車を降りる。街灯の右を曲がり、狭い横町に入る。舗装されていない路地は、ぬかるんでいる。亜美は、スニーカーに雨水がしみこんでくるのを感じる。

「カモメコーポラス」は、一応鉄筋コンクリート造りだ。建ってから半世紀は経つだろう。ススをかぶったように薄汚れ、ところどころひび割れている。入り口を入ったところに、トイレがある。いまどき共同トイレの集合住宅があること自体、亜美には大きな驚きだ。トイレの反対側に階段がある。あたり一帯に、アンモニアの鼻を突く臭いが漂っている。君塚先生に続いて亜美が、その後ろに楢原先生が階段をそろりそろりと上っていく。

二階の廊下は蛍光灯に照らされてはいるが、光量が極端に弱い。君塚先生は、上着からペンライトを取り出している。廊下を挟んで、右と左にドアが並んでいる。ドアとドアの間には、古い家具や本や段ボール箱が乱雑に積まれていて、狭い廊下をさらに狭くしている。アンモニアの臭いにカビと生ゴミの臭いが混じり合う。

君塚先生のペンライトが二〇七号室の前で止まる。振り返った君塚先生は、亜美にうなずいてみせる。

二〇七号室には、明かりがともっている。君塚先生は、遠慮がちにドアをノックする。

部屋の中で、ひそやかに何かが動き、ドアのそばにへばりつく気配がする。君塚先生は静かな声で呼びかける。

「牧田さん、おられましたら開けてください。立花中学校の者です」

応答はない。君塚先生が再びノックする。

「何の用ですか」

亜美の耳にかろうじて届く、つぶやくような声だ。

「由加さんの件で、ご相談したいことがございます」

君塚先生の押し殺した声が答える。長い沈黙のあと、ドアがそろそろと開く。君塚先生は、がっちりドアを押さえると、丁寧にあいさつをし始める。

「夜分遅く、失礼します。立花中学の君塚と申します。由加さんの担任の栗崎と、学年の生徒指導を担当する楢原が同道しております。こんな時間に大勢で押しかけまして、まことに申し訳ございません」

牧田さんは、仕方なさそうに三人を部屋に入れる。君塚先生に亜美と楢原先生が従い、入り口の土間で靴を脱ぐ。亜美は、濡れた靴下を靴と一緒に脱いでから、部屋に上がる。亜美の心に何かが引っかかる。振り返って気がつく。土間には、立花中の三人の靴しかない。牧田さんは脱いだ靴を片付けている。亜美は楢原先生とぶつかりそうになり、あわてて君塚先生の横に正座する。

あたりをそれとなく見回す。部屋は、六畳一間だ。戸口の脇が細長い板敷きになっていて、流しとガス台が付いている。古い畳は、色が変わり毛羽立っている。壁もカビで変色し、ふすまの表面も黄ばんでシミが飛んでいる。しかし、部屋は整然と片付いている。家具は、テーブル替わりの小さなコタツと古いテレビだけだ。

流しのあたりもきちんと片付いていて、部屋には生活の気配がない。乱雑を極めた西脇沙織の住居より、ずっと落ちつかない部屋だ。沙織の部屋では、捨てた菓子袋から沙織の食べ物の好みが読み取れたり、沙織という人格の気配が濃厚に存在する。しかし、この部屋からは、牧田聡の内面が全く読めないのだ。

牧田聡さんは正座して、三人と対峙《たいじ》している。ジーンズにTシャツを着て、アラフォーとは思えない若さだ。顔色こそ黄ばんでさえないが目鼻立ちのくっきりとしたイケメンだ。前方の畳を見つめたまま、無表情に座っている。

君塚先生は、両手をついて頭を下げる。あわてて、楢原先生と亜美が同じく頭を下げる。やがて、君塚先生は、座り直すとゆっくりと切り出す。

「こんな時間に、お疲れのところをお邪魔しまして、本当に申し訳ありません。改めまして、立花中の君塚と申します。こちらの栗崎がお嬢さん、由加さんの担任です。栗崎が由加さんのことを心配しまして、お父さんとご相談したいと申しますので、おうかがいした次第です」

うつむいた牧田さんの視線がかすかに動いて亜美を見る。亜美は、あわててにっこりと愛想笑いを浮かべながら口を開く。

「一年二組の担任、栗崎です。娘さんの由加さんについてご相談したいと思いまして」

牧田さんは、相変わらず畳に目を落としたままだ。

「由加さんは欠席がちで、しかも、お休みの日に家事をしていて……」

牧田さんは口を一文字に結び、石と化したように身動き一つしない。亜美は、言葉のつぎ穂を見失って黙る。君塚先生が亜美に代わって話しだす。

「由加さんと一緒に暮らしてらっしゃる中原さんには、血縁関係はないそうですね。学校を休ませて家事をさせるのは、一種の虐待ですから、お父さんとしても、ちょっとお考えいただきたいと……」

中原さんの名前が出ると、牧田さんの表情が一変する。そうして、君塚先生を指さすと叫び始める。

「出て行け。二度と来るな」

三人は、凍りついたように牧田さんを見る。牧田さんは、テーブルの上の雑誌を取り上げると、君塚先生に投げつけて、さらにわめく。

「さっさと出て行け」

君塚先生は、飛んできた雑誌を右手で払うと立ち上がる。亜美と楢原先生もあわてて立ち上がり、靴をはく。君塚先生は、上がりかまちに名刺を置くと、落ち着き払ってあいさつする。

「夜分遅く申し訳ありませんでした。そちらからご連絡いただければ、また、まいります」

三人が軽自動車に乗り込むと、君塚先生はスマホを取り出して、教頭先生に報告を入れている。君塚先生が話し終えると、軽自動車の中は、妙に静まり返る。軽自動車が動きだす。沈黙に耐えきれなくなって、亜美が口を開く。

「牧田さん、中原さんのことを悪く言われたくないみたいですね。今でも好きなんでしょうか。会ってから、もう二十年以上経つのに」

楢原先生が首を振る。

「もう習慣みたいなものだけど、改めて指摘されると嫌っていうか……。なかなかやめられないタバコみたいなものかも……」

そうなのだろうか。亜美は思う。月に照らされた美女の魔力から、牧田さんは決して逃れられないのかもしれない。

相談

「昨日の家庭訪問、牧田父は大変だったみたいねえ。楢原先生に聞いたわよ」

フミ姉ちゃんは、多少面白がっているように見える。亜美は、少し渋い表情で口を開く。

「土曜日は、習い事に行く日でしょ。ポートランドの文化センター。『絵画教室』だったっけ」

薄化粧してオシャレしたフミ姉ちゃんは、にっこり笑って、うなずいている。

「時間はいいの？」

フミ姉ちゃんは、亜美を心配して来てくれたに違いない。すでに三時半を回っている。「絵画教室」は、とっくに始まっている時間だ。それでも、わざわざバレー部の練習が一段落する時刻を見計らって、来てくれたのだ。

フミ姉ちゃんは、亜美の質問を笑顔でスルーしてから、あたりを見回しながら言う。

「体育準備室は、相変わらず散らかっているよね。楢原先生はもちろん、沢本先生も、オオバちゃんも、体育教師男子組は、まったく掃除をしそうにないものね。紅一点の佐久間《さくま》先生はきれい好きだけど、もうあきらめて、この準備室にあまり来ないし……。総体が終わって新チームになったら、バスケ部員とバレー部員に手伝ってもらって、掃除をしましょう」

フミ姉ちゃんが座っているソファーも、日に焼けて色が変わり、何やら得体《えたい》のしれないシミがついている。

窓の外は、小止みなく雨が降り続け、冷房のない体育館も準備室も、サウナのように蒸し暑い。亜美は、フミ姉ちゃんの顔を探るように見つめながら言う。

「準備室の掃除のことで、来たわけじゃないですよね」

「まあねえ。亜美ちゃんの目下の悩みの種、牧田由加さんのことで、相談に乗れたらと思ったのよ。ウエちゃんから聞いたんだけど、亜美ちゃんは、牧田由加をなんとしても助けたいのよね。初めての担任だから、受け持った子を幸せにしたい気持ちは、よくわかる。でも、こじれた家族の問題は、亜美ちゃんの手に余りそうだけど……。まあ、亜美ちゃんは妙に勘がいいから、できる限りのことはした方が後悔が少ないかもね。まずは、由加さんの親権を持っている牧田父だよね。亜美ちゃんは、牧田さんには父親の資質があると考えているの?」

「ええ、中原さんが牧田さんに執着するのは、牧田さんにいいところがあるからでしょう?」

「男女の結びつきって、そんなきれいなものではない。でも、牧田中原組は、二十年以上の交際キャリアがあるし、中原さんの歳を考えれば、牧田さんに人間的な長所があるとみても、間違いではないかも……」

「うん。渡辺さんの話でも、牧田さんにはやさしくて温かい面があるように感じたもの」

フミ姉ちゃんは、思案顔で亜美に聞く。

「亜美ちゃんは、牧田父が由加さんを引き取ればいいと考えているの？」

こんな時でも、フミ姉ちゃんの口からこぼれる言葉は心地よく耳に響き、まるで清流のように亜美の心を潤す。亜美は、首を振ると話しだす。

「牧田さんの住まいを見るまでは、牧田さんが引き取るべきだと思っていました。でも、あの『カモメコーポラス』に由加ちゃんは、住んでもらいたくない。中原さんの虐待をけん制する程度でいい」

宙を見つめながら、フミ姉ちゃんは軽くうなずく。

「要は、牧田さんに父親としての自覚を持ってもらうことよね。牧田さんを、どうやって説得するつもりなの？」

亜美にも、だんだんフミ姉ちゃんの意図が見えてくる。おそらく、フミ姉ちゃんは亜美の行動を読んでいる。そのための助言を与えに、わざわざ来てくれたのだ。

「うーんと。野外活動で撮った由加の写真を見せる。それと、牧田さんは知りたくないだろうけど、中原さんのやっていることが由加ちゃんにとって望ましくないことを知ってもらう」

　フミ姉ちゃんはあごを両手で支えると、頭を右にかしげている。やがて、身を乗り出すと亜美に言う。

「昨日は、中原さんの名前を聞いた途端、怒鳴ったり、雑誌を投げつけたり、興奮状態だったって、楢原先生が言っていた」

「そうなんですよね。通常の状態なら、牧田さんは普通の人に見える。でも、中原さんの話題が出ると、ダメなんですよね」

　フミ姉ちゃんはソファーの背に身を預けると、軽くうなずく。

「スイッチタイプね。亜美ちゃんのクラスの小島和樹くんがそうよね。人柄は悪くないし、頭も悪くないのに、心理的な視野が極端に狭い。一つのこと以外は、考えられなくなる。野外活動の時も『大声大会』に勝つことしか考えていなかったでしょう。そうそう、亜美ちゃん。どうして和樹くんがあんなに張り切ったかわかっているの？」

「あの時は、クラスみんなが張り切っていたんだけど……」

「なに言ってんのよ。和樹くんが亜美ちゃんやクラスのことを思って行動するタイプに見えるの？」

　亜美は、首をひねりながら答える。

「ヘンと言えば、ヘンですよね」

フミ姉ちゃんは、我が意を得たりとばかり、ほくそえみながらうなずいている。

「小島和樹くんは、藤岡菜々さんのことが好きなのよ。藤岡さんは、文化委員で『大声大会』の責任者だったでしょう」

亜美は思わず、体育館を振り返る。今は、君塚先生がフォーメーションの確認をさせながら、実践練習をしている。笛の音や掛け声やボールの床を打つ音が入り交じって聞こえている。藤岡菜々は、鈴木美香と並んで、一生懸命ボール拾いをしているはずだ。クラスでも、部活でも、共に過ごす時間の長い美香と菜々の二人は、亜美にとって「妹」のような存在だ。

「菜々は、とってもカワイイから、和樹が片思いしているんでしょ」

フミ姉ちゃんは、にっこり笑うと、鈴を振るような声で言う。

「藤岡さんみたいなうぶな子は、押しの一手に弱いのよ。昨日、駅前のマクドに仲良く二人並んで、座っていたって……」

亜美は、目が点になる。

「うそでしょ」

「今日、バスケ部一年の子から聞きました。あのマクドは中高生カップルのデートコースになっているのよ。カワイイカップルじゃない。小島和樹ぐらい尽くしてくれそうなカレシなら、わたしも欲しいって……。だいたい、ヒイキは良くないのよ。二人とも、亜美ちゃんが担任する生徒でしょ。和樹くんは、純情でカワイイわよ。わたしなら、菜々より、和樹の方がいいけど……」

「わたしも、和樹は嫌いじゃない。ただ、菜々とは釣り合わないかなって……」

亜美は、恨めしそうな顔でフミ姉ちゃんを見つめ、菜々と和樹が並んでいる姿を思い描いて、ため息をつく。フミ姉ちゃんは、両手を挙げて「まあ、まあ」と亜美をなだめてから言う。

「つまりね、和樹は菜々しか目に入らない。牧田父は中原さんしか目に入らない」

そうか。和樹は、菜々の「大声大会」を邪魔する遠山浩司に腕力を振るったし、牧田さんは中原さんを悪く言う君塚先生に雑誌を投げつけた。確かに、二人は同類なのかもしれないと、亜美は考える。

「中原さんしか見えない人に、娘も見てくれって、どうやって頼むの」

亜美は、独り言のようにつぶやく。

「スイッチを切り替える。中原さんの替わりに由加さんを入れるのよ」

こともなげに、フミ姉ちゃんが言う。

「フミ姉ちゃんなら、できると思う。でも、わたしには無理」

「そうかな。亜美ちゃん、結構、説得力があると思うけど。やっぱり、お寺で説法を聞いているからかなって……」

亜美は、黙って宙を見つめる。由加にとって、父がどう関わればベストなのか。いくら考えても、答えは出てこない。牧田さんから直接聞くしか、方法はないのだ。

「きれいに整理整頓された部屋だったみたいね」

フミ姉ちゃんが聞く。亜美はうなずく。

「それでも、きっと、部屋のどこかに、牧田さんの気持ちを表すなにかがあるはずなんだけど……。亜美ちゃん、なんか気が付かなかった？」

「そうだ。カステラの箱」

亜美が言いだすと、フミ姉ちゃんが首をかしげる。

「何のことなの？」

「流しの横に、カステラの箱が立ててあったんです。あのカステラ、寺のお供えに、よく檀家さんが持って来るんです。上等なカステラが二本、木箱に入っている。なんか、妙に引っかかっていた。あれ、きっと仏壇代わりに、位牌《いはい》を入れているんだと思う。牧田さんのおばあさんの位牌なのか、牧田早苗さんの両親の位牌なのか、わかりませんけど」

「あなたの勘ね。どうして、そう思うの？」

「楢原先生から聞いていると思うけど、『カモメコーポラス』の廊下は、すごく臭かったんです。トイレとか、ホコリとか、生ゴミとかの臭い。でも、牧田さんの部屋は臭くなかった。キレイに片付いているからかなあって思ったけど、違いますね。線香を焚《た》いているんですよ。あんなに片付いた部屋に、カステラの箱が立てておいてあるなんて、おかしいでしょう。あれが仏壇で、その前で線香をあげたのなら、よくわかる。わたしは寺の人だから、普通の人の気がつかない線香の臭い、わかるんです」

「なるほどね」

フミ姉ちゃんがうなずいている。そこで、亜美は急いで腰を上げる。体育館から、君塚先生の練習を終える笛の合図が鳴り響いてきたからだ。

「練習の締《し》めには、わたしも参加しないと。フミ姉ちゃん、ありがとう。じゃあね」

フミ姉ちゃんは、亜美に優雅に手を振ると、つぶやくように言う。

「今日は、長い一日になるのね」

体育館に一歩踏み出しながら、亜美は思う。今日の夜に、牧田さんの家庭訪問をしようとしていることを、フミ姉ちゃんは確実に気がついている。

一対一で

牧田さんが何時に帰宅するのか、亜美には見当がつかない。昨日の夜と同じ頃なら、かなり遅い時間になる。何か食べておいた方がいいだろうと、亜美は考える。駅前のマクドに行こう。今日も、菜々と和樹が来ていたら、二人をとっちめてやろう。

マクドは、高校生のカップルやグループであふれている。亜美はキョロキョロとあたりを見渡すが、和樹も菜々も見当たらない。

ハッピーセットを注文して、店の片隅に座る。一人の食事は落ち着かない。チーズバーガーも、フライドポテトも、亜美の好物なのだが一人で食べるとなんだか味気ない。

そういえば、西脇沙織は、いつも一人でコンビニ弁当の晩ご飯を食べていると言っていた。今頃、あのゴミためのような部屋で、一人ご飯の最中なのだろうか。いや、今日は土曜日だから、板宿の祖父母の家にいるはずだ。「姉ちゃん」と沙織が呼んでいる若い叔母と祖父母と、楽しく食事をしているに違いない。

谷帆乃香は、おばあちゃんと二人で食べているのだろうか。おばあちゃんは「ホーちゃん」を目に入れても痛くないほどかわいがっているから、それはそれで、いいのかもしれない。

岡部七海は、どうだろう。母親がイライラと子供たちを怒鳴り続け、お姉ちゃんは暗い顔でうつむいていたら、一人の食事の方がマシだろうか。

牧田由加は、どうなのだろう。中原さんは、真っ当な食事をさせているのだろうか。一度、食事時に訪問して、プレッシャーをかける必要があるかもしれない。

亜美自身の食事風景を振り返る。祖父母に両親、空手の叔父さん、姉、兄、弟に亜美の九人で食卓を囲んでいた。時々、檀家さんや親戚が混じることもあって、大勢で食べるのが当たり前だった。これはこれで、今の世の中では少数派なのだろう。

大学時代は、祖父の知人の寺に下宿していた。住職は、祖父の後輩だ。家族同様に遇してくれ、六人で食卓を囲んだ。亜美が大学の仏教系ボランティア団体に加入したのは、その寺の娘さんの強引なお誘いがあったからだ。地震の被災地に始まって、東南アジア、カンボジアにまで行った。おかげで、天文学の研究に明け暮れる毎日より、子供を教えて過ごす毎日を選ぶことになってしまった。

亜美は、フライドポテトの袋を確認する。すでに空だ。アイスコーヒーをゆっくりストローで吸い上げながら、思いをめぐらす。

日本の子供たちは、恵まれた境遇に暮らしていると思っていた。バンコクのスラムを裸足で走り回る子供より、カンボジアの照りつける太陽の下を何時間もかけて通学する子供より、日本の子供たちは幸せだと思っていたのだ。「便利な暮らし」と「幸せな暮らし」を、どこかで取り違えていたような気がする。

店外に目をやる。あたりはすっかり暮れている。亜美は立ち上がり、トレイを片付けると、足早に店外に出る。熱気を帯びて湿った大気が亜美の体にまとわりつく。

国道沿いを西に歩く。街灯と光を流しながら走る無数の車で、あたりは昼間のように明るい。やがて、国道を南に左折する。次第に道が細くなり、街灯はまばらになっていく。雨はやんでいる。しかし、重く垂れこめた雲のせいで、あたりの闇はますます濃くなる。

亜美は、しばらく迷った末、見覚えのある路地に入る。ぬかるんだ道を避けながら『カモメコーポラス』を見上げる。闇を背景にネズミ色に沈む建物は、まるで廃墟《はいきょ》のように見える。

二〇七号室は、留守のようだ。亜美は電柱の陰に身をひそめると、牧田さんを待ち続ける。気分はすでに探偵だ。

小一時間が経過した頃、牧田さんが姿を現す。にわかに、動悸《どうき》が速まる。君塚先生の助言に従う方が賢明かもしれない。今なら間に合う。このまま寿洸寺に帰ればいい。

いや、いや、なんとかなる。一対一で話せばきっと牧田さんは納得して「由加の父」になってくれる。牧田さんが小島和樹と同類ならば。

和樹のようなタイプは、一対一だと素直になると教えてくれたのは、高橋郁子先生だ。まず、観客がいないと、自分をあおり立てるエネルギーが湧かない。やさしい面があるから、静かに情に訴えれば納得してしまう。

しかし、それでも説得が不調に終わり、危険な状況になったらどうしよう。退路を確保しておいて、逃げ出すことにしよう。突きや蹴りを繰り出しても「体罰」ではないし、男は、女に暴力を振るわれたと、なかなか言い出せないだろう。

亜美は、覚悟を決めると、二〇七号室を目指す。相変わらず、アンモニアとホコリと生ゴミの臭いが全身に降ってくる。

二〇七号室にたどり着くと、遠慮がちにノックする。牧田さんは、ドアに忍び足で近寄るが開けようとしない。気配をうかがっている。

「牧田さん。昨日、おうかがいした由加さんの担任です。お見せしたいものがありますので、ドアをお開けください」

牧田さんがドアを開ける。仁王立ちして、あたりを見回し、亜美が一人であることを確認して、ひどく驚いている。亜美は、にこやかにあいさつする。

「こんばんは。こんな時間におうかがいしまして、申し訳ありません」

牧田さんは、きまり悪そうに一礼すると、体を少し引き気味にする。亜美がドアの中に押し入ると、牧田さんはおびえたような表情で、畳の上に上がっている。

亜美は、もう一度、丁寧に頭を下げる。そうして、「失礼します」と言いながら、上がりかまちに腰を下ろす。バックパックから封筒を取り出し、牧田由加が写った写真を、端から並べ始める。

牧田さんは、呆然《ぼうぜん》と亜美の手元を見下ろしていたが写真を見るために、徐々に姿勢を低くして結局、写真の前に正座する。亜美は「やった」と内心思いながら、なおも写真を並べ続ける。

「この写真は、摩耶山に登っている途中です。この子が由加さんです」

牧田さんは、ちょっとムッとしたように言う。

「近頃は、会ってはいませんが自分の娘はわかります」

（ふうん。娘と認めるんだ）亜美は、自分が有利に「勝負」を進めていることを確信する。

「こちらは、キャンドルサービスの写真です」

写真の由加は、キャンドルに照らされて、穏やかな表情で笑っている。横で、服部優紀子が由加に何事かささやいている。

「姉ちゃんに、似ている」

うめくように、牧田さんが言う。

「まだ、父親が生きていて……。姉の十一歳の誕生日の写真。ケーキのロウソクに照らされた横顔とそっくり。あの頃は……」

急に、牧田さんの顔がいかめしくなる。涙をこらえているのかもしれないと、亜美は思う。

キャンドルサービスは、ウエちゃんの担任する三組が担当していた。ウエちゃんらしい派手な演出で、由加の持つピンクのキャンドルも、ネットで購入したオシャレな代物だ。

この時は、三組の生徒たち全員が大活躍していた。亜美は暇だったので、クラスの子供の写真を撮りまくった。無数の写真の中で、由加は幸せそうに笑っている。

「こちらは、飯盒炊さんの写真です」

由加はジャガイモの皮をむき、カレー鍋をかき回し、優紀子と一緒にカレー鍋を運んでいる。なごやかにカレーを食べている連続写真もある。

「お宅たちの話によると、由加は、なんだか不幸に暮らしているように言っていたけど、この写真を見れば、そんなふうには見えない。幸せそうに笑っている……」

亜美はムッとしながら答える。

「由加さんの写真がものすごく多いのは、なぜだと思いますか?」

キョトンとした顔で、牧田さんは亜美を見つめる。

「中原さんに見せるためなんですよ。中原さんは、由加さんが野外活動に参加することに大反対だったんです。集団生活になじまない由加さんを、野外活動に参加させるのは良くないとか言って……」

亜美は、牧田さんの目を見つめながら、中原元子さんの名前を口にする。牧田さんは、困惑の表情を浮かべはするものの、暴れ出す気配はない。

「元子も、経済的に困っていますから、そう言ったのかもしれません」

言い訳がましく、牧田さんは言う。

「なに言っているんですか。中原さんの服装も持ち物もブランド物で、お金がかかった格好ですよ」

これはウエちゃんに確認した。亜美には、ブランド品を持ちたい心理も、ブランドの価値も理解の外だ。

「でも、由加が不幸せではないのは、確かでしょう」

亜美は、出来の悪い生徒を見るように、牧田さんをにらむ。

「だから、これは、中原さんに見せるために撮った写真なんですってば。いいですか。由加さんと一緒に写っているこの子」

亜美は服部優紀子を指さす。

「この子は、うちのクラスの副委員長で、観音様みたいにやさしい子です。それと、この子」

亜美は島村由梨《しまむらゆり》を指さす。

「この子は、副委員長と同じブラスバンド部で、仲良し同士です。この子も、おっとりしたやさしい子で、この二人に囲まれていれば、誰でも幸せな気持ちになると思います。由加さんは、中原さんの言うように人付き合いが苦手なんです。でも、わたしが説得して参加させた野外活動で、由加さんが悲しい思いをしたら悔しいじゃないですか。それで、由加さんが幸せになるように、副委員長に頼んで、同じ班にして面倒を見てもらったんですよ。この写真は、やらせなんです」

亜美は、しまったと思う。本音を牧田さんにぶちまけてどうする。

牧田さんは、一瞬、不思議そうな顔をして首をひねっていたがやがて、お腹を抱えて笑い始める。亜美は、牧田さんが何を笑っているのかわからず、途方に暮れる。

「先生は、教師になりたてなんですか？」

亜美はうなずく。

「きっかけはともあれ、先生の願い通り、由加が楽しく野外活動に参加したのは良かったです。オレも正直言ってうれしい」

亜美は、気を取り直して突っ込む。

「それって、父親としての感想ですよね」

牧田さんは、手にしていた写真を置くと、下から上目づかいに亜美をにらむ。妙に不気味だ。

「どういう意味ですか？」

亜美は気おされて、言葉に詰まる。牧田さんが畳みかける。

「オレに父親らしく、由加を引き取って面倒を見ろと言うことですか」

「ここで、ですか。無理でしょう」

亜美は切り返す。

「では、先生は、オレに何を望んで、ここに来ているのか、教えてください」

「たまに、お父さんの役割を果たして、中原さんが由加さんにつらく当たらないようにしてあげてほしいんです」

「元子は、それなりに、由加の面倒を見ていると思いますが……」

亜美は、愉快な冗談を聞いたように飛び切りの笑顔を作る。フミ姉ちゃんが言っていた。極上の笑顔で言えば、たいていのことは許されると。

「愛人が本妻の子をかわいがるって、無理があると思いますけど……」

予想通り、牧田さんは、冗談として笑えばいいのか、中原さんへの中傷として怒ればいいのか、混乱した顔つきで黙り込む。亜美は、サラリと言葉を続ける。

「お父さんが時々、手を差し伸べれば、中原さんも、もっと思いやりを持って由加さんと接するでしょうし、お父さんと由加さんも、楽しい時間を過ごせるのでは……。皆さんにとって、一番良いと思いますけど……」

牧田さんがふわりと笑う。一瞬の後、亜美は理解する。牧田さんは「お父さん」と呼ばれたことがうれしいのだ。

「先生は、十分、元子の抑えになっていると思うのですが。それだけでは、だめなんですか？」

牧田さんは、由加とかかわることを面倒がっているのだろうか。それとも、誰かと人間関係を作ることに、しり込みをしているのだろうか。ともかく、由加の優柔不断な態度に、どこか一脈通じるところがある。亜美は、優柔不断が一番嫌いだ。

「わたしは、由加さんの担任ですから、こんな時間に、こんなところに来てまで頑張っています。でも、これって仕事だから、しているんですよ。わたしは、由加ちゃんが苦手なんです。何を言っても、何を聞いても、あいまいな表情で聞くだけ。怒鳴りつけて、揺さぶって、本音を聞きたいんですが、それこそ虐待になるので、猫なで声でご機嫌を取っています。ほんと、イラつくんですよね。きっと中原さんも同じなんですよ。これって、お父さんとして、どう思いますか？」

牧田さんは驚きの表情で聞いていたが、やがて笑いだす。

「教師がそんなことを言っては、ダメですよ。お前の娘はカワイくないから、かわいがれない。だから、お父さんがかわいがってやれよって、ことでしょう」

亜美は、牧田さんを見直す。なかなか頭の回転がクレバーだ。

「まあ、ぶっちゃけて言えば、そういうことになりますね。中原さんにも、わたしにも足りないものを、お父さんは持っているでしょうから」

牧田さんがためらいながら、言葉を吐き出す。

「愛情、ですか」

亜美は、コクコクとうなずく。

「自信は、ありませんが……」

「わたしも自信はないけど、教師やっています。ものすごく熱心に……」

今度は、牧田さんがうなずく。

「お父さんの仕事って、一体、何をやればいいんですかね」

亜美はイラつきながら、バックパックからチケットらしい用紙を取り出す。

「これ。水族園の入場券です。学校に何枚か来ていたものでタダですから。お休みの日に、由加ちゃんを連れて行ってやってください」

亜美が差し出した入場券を、牧田さんは両手で受け取っている。

「それと、これ。立花中学校の学校通信です。ここに予定表がありますから、日にちを決める参考にしてください」

牧田さんは入場券をかたわらに置くと、学校通信「たちばな」に目を落とす。

「期末テストかあ」

懐かしそうに、牧田さんはつぶやく。それから亜美を見ながら聞く。

「どうして、水族園なんですか？」

「ううん。そうですね。たまたま入場券があったから。それと、わたし、水族園が好きなんです。まあ、魚を見たり、イルカのショーを見たりしていれば、会話が途絶えても場が持つと思うし……」

「なるほどね」

牧田さんがうなずく。亜美は写真を手元に集めると、封筒に入れて差し出す。

「はい。牧田由加さんのお父さんになる記念に差し上げます」

牧田さんは、瞬時ためらっていたがうなずきながら、受け取っている。

長居は無用だ。亜美はサッと立ち上がると、丁寧に頭を下げる。

廊下に出ると、急に暑さを感じる。強烈な臭いの中を出口に向かう。高橋先生の言葉が頭に響いてくる。「良かれと思って一生懸命にやったことが裏目に出て、子供を追い詰めることもあるんですよ」

そうなのかもしれない。でも、それを言い訳にして、何もしない教師にはなりたくない。痛む胃をさすりながら、亜美は思う。今日はベストを尽くした。毎日、毎日、ベストを尽くす。亜美が牧田由加にしてやれることは、それしかないのだ。

タチバナ・シスターズ

「カモメコーポラス」を飛び出すと、亜美は深呼吸をする。蒸し暑い大気は、さわやかとはいいがたいがアンモニアの臭いはしない。パタパタと駆けてくる足音がする。亜美は前方の闇をにらむ。ウエちゃんだ。

「亜美ちゃん」

ウエちゃんが亜美に抱きつく。亜美は驚く。他人と一定の距離を置きたがるウエちゃんは、体の接触を極端に嫌うのだ。

ウエちゃんも、自分の行動に少しびっくりしたらしく、あわてて体を離すと、亜美を小声でののしり始める。

「なにやっているの。君塚先生から絶対一人では、ここに来るなって言われたんでしょう。亜美ちゃんだって女の子なんだから、危ないことはしちゃあダメ」

「ウエちゃんこそ、ダメでしょ」

と言い返しながら、亜美は気がつく。どれほど心配でも、用心深いウエちゃんが一人でここに来るはずはない。誰かが運転する車で来ているはずだ。

「だからあ、心配ないって言ったでしょう。ただの女の子じゃなくて、亜美ちゃんなんだから」

フミ姉ちゃんが暗がりから姿を現す。亜美は、急に足の力が抜けてよろめく。ウエちゃんがあわてて腕を支える。亜美は、思った以上に、自分が緊張していたことに気づく。亜美の気持ちを見て取ったように、フミ姉ちゃんは笑う。

「ゾミちゃんより、牧田父の方がだいぶ手ごわかったみたいねえ。少しはこりて、単独行動は慎んでほしい。もっとも、武道の人は団体行動が苦手なのよね。ああ、長居は無用。車に早く戻りましょう」

車は、昨日と同じ場所に止めてある。ウエちゃんは、ずっと亜美の手を引いて歩いていく。後部ドアを開けると、亜美を押し込み、隣に乗り込む。ウエちゃんは、亜美を左腕でさらに押し込むと、優雅に座席に収まり、いまいましそうに吐き捨てる。

「本当に世話が焼けるったら……」

亜美はつぶやく。

「頼んでないのに……」

フミ姉ちゃんが運転席から亀のように顔を突き出して言う。

「頼まれなくても、助太刀するのが武士の情けでしょうよ。亜美ちゃんは武道の人のくせに、礼儀がなってないわよ。ウエちゃんがどれだけ心配したことか……。お礼ぐらい言ったらどう。いい？　出発するわよ」

亜美は小声で、「ありがとう」とつぶやき、心持ち頭を下げる。ウエちゃんは、思い切り顔をしかめて言う。

「フン」

それっきり、車の中は妙に静まり返る。三人とも、それぞれに気を張って疲れていた。平然として見えるフミ姉ちゃんも、運転が少し乱暴だ。

「あっ。赤信号。赤信号なのに……」

ウエちゃんが叫ぶ。

「細かいことをグチグチ言わないの。ここら辺は、人も車も少ないから大丈夫」

フミ姉ちゃんが静かに言う。

「フミ姉ちゃんたら、わたしのこと、『突撃亜美ちゃん』とか、『亜美ちゃんにらみ』とか、好きなように言うけど、フミ姉ちゃんの方が突撃ぶり、すごいと思うけど。少なくとも、わたし、赤信号を無視したりしない」

ウエちゃんが笑いだし、フミ姉ちゃんが静かに諭す。

「亜美ちゃん、運転中は、ひどい冗談、よしてよね。学校に着くまで二人とも黙る」


学校に着くと、ウエちゃんが飛び出して、門扉《もんぴ》のカギを開けている。亜美も手伝って、重い門扉を押し開ける。

駐車スペースに見知らぬ車が止めてある。白いベンツだ。亜美はけげんな顔でベンツを指さしながら、ウエちゃんの顔を見つめる。

「そう。パパの車。わたしの車はツーシートだから、借りて来たの。亜美ちゃん、寿洸寺まで送ってあげる」

「無理。うちの周りは道が細いし、一方通行だし……。それに、ちょっと学校に用がまだ……」

「なあに。学校に入らないといけない用なの？」

軽自動車から降りてきたフミ姉ちゃんが亜美に尋ねる。

「うん。実は、まだ、期末テストの問題が全然できてないの」

ウエちゃんがびっくりまなこで叫ぶ。

「マジ？」

ウエちゃんも、フミ姉ちゃんも、常にやるべきことは、きちんとやるタイプだ。

「昨日が締め切りじゃない。まあ、テストは一週間後の月曜からだけど……。高橋先生も、亜美ちゃんには甘いわね」

ため息交じりに、フミ姉ちゃんが嘆く。テストは、学習指導部長の高橋先生に提出することになっている。亜美は昨日、土下座せんばかりに高橋先生に頼み込んだのだ。

「亜美ちゃん、セキュリティーシステムの解除、できるの？　今日はオトマリ・ブラザーズ、泊まってないのよ」

フミ姉ちゃんが言う。亜美は首を傾ける。

「まあ、なんとかなるでしょ」

「なんともならないわよ。警備会社に迷惑かけるのは、避けなきゃ。わたしたちもお茶でも飲んで一息つくから、亜美ちゃんは、必要なものを確保すること」

フミ姉ちゃんは、カギ束を掲げると、さっさと玄関に向かう。

誰もいない職員室には、ホコリの臭いがする。蒸し暑い戸外に比べれば多少涼しいが、ウエちゃんがエアコンのスイッチを入れる。フミ姉ちゃんが冷蔵庫からペットボトルを取り出して、三人のカップに注ぎ分けている。ペットボトルには「突撃亜美ちゃん私物。無断で飲むと死ぬ」と、マジックで書いてある。見た当初は、亜美もフミ姉ちゃんに抗議したのだが「オトマリ・ブラザーズたちに飲まれないおまじないよ」と言われて、あきらめている。

「忘れ物のないように、持って帰ってよね。亜美ちゃん、何気に間が抜けているからねえ」

フミ姉ちゃんの嫌みは、極上の音楽のような声音で口からこぼれるので、亜美は軽く無視する。

「亜美ちゃんさあ、ケータイ持ちなよ」

教科書やプリントを机上のわずかな空きスペースに引き出している亜美に、ウエちゃんが突っ込む。

「今日だって、亜美ちゃんがケータイ持っていたら、こんなに心配しないで済んでたもの」

亜美は気が進まない。

「別に、なくても、なんとかなるじゃん」

フミ姉ちゃんが切り込む。

「この商売、タイミングが大事なの。ケータイがないと、やっぱり困るわよ。それに、夏休みが明けたら、生徒たちのほとんどがケータイ、持つわよ。いろんな意味で教師の必需品です」

亜美は、持ち帰り品を確認しながらつぶやく。

「ケータイ、どうやって操作するのか、わからない」

フミ姉ちゃんがあきれる。

「九九の言えない英ちゃんだって、スマホ、ちゃんと扱っているわよ」

「わたし、機械と相性が悪い。大学院に進まなかった理由の一つだもの。パソコンだって、この二年間に二台、潰しちゃった」

「そりゃあね。機械は脅しても、人間と違って言うこと聞かないものね。機械の得意なウエちゃんに、教えてもらいなさい。ウエちゃんはスマホ、二台持っているわよ。学校用と男用」

「失礼ね。仕事用と社交用と言ってほしい」

「なに言ってんの。ウエちゃんのお友達って、男だけじゃない」

亜美が言葉を挟む。

「フミ姉ちゃんも、わたしも、ウエちゃんの友達でしょ」

「違います。わたしは仕事仲間だし、亜美ちゃんは、ウエちゃんの今一番お気に入りのボーイフレンドです」

「そうなの？」

亜美は、バックパックのファスナーを閉めながら問いただす。ウエちゃんはカップを口から離すと、微妙な表情で首をひねっている。

「ウーン。フミ姉ちゃんに言われてみると、確かに、亜美ちゃん、女友達っていう感じでは……」

亜美とフミ姉ちゃんが同時に叫ぶ。

「ひどい」

「ほらね」

ウエちゃんはあわててカップを机上に置き、両手を振りながら、言い訳がましく言い放つ。

「いや、なんていうか。姉妹。そう。姉妹っていうか、亜美ちゃんは弟みたいな……うん、やっぱり、弟かな」

亜美は聞いた瞬間、京都の宗門系列《しゅうもんけいれつ》の大学で、寺を継ぐべく「お勉強中」の弟を思い出す。末っ子の弟は、母親べったりで、いつもノホホンと笑顔を浮かべていて、檀家受けはすこぶるいい。しかし、亜美は、なんだか弟に会うたび、ため息をつきたくなる。

「さっき、ウエちゃん。亜美ちゃんも女の子なんだからって、言ってなかった？」

ウエちゃんは、カップを持って立ち上がると、素知らぬ顔で言う。

「さあ。もう遅いから、早く学校を出ましょう」

「シカト、しないでよ」

亜美は不満そうに頬を膨らませると、バックパックを腕にからませながら宣言する。

「準備、OKだよ。出ましょう」

洗ったカップを机上に置くと、ウエちゃんはドアに向かおうとする。しかし、フミ姉ちゃんは首を振ると、亜美に腰掛けるように促す。亜美とウエちゃんは、すぐに腰を下ろす。亜美のオフィスチェアーがガチャガチャと音を立てる。

「亜美ちゃん、今日の報告を手短にしてくれるかな。牧田由加さんのお父さんは、何と言ったの？」

フミ姉ちゃんは、亜美の戦闘モードが日常に復するのを待っていたのだろう。

「ウーン。牧田さんは、面倒なことから逃げているんだと思う。うまくいかない人生で、重荷を放り出すのが癖になっているっていうか……。ともかくなんでも捨ててしまう……。捨てられないのは、中原元子さんだけですね」

フミ姉ちゃんは、静かに諭《さと》す。

「聞きたいのは、亜美ちゃんの個人的な感想ではありません。牧田さんは、由加さんと、どれくらいかかわってくれるのか、具体的に話してね」

「お父さんと呼ばれてうれしそうだったし、野活の写真も喜んで受け取っていたから、父親の自覚がまあ、あるとは思います。水族園の入場券を渡したら、近々一緒に行くみたいでした」

ウエちゃんが手をたたく。

「亜美ちゃん。やるウ」

フミ姉ちゃんがニッコリとうなずく。

「よく頑張ったよね。ところで、和泉校長が牧田聡さんのお姉さんに連絡をつけているのは、亜美ちゃん、知っているの？」

亜美は、一瞬、何のことかわからず、ぽかんとしてから言いだす。

「そういえば、由加ちゃんの写真を見て、姉に似ているって、牧田さん、なんとも言えない表情で言っていたから、お姉さんのことは好きなんでしょうね」

ウエちゃんが口を挟む。

「校長先生は、どういうつもりなのかな」

フミ姉ちゃんが答える。

「校長先生というより、君塚先生の考えだと思う。君塚先生は、一人の子供には、できるだけたくさんの絆《きずな》がある方が良いって考えなのよ。だから、由加さんの血縁を、あらゆる方法で探したんでしょうよ。牧田由加さんの伯母に当たるわけよね。でも、いまさら、かかわりを持つのは気が進まないだろうとは思うけど……」

亜美は、顔を輝かせて言う。

「伯母さん、かあ。本当の伯母さんが由加を引き取ってくれるといいよね」

フミ姉ちゃんとウエちゃんが表情を曇らせながら、顔を見かわしている。

「たぶん、伯母さんはかかわりたくないと思うんじゃないかなあ」

フミ姉ちゃんが珍しく暗い声で言う。ウエちゃんが話題を変える。

「亜美ちゃん。試験の初日、五時に出よう。ケータイ、わたしたちで見てあげる。ついでに化粧品も買ったら。フミ姉ちゃんもいいでしょ」

カップを洗って戻ってきたフミ姉ちゃんがうなずく。

「プライベートでも、タチバナ・シスターズするわけね。まあ、いいでしょう。ウエちゃんは経済観念がないから、とんでもなく高い製品を勧めそうだものね」

「徳島が日本一の都会だと思って育ったフミ姉ちゃんのセンスで選んだら、亜美ちゃんも気の毒だしね」

期末テスト

　立花中生の七月は、期末テストとともに始まる。二日目の今日は、昨日の晴天がうそのような梅雨空だ。どんよりとした鉛色の空からは、今にも雨が落ちてきそうだ。朝から教室は、うっとうしい天気とテストの重圧で、さえない顔がずらりと並んでいる。

　一校時は、数学だ。勝野悠希も、小島和樹も、眉根を寄せて答案用紙をにらみ据えている。鈴木美香や杉本慎也は、真剣な表情で鉛筆を動かし続ける。真ん中最後尾の西脇沙織は暇そうに、もぞもぞと体を動かしている。亜美と目が合うと、沙織は右手でVサインをする。沙織は、はなから勝負を投げているのだ。

　亜美は右手を上げ、人差し指と中指をチョキにして沙織の視線を突き、サッと指を下におろす。沙織は表情を変え、悲しげに答案用紙に視線を落としている。

　廊下側から二列目の真ん中に、平井厚志が座っている。厚志は、名前だけ記入すると机に突っ伏して寝ている。亜美は苦々しく思いはするが注意を差し控えている。中間テストの折には、むろん注意した。退屈していた厚志は、上機嫌で、亜美に際限なく話しかけてきたのだ。懲りた亜美は、以後、厚志の居眠りを黙認している。厚志の学力では、問題文も読めない。ほかの子供たちの邪魔にならないように、静かに寝ているのが厚志なりの心づかいなのだ。

　厚志の列の一番前に、服部優紀子が座っている。優紀子は、きれいな文字で、とうに解答用紙を埋めている。優紀子は、色白の整った顔を時々上下に振ってうなずきながら、何度目かの見直しにかかっている。優紀子と厚志を交互に見ながら、亜美は思う。これほど多様な子供たちに同じ問題をさせるのは、どこかに無理がある。

　チャイムが鳴りだすと、目の前の坪井英里は、左の手のひらを亜美に向かって突き出し、右手でなおも鉛筆を走らせている。

　チャイムが鳴り終わる。英里の「待った」姿勢は変わらない。亜美は二、三秒ためらってから、ポンと一拍、手を打ち鳴らす。

「はあい。鉛筆、置いてね。後ろから答案用紙を集めてきてくださいね」

　矢口洋輔が真っ先に立ち上がり、両手を突き上げて伸びをすると、テスト用紙を集め始める。仏頂面の谷帆乃香がガタンという音とともに立ち上がる。隣に座る小島和樹は、テスト用紙におおいかぶさったまま、いつまでも動かない。帆乃香は、和樹の椅子を思い切り蹴り上げると、テスト用紙を回収しだす。

　沙織が机をげんこつでたたきながら叫ぶ。

「エリー、テストは終わったって……」

英里が恨めしげに沙織を見上げて、用紙を渡す。

「ニッシーったら、あんたの点数が減るわけでもないのに。少しぐらい待ってくれても……」

矢口洋輔が全員の用紙を集めてそろえると、うやうやしく亜美に差し出す。矢口洋輔の得意げな顔に、思わず亜美は苦笑しながら言う。

「グッチ、用紙回収、ご苦労様でした」

満足げな洋輔が席に戻ると、杉本慎也が立ち上がりながら叫ぶ。

「起立」

数学の得意な慎也は、明るいソプラノを張り上げている。机や椅子の床をこする音が伴奏だ。

亜美は職員室に戻ると、テスト用紙を数学担当のフミ姉ちゃんに差し出す。フミ姉ちゃんは、にっこりうなずくと、用紙を受け取りながら亜美にささやく。

「ボスがお呼びです」

亜美はうなずく。牧田由加の伯母が今日、来校することになっていた。

和泉校長は、ライトブルーのスーツ姿だ。暑がりの校長は、クーラーをかなり低めに設定している。涼しげなスーツからも冷気が漂ってくる。亜美は次第に体感温度が下がってくる感じがする。

「滝沢《たきざわ》さんがいらしたら、カウンセリングルームに案内してね。ええと、今日は誰もあの部屋で、テストを受けていないでしょう?」

後半の質問は、ソファーに腰を下ろしている君塚先生に対するものらしい。君塚先生がゆっくりとうなずきながら言う。

「三年生の男子が一名、保健室でテストを受けています。あとは全員教室です」

それから、君塚先生は亜美に向かって説明する。

「滝沢和江《かずえ》さんという方が牧田由加さんの伯母さんです。牧田聡さんの実のお姉さんです。十時半に来校される約束をしたのは、栗崎先生もご存じですね。お電話では実直な感じの方でしたから、多少早くいらっしゃるかもしれません」

君塚先生の話を聞きながら、校長は身振りで亜美にソファーに座るように促すと、自身も亜美の向かい側に腰を下ろす。両足を斜めにそろえて優雅に腰掛けた校長が隣の君塚先生から亜美へと視線をすべらせていく。

「栗崎先生」

和泉校長の強い光を帯びた黒い瞳が亜美の目をひたと見据える。

「生徒への教育的配慮と、プライバシー保護の線引きは、君塚先生にお任せするんですよ」

亜美はむかつく。

「校長先生のおっしゃる意味がわからないんですけど」

校長は、あでやかな笑顔で切り返す。

「栗崎先生が牧田由加さんに肩入れする気持ちは、よくわかります。初めて担任した生徒がこれほど気の毒な境遇にいたら、なんとかしてあげたいと思うのは当然です。でも、決して、滝沢さんに無理な要求をしてはいけません。三親等の伯母さんは、法的に扶養の義務を負っていません。根掘り葉掘り尋ねることも、プライバシー保護の観点から望ましくありません。ですから、ベテランの君塚先生に滝沢さんとの応対を任せてほしいということです」

亜美は、視線を校長から床に落とす。校長の言い分は、真っ当すぎて反論の余地がみじんもない。確かに、亜美の不用意な言動で、由加の立場はおろか、滝沢さんの境遇にもマイナスの事態を招くことはあり得るだろう。君塚先生に任せる方が妥当だろう。

亜美は、君塚先生を見る。君塚先生は、満足げにうなずいている。亜美は、かすかな違和感を覚える。

君塚先生も、尾高先生も、楢原先生も、生徒や保護者に人望のある「良い先生」だ。しかし、そのスタンスは、かなり違っているように亜美は思う。

亜美が一番好きなのは、カバ大王こと尾高先生だ。尾高先生は、生徒と楽しく過ごすことが好きなのだ。生徒と楽しく授業をし、行事も生徒と楽しく参加する。楽しい授業をするための努力も、行事の工夫も常に怠らない。

楢原先生は、生徒を愛している。一人一人の生徒を自分の子供のように愛して、生徒の輝く笑顔を見ていたい。そのために、一生懸命に努力している。

君塚先生は、生徒各自を幸せにしてあげたいと常に考えている。幸福な子供を約束する円満な家族、親密な親子関係、助け合える友人関係、将来を切り開いていける学力。そうしたもの全般を整備してあげたいと思っている。そのため、あらゆる手を尽くして情報を集め、可能な限り手を打っていく。

牧田由加を救うことができるのは、たぶん君塚先生だ。「楽しい」学校生活も、「愛」も牧田由加の生活の改善には、たどり着けない。

君塚先生が並々ならぬ努力で、牧田由加周辺の情報を集め、次々と手を打つさまは見事というほかはないし、由加自身にも、担任の亜美にも、ありがたいことには違いない。しかし、時々、君塚先生の顔に浮かぶ嬉々とした表情を見ていると、「牧田由加の幸せ」を上がりにする競技かゲームに興じているようにも見えるのだ。

「栗崎先生。滝沢さんが来られる前に、カウンセリングルームで打ち合わせをしておきましょう」

「はい」

亜美は君塚先生にうなずきながら、立ち上がる。二校時開始のチャイムが鳴りだしている。

カウンセリングルームは、本館一階西端にある。玄関を入って左側、職員室とは反対側に廊下を進む。週に一回、金曜日に来校するスクールカウンセラーのための部屋だ。絨毯《じゅうたん》を敷いて小ぎれいにしてあるので、金曜日以外には、生徒や保護者との面談、また応接室として使用している。

君塚先生がカギを回して、カウンセリングルームの戸を開ける。亜美も続いて入ると、靴を脱いで靴箱に入れ、スリッパにはき替える。

市がスクールカウンセラー制度を導入した時、普通教室だったこの部屋をリフォームしている。小ぶりのカウンセリング室を二部屋と待機スペースがある。亜美はこの待機スペースに入るたびに、歯医者の待合室にいるような気になる。

「滝沢さんとのお話は、ここでしますか。それとも、カウンセリングルームですか」

亜美が聞くと、君塚先生が鷹揚《おうよう》に答える。

「ここで、いいでしょう。我々はこのソファーで、滝沢さんはこの椅子に座ってもらえばいいと思います。カウンセリングルームは、なんか愛想がなさすぎて……」

「そういえば、平井厚志が湊署の取調室と同じだと言ってました」

君塚先生は、快活に笑う。

「平井厚志ねえ。また、何をしでかして湊署に行ったのですか」

「小学校の時に、バイクを盗んだそうです。中学校に入ってからは、やっていないと言っていますが……。どうやってつないでエンジンをかけるか、すごく細かく得意げに報告してくれました。小学校からは、何も言ってきてないんですか」

「個人情報保護の一点張りです。特に平井厚志は、ねえ。おばあちゃんが何回も小学校に怒鳴り込んでいますから、批判の矛先《ほこさき》が向かうようなことは、絶対にしたくないんでしょう」

亜美は、キツネにつままれた気分だ。家庭訪問で会った厚志の祖母は、丁寧でにこやかだった。

「厚志のおばあちゃんは、とてもやさしそうな人で、そんなふうには見えませんでした」

君塚先生はおかしそうに言う。

「栗崎先生は、学校のニオイがしないからでしょう。だいたい、タチバナ・シスターズは三人とも、学校のニオイが薄い。それが強みになったり、弱みになったりもする。クレームのつけられ方がほかのベテランの先生方と違ってくるんでしょうね」

亜美は、桑山早紀の母親を思い出す。確かに、早紀の母親は、楢原先生や尾高先生には、あんな抗議行動をしなかったろうと思う。

亜美は、椅子やソファーの位置を君塚先生と一緒に変えながら聞いてみる。

「滝沢さんには、どのようなお話をするんですか」

「電話での応対は、きちんとしたお母さんといった感じでした。倉敷《くらしき》から、はるばるここまで来るんですから、誠実で、まじめな方なんだと思います。ありのままの現状をお話しして、ご理解いただくのが一番です。できる範囲内で、協力していただくということで……。まあ、協力が得られなくとも、中原さんを抑えるカードにはなるでしょうから。ご主人は大手の化学会社にお勤めで、高校生と中学生のお子さんがいます」

「お茶を用意しましょうか」

フミ姉ちゃんやウエちゃんにさんざん「指導」を受けたせいか、亜美もこの程度の気は回せるようになっている。君塚先生がちょっと見直すようにも、からかうようにも取れる口調で言う。

「亜美先生がお茶を用意するっていう価値が、初対面の滝沢さんにわからないのは、残念ですね」

亜美は管理室に出向き、ポットとティーバッグと湯飲みを借りてくる。倉敷から来るのだ。お茶ぐらいは、やはり用意すべきだと思う。

でも、子供の頃から迷惑をかけられ続けた弟のために、四十も半ばになって見知らぬ中学校に駆けつける気分は、どうなんだろう。亜美は、正月に顔を合わせたきりの大学生の弟を思い出す。のほほんとした弟には、亜美の方が迷惑をかけている気がする。やはり、滝沢さんの気持ちはわからない。だから、なんだか落ち着かないのだろうと思った。

ある面談

亜美は、玄関に立つと腕時計を確認する。十時二十分だ。あと十分。門まで行ってみる。門扉の横の通用門は解錠している。

再び玄関に戻ると、掲示板に目をやる。三年生のデザイン画が貼ってある。亜美はバレー部の子供たちを探す。伊沢智香の作品がある。几帳面なレタリングをさわやかな植物が飾っている。まじめで活力に満ちた智香の、日に焼けた笑顔が浮かぶ。テストが済めば、本格的な夏の大会へ向けての練習が始まる。覚悟を決めて取り組み始めてはいるものの、部活の練習は、やっぱり亜美には重荷だ。

「あのう」

後ろから不意に声がかかる。亜美は振り返る。小柄な女性が立っている。牧田由加にそっくりだ。ベージュのカットソーに茶色のスカート姿で、品が良い。

「失礼ですが滝沢さんですか」

「はい」

滝沢さんは緊張しているらしく、唇が心持ち左に上がっている。

「こんにちは。牧田由加さんの担任の栗崎と申します。どうぞ、こちらに」

滝沢さんは、黙ったまま深々とお辞儀をすると、亜美の後ろを歩き始める。

カウンセリングルームの椅子に腰掛けると、滝沢さんは、君塚先生と亜美を等分に見ながらあいさつをする。

「姪の由加がお世話になっておりますそうで……。由加の伯母の滝沢和江でございます」

落ち着いていてしっかりした口調だ。亜美は服部優紀子の母親を思い出す。感じのいい人だ。

君塚先生は話を切り出しかねて、足元に視線を落としている。亜美はお茶を入れ、小さなサイドテーブルに並べる。君塚先生はお茶を一口飲むと、まっすぐな視線を滝沢さんに向けている。

「わたしは、生徒指導担当の君塚と申します。お電話では、詳しいことをお伝えできませんで、失礼いたしました。ここにおります栗崎先生のクラスの牧田由加さんの件をご相談したいと思いまして、お運びいただきました。牧田由加さんは、今、お父さん、牧田聡さんの知人のお宅で生活しております。ですがちょっと虐待の疑いがございます。牧田聡さんが引き取ればいいのですがいろいろと問題もあるようです。それで、滝沢さんのご意見をと思いまして……」

滝沢さんは、じっと下を向いたままだ。手に持ったベージュのバッグが小刻みに震えている。しばらくして顔を上げると、滝沢さんは、かみしめるように話しだす。

「八年前の母の葬儀以来、聡とは会っていません。葬儀の折に、由加という娘がいるとは聞いておりました。でも、早苗さんも来ておりませんでしたし……。いろいろございましてねえ。実は、今日ここに来たことも、主人や子供たちに内緒にしております」

困りきっている様子がありありとわかる。君塚先生は、しみじみとした口調で答える。

「お会いしたこともない姪御《めいご》さんのためにに来ていただいて、本当にありがたく思っています」

滝沢さんはホッとした様子で茶碗を取り上げると、お茶を一口飲んでいる。

「弟を、聡をかわいそうだとは思っています。わたしどもの父が事故死をしたことがそもその始まりでした。長距離トラックに乗っていたのですが、休みの日には遊びに連れて行ってくれるような良い父でした。夜中の交通事故で……。弟は小学校の二年生、わたしは中学校の一年でした」

君塚先生がうなずく。

「大変でしたでしょうね」

滝沢さんはバッグからハンカチを取り出し、しきりに顔の汗をぬぐっている。

「父が会社の指定したルートを取っていなかったとか、事故の責任がどこにあるのかとか、労災や退職金の件でかなりもめたらしく、経済的にとても困りました。それで、母は居酒屋で働き始めました。そこで知り合った方と二年後に再婚することになりました。母にしてみれば、子供たちのことも考えてのことでしたが弟はそう取りませんでした。結局、労災がおりたりしたので、それが目当てだと弟に吹き込む親戚もいたらしくて……。また、労災を受け取るために、母がいつまでも籍を入れないことも、誤解を生む原因になりました。今から思えばということなんですけど……。わたしもまだ子供でしたし、母が再婚した頃、寮のある高校に入学しましたので……。あとで弟に、『姉ちゃんは、逃げたくせに……』と、さんざん嫌みを言われました」

壁を見つめながら、滝沢さんは淡々と話す。

「一度、ボタンを掛け違えると、悪い方に悪い方に進んでしまうものですね」

君塚先生の低い声がしみじみと響く。滝沢さんは、表情を消した顔で深くうなずく。

「弟は、うちの中でも外でも、手のつけられない状態でした。義父も言い聞かせたり、手を上げたりしていたのですが包丁を投げつけられてからは、弟の言いなりになりました。まだ、小学生だったのに……。見かねた母方の祖母が引き取りました。弟は祖母にすごくなついていて、人が変わったように落ち着いて……。中学校も、高校も、なんとか人並みに……。祖母は、弟のサッカーの試合にも応援に行ったりしていました。祖母は若く見える人でしたから、なんだか親子みたいでした。それが地震で……」

冷房の効いたカウンセリングルームで、滝沢さんは、しきりに汗を拭き、亜美と君塚先生をおびえた表情で、チラリチラリとうかがっている。その表情があまりに由加に似ていて、亜美は、なんだかやりきれない。君塚先生は同情の面持ちで、うなずきながら聞いている。滝沢さんは、次第に君塚先生の方ばかりを向いて、話を続けている。

「地震の折、わたしはすでに看護師になって、姫路《ひめじ》の病院にいました。祖母が亡くなったあと、何があったのか、義父も母も弟から逃げ回っていました。母に聞いても『聡は悪い女にだまされていて、正気ではないからこわい』って言うだけで……。そのうち、弟はわたしの勤めている病院にもやってきて、お金をせびるようになって……。その頃、付き合っていた人、今の主人なんですけど、滝沢にも、いろいろ迷惑をかけることになってしまって……」

滝沢さんは一息つくと、冷めたお茶を飲んでいる。

「そのあと、女の人とは別れたらしく、年賀状なんかが届くようになって……。ちゃんと勤めていることや、まじめにお付き合いをしている人がいることも知りました。聡の結婚式には、結局、行けませんでしたが、結婚報告に二人で倉敷に来ました。早苗ちゃんは若い頃の母に似ていて、聡のことを本当に愛していてくれているんだなあという感じがカフェでお茶を飲んでいてもわかりました。聡にお土産をもらったのは、あの時が最初で最後です」

滝沢さんは、涙ぐんで言葉を切る。そのまま下を向いて長い間黙っている。

「でも、また、中原とかいう女と……」

牧田さんは、満月の照らす校庭で出会った中原さんの魔力からのがれられなかった。

「主人を巻き込んで、お金のこととか、早苗ちゃんの病気とか、警察沙汰とか、何がなんだかわからないような状態になってしまって……。母の葬儀の時に、主人が『これっきり、連絡をしてこない約束をしてほしい』と言って、まとまったお金を聡に渡したんです」

重い沈黙がカウンセリングルームを満たしている。やがて、君塚先生がゆっくりと言う。

「ご事情は、よくわかりました。滝沢さんが由加さんを援助するのは、難しそうですね」

滝沢さんはホーッと息をつく。

「実の姪ですし、かわいそうな子なので、なんとかしてやりたいとは思うのですが……。こちらが引き取れば、聡も黙ってはいないでしょうし……。主人や子供のことを思うと……」

亜美は、軽くうなずく。そうだろう。無理もない判断だとは思う。それでも、由加のことを考えると、亜美はひとこと言わずにはおれない。

「残念です。由加ちゃん、滝沢さんとお顔がそっくりなんですが……」

パソコンから、ウエちゃんに出してもらった、野外活動の写真をテーブルに置く。滝沢さんは、手にとって食い入るように眺めている。君塚先生は、多少非難のこもったまなざしで亜美を見る。亜美は、気がつかないふりをする。

滝沢さんは写真を伏せて置くと、思い切ったように立ち上がる。

「あのう、新幹線の時間もありますし、これで失礼させていただいても、よろしいですか」

君塚先生も亜美も立ち上がり、丁寧にあいさつする。

亜美は、玄関まで滝沢さんを送っていく。戸口のところで振り返ると、滝沢さんは消え入るような声で亜美に尋ねる。

「今日は何時頃、生徒さんたち、お帰りになるんですか」

「今日は期末テストの日なので、十二時過ぎに帰ります」

滝沢さんはかすかにうなずく。

「本当にお役に立てませんで、なんと申し上げたらいいか……」

亜美は恐縮して、しきりに手を振る。滝沢さんは、何度もお辞儀を繰り返しながら玄関を出て行く。

滝沢さんのはかなげな笑顔に、亜美は、またしても牧田由加を思い出す。鼻がむずむずし、目の奥が塩辛い感じがする。

「由加ちゃん、ごめんね」

亜美は、思わず小さくつぶやいた。

立ち止まっている場合じゃない

「君塚先生も、栗崎先生も、本当にお疲れさまでした」

和泉校長は、二人に座るように促しながら、よく通るアルトで慰労《いろう》する。

「何のお役にも立ちませんで……」

君塚先生は、ソファーに腰を下ろしながら恐縮している。

「何をおっしゃいます。生徒の生活背景を知ることは生徒理解の第一歩って、君塚先生がいつもおっしゃっていますし、わたしも心からそう思います」

和泉校長も腰掛けながら、にこやかにうなずいている。

「滝沢さん、やさしそうだし、いい人みたいだし、由加を引き取ってくれたらいいのに……」

亜美が残念そうにつぶやくと、校長と君塚先生は、苦笑を浮かべて顔を見合わせている。

君塚先生が静かに話し始める。

「確かに、一見そうなんですが、そうすると滝沢さんが気の毒ですよ。ご主人や牧田さんや子供さんたちの間で、悩み続けることになります。あげくは、鬱《うつ》病になったり、自殺したりしかねません。由加さんだって、倉敷に行って、新しい環境になじめるかどうか……。栗崎先生のお気持ちは、よくわかりますがこうした問題は全体をよく見通して、誰に対しても被害を最小限にとどめる方法を考えないと……」

ああ、そうなのか。君塚先生は常に大局を見ながら、次の一手を考えている。この大局を見渡す感覚がゲームに見えるのだ。校長の言うように「子供たちの未来の生活を保障する」のが教育ならば、物事を大きく見ることは、とても大切なことなのだろう。

「本当にそうですね。良かれと思ってしたことが誰のためにもならないということは、よくあることです。でも、栗崎先生は、教師になって三か月ですよね。なんか、顔つきも行動も、日ごとに進化しているみたいでうらやましいわ。その分、疲れることも多いと思いますから、休息を上手にとってね。夜遅くまで居残るのが『良い先生』という風潮は、まことに好ましくありません。レクリエーション気分で、学校に寝泊まりするのも良くないわね。一番ダメなのは、学校にいついている教師のヘンな熱意に巻き込まれて、まじめな普通の先生方が過労になることですね」

校長は、意識して話題を外したのだろうか。

「オトマリ・ブラザーズのことですか。わたしは、いろいろ助けてもらっているんですけど、確かに困ることもありますね、オトマリ・ブラザーズ。なんとかしてください」

亜美はついこの間、隠していたクッキーとジュースが姿を消していることを発見した。きっと、オトマリ・ブラザーズの胃の中に消えたのだ。

「いやア。沢本先生たちは、本校の中核を担う先生方ですし、実際、熱心で力もありますしねえ。それぞれの先生方が自分の個性を発揮して、補い合いながら働くのが理想なんですがねえ。この頃はヘンな平等主義で、ベテラン教師に若い人と同じような元気を要求したり、若い先生方にベテランと同じ観察力を要求したり、それではお互いにストレスをため込むばかりです。チーム全体でうまく子供たちを引っ張っていけたら、それがベストなんですがね」

君塚先生が少しグチっぽく嘆くと、和泉校長もしきりにうなずいている。

「栗崎先生、忘れないうちに、今日の滝沢さんとの面談を報告書にまとめてくださいね。三学期に新規採用者の生徒指導事例発表会があるから、牧田さんの件を発表するようにしてね。終わりのSTもあるから、職員室に戻った方がいいわね」

STはショートタイムの略だ。一日の課程の最後に担任が生徒たちと顔を合わせ、明日の連絡をする。日本の学校教育には、一年、一学期、一日の始まりと終わりを確認する儀式が設けられている。

亜美は、仏頂面で職員室に戻ると、ふぬけたように座り込む。パソコンの画面を開きはしたものの、白い画面にカーソルが点滅するのをぼんやりと見つめている。やがて、意を決して報告書を打ち込み始める。

「生徒指導の実例報告――虐待が疑われたMさんの事例」

題名を打ち込むと、懸命に洗濯する由加や、おどおどと亜美を見つめる由加のまなざしが目の前にフラッシュバックしだす。カーソルが涙でにじみ始める。涙を必死にこらえながら、ティッシュケースに手を伸ばす。椅子がガクンと揺れる。見上げると、ウエちゃんが心配といら立ちを混ぜ合わせた表情で、亜美を見つめている。

「終わりのショートタイムに行かないつもりなの？」

亜美は、椅子の上で姿勢を正すと、手の甲で目をぬぐい、立ち上がろうとする。

「これ、終わりのSTで伝える連絡事項」

ウエちゃんがメモを渡してくれる。亜美は、また座り直して、ぼんやりとメモをのぞき込む。ウエちゃんは、亜美のポロシャツの腕の付け根部分をつまんで引っ張る。亜美は、左手で振り払うとスックと立ち上がる。

「フン。伸びるでしょ」

ウエちゃんは、にっこり笑う。

「亜美ちゃんは、そうでなくっちゃ。行くわよ」

亜美が階段をノロノロと上り始め、ウエちゃんは、少し間を空けてついてくる。二階の階段を上がりだすと、にぎやかな騒音が降ってくる。一組は常に静かなので、二組の子供たちが発生源だ。

「遅いぞ。亜美」は、暴力少年、小島和樹の鼻にかかった馬鹿声だ。「亜美ちゃんが遅いと、早く帰れない。沙織、お腹がペコペコなんだけど……」と、巨体幼女、西脇沙織のドスの利いた声がかぶる。亜美はむかつく。涙も、悲しい気分も吹き飛び、どこかのスイッチがカチャンと入る。階段を一段飛ばしで駆け上がる。

三階にたどり着くと、学級一の問題児、平井厚志の声が響いてくる。

「シィー。静かにしないと、ヤバイ！　亜美ちゃん先生、今日、めっちゃ機嫌が悪いから……」

「そう、そう。『辞めてやる』とか言って、回し蹴り、来るかも。触らぬ亜美にたたりなし、だよ」

パワフルオバサン、勝野悠希がガラガラ声で叫んでいる。

「それって、言いすぎ……」

アニメ美少女、鈴木美香のカワイイ声が無数の「シィー」にかき消される。

静まり返った教室の戸を乱暴に引き開ける。亜美は、三白眼で教室を見渡す。全員が亜美の視線を避けて、黒板か机を見つめている。

「起立」

一年二組委員長、杉本慎也の明るくはずむ声が教室に響く。慎也は、周りの空気があまり読めない。亜美は、時々イライラさせられるがなんだかホッとする時もある。今日は、慎也の明るさがありがたい。

全員が座席に収まると、慎也がはじかれたように立ち上がり、教卓の前に収まる。今日は、慎也の得意な数学と社会のテストだったので、踊りだしそうなほど機嫌がいい。

「終わりの会を始めます」

委員長が司会役で、一日の反省と連絡をする。いつも何かと意見を言いたがる少女Aこと谷帆乃香も、太めの日本人形、坪井英里も絶不調なので、簡単にSTは済んでしまう。

「最後に、先生からのお話です」

駆けるように慎也は、席に戻る。教卓に向かいながら、牧田由加に目が行く。下ばかり向いていた由加だが、この頃はきちんと亜美の顔を見るようになっている。由加の顔が滝沢さんの顔と重なり、亜美は、また少し泣きたい気分になる。

亜美は、あわてて小島和樹に目をやる。和樹と目が合うと和樹の瞳におびえが走る。亜美は、たちまち平常心を取り戻す。

「明日で、テストは終わりです」

亜美の「舎弟A」こと早川康平が両手を天井に突き出し「オーッ」と叫ぶ。一斉に子供たちがしゃべり始める。当初あれほど癇《かん》にさわった教室の喧騒が慈雨のように亜美の心を潤している。亜美は、適当なところでパンパンと手を打ち鳴らす。子供たちは一斉に口をつぐむと、すまし顔で亜美を見つめる。

「今日一日、テスト勉強を頑張ってね。ハーイ」

亜美の口癖、「ハーイ」が終わりの合図だ。待ち構えたように慎也の号令が教室に響く。

「起立、礼」

潮が引いたように子供たちが教室から出て行く。

テスト期間中は、日番が亜美と一緒に簡単な掃除をすることになっている。日番の一人、亜美の「舎弟B」こと矢口洋輔が亜美に付きまとい始める。

「先生、先生。明日の英語は難しいかな?」

「先生は、理科の先生です。英語のテストはわかりません」

「でも、森沢先生が亜美ちゃん先生は外国に行って、ボランティア活動をしていたって……。カボチャにも行っていたって。カボチャは英語をしゃべるんだろ」

「カボチャではありません。カンボジアです。カンボジアはカンボジア語です」

亜美は面倒になってきて、洋輔に向かって足を振り上げる。

「わかったから……。フン。亜美ちゃん先生のケチ」

洋輔があまりに傷ついた顔でうつむくので、亜美は、たちまち気の毒になる。

「もらった英語のプリントを、何回もやればいいのよ。同じような問題が出るから」

洋輔は、満面の笑顔でうなずく。歯の矯正器具が窓からの光にきらりと反射している。

「理科と一緒なんだね」

「そういえば、洋輔。ものすごく理科を頑張ったよね」

洋輔は、赤い顔で亜美から離れる。なるほど、洋輔を追っ払うにはほめるのが一番なのか。それにしても、下から数えた方が早い成績の洋輔としては、確かによく頑張ってはいる。亜美は、なんだかうれしい。

教卓の周辺では、数学係と社会係があたふたと作業中だ。テストのあとには、ワークブックやノート、プリントの類を提出することになっている。テストだけで成績をつけることは、望ましくないという文科省の指導があるからだ。「日頃の努力」や「意欲」を成績に反映するための資料が必要なのだ。

窓側で、社会係の男子三人が作業中だ。並木祐哉と小島和樹、遠山浩司だ。頭脳明晰な並木祐哉は、歴史が好きだ。和樹と浩司は、祐哉を保護者と考えているのだろう。

祐哉の仕事ぶりは、水際立《みずぎわだ》っている。和樹をノート係に、浩司をプリント係にして、自分は名票にチェックを入れている。和樹には五冊分ずつ、浩司には五枚ずつ手に持たせ、自分は名票を読み上げながら確認している。低学力で、漢字の読み取れない浩司には、番号で確認させている。

あっという間にチェック作業を終えると、祐哉はノートを三分割している。一人が運ぶと、高く積まれたノートが雪崩《なだれ》のように落ちる恐れがあるからだろう。誰に対しても横柄な和樹も、祐哉には従順だし、自信のない浩司にも一人前の仕事をさせている。

「カバ大王の机には、和樹の運ぶノートをまず置くんだ。その上に浩司の、最後にオレがプリントと一緒にノートを置けば、終わり」

思わず亜美は拍手する。祐哉は、きまり悪そうな顔でニッコリすると、足早に教室から出て行く。

残ったのは、数学係の女子三人だ。服部優紀子に島村由梨、それに牧田由加だ。野外活動の班同様、孤立気味の由加を副委員長の優紀子が仲間に入れたのだ。

優紀子と由梨は、由加のペースに合わせてゆっくりと作業を進めている。

「ユッコ、これなんにも書いてないよ。真っ白なワークを提出してもいいの？」

由梨が困惑の表情で、優紀子に問いただしている。亜美がのぞき込むと、ワークの氏名欄には、「ひらい」とひらがなでなぐり書きしてある。

「ワークの採点は先生がなさるから、わたしたちは集めて、誰が出したかチェックしておけばいいみたいよ。アッちゃんは、ワークを出しただけでも、えらいと思う」

優紀子がおっとりと答えている。

数学係が仕事を終えたみたいなので、亜美は教室の窓を閉め始める。由加がおずおずと近づき、亜美を手伝い始める。

「あれえ、ユッコたちは、どうしたの？」

「うん、ワークは二人で運べるからって」

由加は、なにか言いたそうに、はにかんだ笑いを見せる。亜美は、ひとことひとこと、ゆっくりと由加に言葉をかける。

「由加ちゃん、先生に何か話したいことがあるんでしょ」

由加は、ウンウンとうなずいてみせる。

「何かな」

「あのねえ、今度の土曜日に、お父さんが水族園に連れてってくれるって。この間、うちに来たんだよ。先生にも報告してって……」

こんなにうれしそうな顔が由加にもできるのだ。

「由加ちゃん、良かったねえ」

亜美がドアの錠をかける間も、由加は、にこにこと後ろに従っている。二人で階段を下りていくと、優紀子と由梨が玄関で待っている。由梨が駆け寄って、由加の手を取ってはずむように言う。

「ワーク、森沢先生に渡してきたよ。森沢先生が由加ちゃんにもお礼を言っておいてって……。あっ、森沢先生。ちゃんと由加ちゃんに伝えました」

フミ姉ちゃんこと森沢先生はワークの確認を終えたのだろう。足早に近づいてきて、亜美の背中をポンとたたく。

「お世話様でした」

フミ姉ちゃんの慰労の言葉に、三人はにっこりと笑って応える。

楽しそうに何事かさんざめき合う三人と少し離れ、亜美は、フミ姉ちゃんと並んで校門に向かう。

「二組は、服部さんたちが最後ですか？」

徳永主任が亜美に聞く。もう、あらかたの生徒は下校したらしい。下校指導の先生方も手持ち無沙汰な様子だ。亜美とフミ姉ちゃんは、気取って立つウエちゃんと君塚先生の間に収まる。

君塚先生が亜美の方を意味ありげに見る。亜美がうなずくと、道を隔てた公園にあごをしゃくってみせる。

木立の陰に、小柄な女性が身を潜めている。滝沢さんだ。優紀子や由梨と連れ立って帰る由加を見つめている。

「なに？」

ウエちゃんが亜美にささやく。亜美は、声を絞り出すように答える。

「滝沢さんが……由加の伯母さんなんだけど、由加を見ている。とっくに帰ったと思っていたのに……」

ウエちゃんが亜美の右手を握りしめる。

由加たちが丹波街道の車の波に姿を消してからも、滝沢さんは身動き一つしない。亜美が独り言のように言う。

「みんなに、すごく手伝ってもらったのに……。牧田さんが由加を水族園に連れて行くこと、滝沢さんが由加の姿を確認して終わり。これで良かったのかなあ」

やがて、ゆっくりと滝沢さんが動きだし、亜美の視界から消えてゆく。フミ姉ちゃんが高く澄んだ声で、やさしく亜美に語り始める。

「牧田さんは、由加ちゃんに何の関心も示さなかったのよね。その由加ちゃんを水族園に連れて行くって、すごいことだと思うよ。滝沢さんも、姪の由加ちゃんに一度も会っていなかったんでしょう。その姪の姿かたちを確認した。人間にとって耐えがたいのは……」

そこで、フミ姉ちゃんは、言葉を切り、ため息を一つつく。

「存在を確認してもらえず、無視されることでしょ。由加ちゃんがこの世に生きていることを認めている人が多ければ、多いほど、由加ちゃんの人生は、少しずつ明るくなると思う。亜美ちゃんの努力は、決して無駄ではないのよ」

そうなのだろうか。そうだといい。由加は赤ん坊の時に会ったきりだから、両親の仲人だった渡辺香奈恵さんをきっと覚えてはいない。渡辺さんが由加と母親の早苗さんに、どれほど多くの愛情を注いだか知らないのだ。今も渡辺さんは、早苗さんを親身に世話している。渡辺さんの存在を知ったら、由加の人生は少し明るくなるのだろうか。

さまざまな理由から由加との対面を拒否しながら、やはり滝沢さんは、不幸な姪が気になっている。血のつながった伯母の存在は、由加の人生を少しはましにするのだろうか。

幼い由加の行く末を案じた、こども家庭センターの前野初美さんもいる。前野さんは、職務を超えて、由加の運命を気づかっていた。

亜美は、人影のなくなった公園の木立を見つめ、丹波街道の先を歩く由加の見えなくなった姿を追う。視界が涙で曇る。

フミ姉ちゃんは、亜美の体を回転させると、玄関に向かって歩きだす。亜美の肩に手を回しながらフミ姉ちゃんが言う。

「いつか、卒業する時にでも、由加ちゃんに話してあげることね。由加ちゃんを心配する人がいるってことを」

フミ姉ちゃんは、肩に回した手を亜美の頭に置き、ゆっくりとなぜながら続ける。

「亜美ちゃんは、ベストを尽くしたと思う。初めての担任だから、ここまで、やれたんだと思うよ。だんだん慣れていくと、ここまでとか思っちゃう。わたしも、初心に帰ろうって、亜美ちゃんにハッパかけられた気分だよ」

ウエちゃんがこぶしで亜美の背中をたたく。

「痛い」

「フミ姉ちゃんは、おだて上手なんだからね。亜美ちゃんは、まだ教師生活三か月でしょ。これから牧田由加さんに対しても、ほかの子たちに対しても、やれることはいっぱいある。亜美ちゃんに涙は、似合わないよ」

「そう。じゃあ、何がわたしに似合うの?」

「そうねえ。めっちゃ怒り狂って、回し蹴りしそうな亜美ちゃんが一等、カッコいいかな」

亜美は、むかついて立ち止まる。玄関の真ん中だ。ほかの教師たちは、みんな職員室だ。亜美は、なんとなく、このまま三人で話し続けていたい気分だ。亜美の気持ちを見透かすように、フミ姉ちゃんが言い出す。

「ところで、亜美ちゃん。スマホの使い方、わかったの?」

亜美は首を振る。ウエちゃんがしたり顔で言う。

「じゃあさあ、生徒相談室で、わたしたちが特訓してあげる。いいでしょ」

亜美はうなずく。ウエちゃんがウキウキと言う。

「亜美ちゃんのスマホ、デビューね」

「化粧デビューも、スカートデビューも、お姉さんたちがお手伝いしてあげるね」

亜美は答える。

「スカートで回し蹴りはまずいでしょ」

「なに言っているのよ。回し蹴りなんかしたら、即、クビでしょ」

フミ姉ちゃんが歌うように言う。

どこかでセミが鳴いている。いつの間にか、夏の太陽が雲の切れ間から顔を出している。あと三週間ばかりで夏休みだ。成績をつけて、通知表を作って、個別懇談をする。感傷的な気分で立ち止まっている場合じゃあない。顔を上げて、ひたすら前に進む。とりあえず、元気と若さが亜美の取り柄《とりえ》なのだから。

完

著者プロフィール

長田 黎（おさだ れい）

兵庫県在住。

1997年、『天竺遊行』（日本図書刊行会）刊行。

若葉の頃に

2019年2月15日　初版第1刷発行

著　者　長田 黎

発行者　瓜谷 綱延

発行所　株式会社文芸社

〒160-0022　東京都新宿区新宿1－10－1

電話　03-5369-3060（代表）

03-5369-2299（販売）

印刷所　株式会社エーヴィスシステムズ

ISBN978-4-286-20187-0